Volte
PARA MIM

CB064005

PAOLA ALEKSANDRA

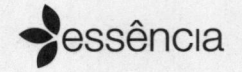

Volte
PARA MIM

essência

Copyright © Paola Aleksandra, 2018
Copyright © Editora Planeta do Brasil, 2018
Todos os direitos reservados.

Preparação: Opus Editorial
Revisão: Mariane Genaro e Olívia Tavares
Diagramação: Márcia Matos
Capa: Renata Vidal
Imagens de capa: Lee Avison / Arcangel

DADOS INTERNACIONAIS DE CATALOGAÇÃO NA PUBLICAÇÃO (CIP)
ANGÉLICA ILACQUA CRB-8/7057

Aleksandra, Paola
　　Volte para mim / Paola Aleksandra. - São Paulo: Planeta do Brasil, 2018.

　　ISBN: 978-85-422-1336-2

　　1. Ficção brasileira 2. Romance histórico I. Título

18-0701　　　　　　　　　　　　　　　　　　　　CDD B869.3

Ao escolher este livro, você está apoiando o manejo responsável das florestas do mundo

2022
Todos os direitos desta edição reservados à
EDITORA PLANETA DO BRASIL LTDA.
Rua Padre João Manuel, 100 – 21º andar
Ed. Horsa II – Cerqueira César
01411-000 – São Paulo-SP
www.planetadelivros.com.br
atendimento@editoraplaneta.com.br

A todos que ousam acreditar no amor.

Escócia

Fife
EDIMBURGO

Grã-Bretanha

Durham

Irlanda do Norte
BELFAST

Ilha de Man
DOUGLAS

IRLANDA

REINO UNIDO

DUBLIN

País de Gales

Inglaterra

CARDIFF

LONDRES

FRANÇA

Mantenha a cabeça erguida. Não importa o que foi feito ou dito, o perdão existe para aqueles que enfrentam seus erros, superam o passado e constroem um novo futuro. Nunca esqueça disso, minha menina.

(Trecho da carta de Rowena Hamilton para a filha Brianna, em agosto de 1820.)

1827, Durham (Norte da Inglaterra)

Achei que nunca mais colocaria os pés na Inglaterra. Mas aqui estou, parada em frente à casa Hamilton, lar que assombra meus pensamentos desde o dia em que resolvi lutar por um destino diferente daquele que meus pais escolheram para mim.

Onze anos se passaram, mas a sensação é de imutabilidade. O cheiro característico de lírios, a beleza dos cardos que dão cor ao jardim, a brisa leve que dissipa o tempo abafado e afaga meu cabelo e uma enxurrada de lembranças que me dizem que finalmente estou em casa. Meu coração exulta de alegria por retornar, mas minha mente não consegue deixar de lado a certeza do não pertencimento.

As lembranças da minha partida são dolorosas e me tomam de assalto. Depois de dias de viagem deveria me preocupar com dores no corpo, fome, sono e com a minha aparência desgrenhada. Mas ao olhar para a casa, relembrar minha juventude, só consigo pensar na dor que infligi àqueles que mais me amavam.

Como um soco, as recordações me atacam. Tudo gira, tudo dói e acabo de joelhos, tremendo de dor por um passado inalterável.

Quando decidi fugir, estava consciente das consequências. Aos dezesseis anos, escolhi deixar meus pais, minha irmã, meu melhor amigo e meu lar amoroso e acolhedor para encontrar algo que não sabia nominar. Por mais que não me arrependa de ter fugido para a Escócia – ainda seria imatura e mimada se tivesse permanecido –, nunca me perdoarei por ter demorado tanto para voltar.

Na época em que minha família precisou de mim eu estava longe, em uma jornada para me tornar uma mulher tão independente quanto minha mãe fora um dia. E à medida que eu crescia, conhecia novos lugares e descobria o poder da liberdade, enquanto aqueles que amo tiveram que enfrentar as repercussões de minha partida.

Inconsequente, egoísta e tola, minha mente grita. Mas, enquanto me levanto e tiro o pó da saia, meu coração responde *curiosa, esperançosa e aventureira*.

A vida na Escócia nem sempre foi fácil. Mas é fato que, longe das tolas regras e pompas sociais, vivi anos maravilhosos. Só que agora precisam de mim. É hora de ajudar minha família, ou o que ainda resta dela, e assumir o posto que me foi designado.

Respiro fundo, ajeito as mechas rebeldes e arrasto meus parcos pertences até a entrada da casa.

Minha casa.

Chegou a hora de recomeçar.

1

Verão de 1815, Durham

— Mamãe, conte uma história! Brianna e eu queremos saber mais sobre a Escócia.

Malvina, com seus olhos azuis, brilhosos e risonhos, encarava nossa mãe com tanto amor que, tenho certeza, ela contaria quantas histórias a garotinha quisesse. Sinceramente, até eu faria isso caso ela me pedisse com esse mesmo olhar. Minha irmã era uma criança tão linda e dócil que, além de resplandecer e alegrar qualquer cômodo, encantava até o ser mais obstinado. E isso com apenas cinco anos!

— Mãe, por favor, conte logo uma história para que possamos pôr Mal para dormir. Só assim teremos um pouco de sossego — disse, estampando um sorriso na face e puxando com carinho o cabelo trançado de minha irmã. Travessa, ela ria da minha tentativa de provocação enquanto subia no meu colo.

Irritar Malvina sempre foi divertido, assim como amá-la e fazer parte de seu mundo encantado. Aos dez anos, tudo o que eu almejava era ter uma irmãzinha. Então, quando botei os olhos naquele bebê rosado – que chorava a plenos pulmões –, soube que havia ganhado um presente. Desde aquele dia, em que jurei protegê-la para todo o sempre, Mal fisgou meu coração.

Sob o calor da lareira que crepitava, nos ajeitamos em minha cama e peguei uma escova para pentear seus cabelos. Este era o nosso ritual noturno: Malvina vinha até o meu quarto e, enquanto eu desembaraçava suas madeixas, nossa mãe contava uma de suas histórias sobre a Escócia.

— Nunca vão se cansar das minhas pequenas aventuras, não é mesmo? Bendito o dia em que resolvi contar mais sobre seus avôs. — O riso em sua voz não negava o fato de que ela adorava reviver essas lembranças.

Mamãe, lady Rowena Duff – chamada também de duquesa de Hamilton –, sempre foi uma escocesa completamente apaixonada por seu país natal. Por consequência, passou esse amor para nós. Cada noite conhecíamos um pouco mais de Fife, região na qual ela viveu por dezoito anos, e mergulhávamos em suas aventuras ao lado do pai. Órfã de mãe, desde pequena teve que acompanhar o senhor das terras de Duff em suas expedições pelo sul da Escócia. Enquanto para muitos seria impensável levar sua única herdeira para conhecer arrendatários, para o vovô essa era a melhor maneira de aproveitar a força e a luz que a filha trazia na alma. Às vezes, desconfio que mamãe era exatamente como Malvina: dona de um olhar brilhante capaz de mover céus e terras.

— Já lhes contei sobre o dia em que conheci seu pai? — mamãe disse enquanto dava início à história da noite.

Nesses momentos seus olhos âmbares, da mesma cor dos meus, refletiam a essência escocesa que exibia com tanto orgulho. A emoção com a qual ela descrevia o passado sempre tomava conta do ambiente e, em um instante, transportava minha mente para um mundo que eu não via a hora de explorar.

Fechei os olhos por um momento e tentei visualizar as paisagens que ganhavam vida na mente de minha mãe. Imaginei extensos prados verdes, carvalhos que se agigantavam pelos campos e encobriam gerações de lutas e mistérios, urze brotando do terreno arredio e colorindo a região, e o vento açoitando e avivando faces. A imagem era tão nítida que eu me via facilmente em meio às montanhas, com a brisa bagunçando meus cabelos à medida que a paisagem ao meu redor me enchia de euforia.

— Claro que já contou, mamãe. Mas ainda assim queremos ouvir — respondeu Malvina, com a voz transbordando entusiasmo.

Sua pergunta tirou-me do breve torpor causado pela esperança de viver aquilo que só conhecia por meio das lembranças de outras pessoas. Sabia que a Escócia fazia parte do meu destino, assim como mantinha a certeza de que um dia iria cavalgar pelas terras dos meus ancestrais. Mas naquele momento, rodeada pelo calor de minha família, tudo o que queria era mergulhar na história da noite.

Durante o tempo que aguardava, concentrei-me na garotinha à minha frente, nos seus longos cabelos ruivos e no ritmo suave de sua respiração. Ela era igualzinha à nossa mãe: cabelos lisos de um tom vermelho intenso, pele branca como leite e cheia de sardas, nariz pequeno e levemente arredondado, e um sorriso sincero e contagiante. A única diferença entre elas estava nos olhos, sendo os de Malvina azuis como o céu ao amanhecer. Uma coloração única que, segundo mamãe, ela herdara de nosso avô James Duff.

Lado a lado, eu e minha irmã parecíamos completos opostos. Uma ruiva e de feições delicadas, a outra loira e de traços brutos.

— Pois bem, então preparem-se para ouvir algo que nunca contei: nosso casamento, o meu e de seu pai, não passou de um acordo comercial.

Interrompi o movimento da escova para encarar minha mãe, que sorria para nós ao se ajeitar na poltrona paralela à lareira. Em nenhum momento, ao longo dos meus quinze anos, desconfiei que a relação dos meus pais havia sido forjada por algo menos que amor verdadeiro.

— Um acordo? Mas os senhores vivem suspirando apaixonadamente pela casa! — O que, aos meus olhos, era extremamente inadequado; assistir a seus pais trocando beijos e carinhos na presença de qualquer pessoa é no mínimo constrangedor. — Não consigo acreditar, mamãe.

Sempre carreguei muitos sonhos dentro de mim. Alguns deles envolviam um casamento feliz com direito a uma casa grande cheia de crianças alegres e risonhas – se possível, tão espirituosas quanto minha pequena irmã. Mas esse desejo só surgiu por causa dos meus pais. Foram eles que me ensinaram que uma casa é construída com pedras e madeira, enquanto um lar é edificado no amor e no respeito.

— Ah, minha impaciente Brianna. Pare de me apressar. — Mamãe me encarava com um sorriso grande o suficiente para avivar seu semblante. Observei-lhe as pequenas rugas, a pele corada, as sardas marcando todo o rosto e o cabelo que brilhava ainda mais à luz da lareira. Ela era linda, e enquanto eu me contorcia de curiosidade, minha mãe parecia cada vez mais calma ao narrar sua história:

— O casamento tornou-se viável quando seus avôs descobriram uma antiga ligação entre nossas famílias. Séculos atrás, Duff e Hamilton eram conhecidos como os clãs mais influentes do nordeste da Escócia. As relações comerciais entre eles eram fortíssimas, mas foram extintas quando os primeiros Hamilton abandonaram suas terras. Ainda não descobrimos os motivos que os fizeram migrar para a Inglaterra, mas, até onde sabemos, eles foram incentivados pela Coroa Inglesa.

— Provavelmente nosso título ducal não só procede de tal relação como também foi o grande responsável pelo deslocamento de todo um clã — murmurei, perdida em pensamentos. Ao que tudo indica, anos atrás um chefe escocês foi transformado em duque pelo rei e, junto com seu povo, acolhido no seio da nobreza inglesa. Curiosa, decidi que no dia seguinte confrontaria meu pai sobre o primeiro duque de Hamilton. Adorava qualquer oportunidade de descobrir mais sobre meus antepassados e os ramos perdidos da nossa árvore genealógica.

— Apesar da origem do título ducal e do passado que unia os dois povos, a verdade é que não era comum uma escocesa se casar com um nobre inglês. — Mamãe desviou os olhos dos meus e passou a encarar a fina aliança de ouro que rodeava seu dedo anelar. A joia continha um único e estonteante rubi, símbolo não só do amor entre meus pais, mas também do título de duquesa de Hamilton. Milhares de gemas vermelhas faziam parte do tesouro da família, mas ela escolhera apenas esse anel como lembrete de sua posição. — Então, seus avôs lutaram e barganharam até que todos os interesses comerciais fossem delimitados e quaisquer preconceitos superados. E, ao assinar o acordo nupcial, meu pai garantiu que a linhagem e as terras dos Duff não morreriam com ele.

— Mas como isso é possível? Não são sempre os homens que herdam os direitos dos bens de seus pais? — interrompi mais uma vez, feliz por saber que mamãe ainda estava ligada à terra que tanto ama.

— Essa foi a condição para que o casamento se cumprisse: que as terras dos Duff, que são nossas desde o massacre que anos atrás extinguiu os clãs escoceses, passassem diretamente para mim e depois para os meus filhos. Papai sonhava com a perpetuação da região e lutava pelo fim da inimizade entre ingleses e escoceses. Já seu avô Hamilton, esperto e com um ótimo faro para negócios, aceitou o casamento sob a condição de ser o único lorde com jurisdição sobre o porto estuário do rio Forth, administrado pela família de meu pai. Assim, as duas famílias saíam ganhando.

E as duas nações também, cheguei a pensar.

Mamãe já havia nos contado sobre a Batalha de Culloden e como ela aniquilara os costumes dos clãs escoceses. Os ingleses acabaram com uma cultura, matando milhares de guerreiros e oprimindo os sobreviventes. Os remanescentes não podiam mais usar o título de *highlanders*, viver socialmente organizados em clãs e muito menos exibir os tartãs – vestes com as quais estavam acostumados. Por causa da guerra, eles precisaram renunciar a tudo o que conheciam como certo.

Pensar em tamanha atrocidade me deixava triste, ao mesmo tempo que aumentava o orgulho que sentia pela história da minha família. No fundo, meus avós sempre souberam que pequenas atitudes, como laços comerciais e casamentos arranjados, podiam estreitar relações e unir dois povos afastados pela ganância.

Além disso, alegrava-me saber que eu fazia parte – mesmo que indiretamente – da história que uniu, separou e recuperou os antigos acordos entre nossas famílias.

— E o que um pedaço de terra ou até mesmo um porto têm a ver com amor? — Malvina questionou, bufando e encarando nossa mãe com o seu melhor olhar de indignação.

— Quando for mais velha entenderá que os casamentos vão muito além do sentimento que une os noivos, minha querida — respondeu mamãe com delicadeza. — Veja bem, não estou dizendo que o amor e a afeição são dispensáveis. Apenas que o matrimônio também pode ser um acordo comercial. Seus avós almejavam assegurar o futuro de todos os seus descendentes e o casamento dos filhos foi o meio que encontraram para satisfazer tal necessidade. Mas isso não significa que eles deixaram de avaliar se a união traria felicidade para os seus lares.

A resposta não pareceu suficiente para Malvina, que continuava rígida em meu colo. Minha mente espelhava sua inquietação, não pelas revelações feitas por nossa mãe, mas pela ânsia de conhecer mais sobre meus avôs. Mesmo que tentasse, não conseguia conter as perguntas que fervilhavam em minha cabeça.

— É desse porto que vinham os carregamentos de uísque que o vovô Hamilton tanto amava, não é mesmo? — Mamãe assentiu, aguardando com paciência que eu terminasse meu raciocínio. — Penso se não seria mais proveitoso para um duque contratar um responsável para lidar com suas transações comerciais do que arcar com as despesas de um arranjo matrimonial fora do comum.

— Não se enganem, meninas. Seu avô era um duque pouco convencional. Ele buscou e aceitou, facilmente, o casamento do único filho com uma escocesa que não havia sido apresentada à sociedade londrina. E apesar de vir de uma linhagem pura e nobre, usava a influência do ducado para implementar benfeitorias por toda a região de Durham. Todos sabiam que o que realmente importava para ele eram essas terras e a felicidade de sua família, assim como o bem-estar de seus arrendatários. É por isso que seus avôs se deram tão bem, ambos possuíam valores parecidos.

Ouvi-la falar só fazia aumentar meu desejo de tê-lo conhecido. Vovô Hamilton morreu depois de ter passado dias lutando contra uma febre alta. À época, mamãe havia acabado de descobrir que estava grávida de mim, e, segundo ela, só a notícia do meu nascimento foi capaz de ajudar papai a superar o luto. Quando eu era menina, ele aproveitava qualquer oportunidade para me contar mais sobre o antigo duque: as melhorias que havia projetado para a casa Hamilton, suas viagens pelas Américas, as cavalgadas noturnas e seu amor por um uísque específico vindo das ilhas ao norte da Escócia. Por meio das memórias do meu pai, aprendi que meu avô era um homem justo e cheio de diversão no olhar.

— Mas e o amor? E o primeiro beijo? E a troca de olhares? — Malvina questionou. — É sobre isso que espero ouvir, mamãe. Por favor, não me diga que o vovô arruinou sua chance de viver um conto de fadas.

Percebi em seu tom de voz que Malvina tentava segurar o choro. Se esse não fosse um sinal suficiente de sua chateação, a cor de sua pele logo lhe denunciaria. Minha irmã estava tão vermelha quanto um tomate maduro! E isso só acontecia quando ela ficava extremamente descontente ou envergonhada.

Precisei reprimir o riso. Seu ímpeto sempre me surpreendia, assim como todas as nuances que a sua personalidade infantil revelava: ora calma e dócil, ora extremamente indomável. Talvez papai tivesse razão em dizer que todas as mulheres da casa Hamilton eram guiadas pelo calor do nosso sangue escocês.

— Minha pequena impaciente. Dei voltas demais, não é mesmo? Pois bem, saiba que o dia em que conheci seu pai foi maravilhoso. Era inverno na Escócia e, como já alertei, isso significa que o amanhecer era nublado, o vento era forte e o frio, cortante e úmido. Mas, mesmo assim, quando o vi me senti atingida por um intenso raio de sol. O cabelo loiro, assim como o seu, Brianna, brilhava; na realidade, todo ele resplandecia. — Ela falava com a voz embargada, como se estivesse vendo papai novamente pela primeira vez. — Portanto, mesmo sabendo que nosso casamento seria um acordo comercial proveitoso, não me importei com mais nada quando os olhos dele encontraram os meus pela primeira vez.

— Por quê? Ele te levou flores? Ou joias? Ah, já sei! Papai declarou juras de amor eterno, se ajoelhou e propôs casamento? — Agora Malvina estava tão animada que ficava dando pulinhos no meu colo. Pelo menos sua pele não estava mais vermelha, ou *tão* vermelha. Da cor de tomate ela foi para um belo tom de rosa-claro, como o suspiro de morango que Ava, nossa cozinheira, preparava para os fins de semana. A comparação me divertiu e falhei na tarefa de segurar as gargalhadas, mesmo quando a pequena voltou seu olhar inquisidor na minha direção.

Saindo da cadeira perto da lareira, mamãe se aproximou da cama, pegou Malvina no colo e sentou entre nós. Minha irmã rodeou-a com as mãos em um abraço lateral e eu apoiei minha cabeça em seu ombro livre. Estávamos as três tão próximas que parecíamos um único ser; rodeadas e unidas pelo calor umas das outras.

— Prometem não rir? — mamãe disse, enquanto corria a mão pela lateral do meu rosto.

Rapidamente balançamos a cabeça em afirmativa, esperando ansiosas pelo desfecho da história. Sabíamos que ele seria afortunado – afinal, éramos a prova viva disso –, mas ainda queríamos ouvir da boca de mamãe como fora ter seu próprio final feliz.

— Eu havia sido avisada da chegada da família do meu noivo e do nosso encontro. Porém, resolvi sair para uma caminhada algumas horas antes, na intenção de acalmar os nervos. Vejam bem, eu queria me casar, mas, para ser sincera, não estava feliz com a perspectiva de conhecer um lorde inglês mimado e arrogante.

— E como sabia que papai era mimado? Acabou de dizer que ele foi criado em um lar nada típico. — Eu já sabia a resposta, mas adorava ouvi-la admitir que estava errada e que havia julgado meu pai sem ao menos conhecê-lo.

— Vai me fazer dizer isso novamente, senhorita Brianna?

Abri um sorriso largo e balancei a cabeça para concordar. O movimento acabou soltando o laço responsável por prender minhas madeixas, que se soltaram em uma confusão de cachos loiros. Malvina ria enquanto mamãe tirava a escova de cabelo que estava em minhas mãos.

— Vire-se, Bri. Agora é minha vez de penteá-la. Vamos ver se conseguimos domar essas mechas, nem que seja um pouquinho.

Enquanto tirava os nós no meu cabelo, que ganhei por ter cavalgado com ele solto ao vento, mamãe finalmente respondeu a minha pergunta:

— Eu me enganei. Anos atrás, imaginei que me casaria com um jovem tipicamente inglês, aristocrático e controlador. Mas é claro que seu avô não aceitaria um casamento assim. Ele sempre soube que eu precisava de um companheiro que me entendesse, que conhecesse todos os meus sonhos e anseios. Um homem que não limitasse minha personalidade, mas, sim, que a fortalecesse. — Não precisava ver seus olhos para ter a certeza de que mamãe trazia na face uma expressão séria.

— E o que isso significa exatamente? — perguntei, imaginando como fora difícil para ela abandonar a família em nome de um casamento arranjado.

A escova corria por meus cachos enquanto eu fixava o olhar na parede à minha frente. A luz que vinha da lareira refletia nos móveis e em seus ornamentos prateados, embelezando ainda mais o aposento que, para mim, já era lindo por si só.

A cama grande era rodeada por um dossel de metal prata — da mesma cor do tecido fluido que o compunha. À direita, via-se uma janela enorme, que ia do chão ao teto e fazia a luz do sol — e às vezes a da lua — banhar o quarto e brindar meu sono. Quase todas as paredes e móveis eram em tons claros, menos a lateral de onde o fogo crepitava. Ali as cores reinavam: papel de parede azul-marinho, arabescos prateados que adornavam a lareira, poltrona revestida de veludo roxo e uma confusão de livros espalhados pelo tapete.

A composição lembrava-me um céu noturno tomado pelas estrelas. E eu não poderia amar mais esse espaço tão especial.

— Significa que o amor deve somar e nunca excluir — mamãe disse por fim. — Eu sei que cavalgar com rapidez e correr pelo bosque são atividades que fazem parte de quem você é, meu anjo. Mas como se sentiria caso seu marido dissesse que não poderia mais passar tanto tempo ao ar livre?

— Indignada! Com certeza, faria tudo que amo mesmo sem sua permissão — respondi enquanto soltava um arquejo. Provavelmente teria que cortar alguns nós do cabelo. Os puxões da escova estavam beirando o insuportável.

— É exatamente por isso, meu amor, que precisa de alguém que não a coloque nessa posição. Sua felicidade estaria comprometida ao lado de um marido que não aceitasse seu bom humor e seu espírito aventureiro. Então, por que se casaria com alguém assim? Para ficar presa em um constante embate de opiniões e prioridades? A verdade é que não existe pessoa certa ou pessoa errada, mas sim a necessidade de descobrir *quem é certo para cada um de nós*.

— E o papai era o seu certo, mamãe? — Malvina perguntou ao vir para o meu lado da cama e apoiar a cabeça em meu colo. Passando a mão em seus cabelos, tão compridos quanto os de nossa mãe, percebi que ela estava quase adormecendo. Mas, mesmo aliviada por seu sono iminente, tinha certeza de que a pequena não pregaria os olhos até ouvir o desfecho dessa história de amor.

— Sim, minha menina, ele era. — Depois de mais um arquejo de reclamação, mamãe percebeu meu desconforto com a escova e começou a usar as mãos para terminar de desembaraçar meu cabelo. — Para ser sincera, vivia consumida pelo medo de que seu pai buscasse uma perfeita e aristocrática duquesa. Na época, eu não fazia ideia de quais eram as responsabilidades de um duque, mas já escutara histórias sobre discriminação social e constante ostentação. E se assim fosse, eu sabia que não seria capaz de viver em um mundo controlado por regras rígidas e tolas.

No fim, provou-se que papai e mamãe eram perfeitos um para o outro. Nunca havia visto um duque e uma duquesa tão avessos aos traquejos sociais. Acredito que morar distante de Londres deu a eles a certeza de que não precisavam da sociedade e de suas leis para nada.

Terminando a tarefa de domar meus cachos, mamãe passou a nos ajeitar para dormir. Incitando-nos a deitar, ela nos beijou na fronte e nos cobriu com um pesado cobertor. E enquanto eu tentava deixar uma Malvina bem sonolenta confortável em meu travesseiro, minha mãe caminhou até a lareira e colocou mais lenha para queimar.

Novamente acomodada na poltrona roxa, ela continuou sua narrativa – provavelmente na esperança de que logo dormíssemos.

— Eu estava apavorada, mas não queria assumir que tinha medo do meu noivo e de tudo o que ele representava. Então, sabem o que fiz? Fugi para o campo. Estava empoleirada em uma árvore quando Brandon me encontrou. Ele já havia tomado chá com meu pai e conhecido os arredores da propriedade Duff. E, quando resolveu procurar a futura noiva, deparou-se com uma escocesa descabelada, suja e cantando preces em cima de uma macieira. Quando vi que ele se aproximava, tentei me esconder, mas acabei desequilibrando. Mesmo assustada, estava pronta para arremessar uma maçã em sua cabeça caso ousasse repreender meu comportamento. Mas sabe o que seu pai disse? Ele me olhou com um sorriso de canto de boca, igual a esse que adora exibir por aí, Brianna, e...

— Pedi que ela aproveitasse a descida e colhesse uma maçã para mim também, já que, assumindo com toda minha humildade e sinceridade, nunca conseguiria subir em uma árvore sem cair e quebrar algum osso do corpo — disse papai, entrando no cômodo, acomodando-se atrás da poltrona onde mamãe estava e colocando as mãos nos ombros dela. — Claro que Rowena achou que eu estava caçoando e me arremessou a fruta na cabeça. Mas valeu a pena porque a força do lançamento acabou por desequilibrá-la.

— E seu pai aproveitou a queda para rir; não, gargalhar — disse mamãe, com um sorriso apaixonado no rosto.

— A senhora caiu? Isso não é nada romântico ou seguro para um primeiro encontro! E pai, que maldade dizer que isso foi bom. E se mamãe quebrasse algo ou se machucasse de verdade? Tenho certeza de que não teria casamento. Eu não me casaria com um homem que me vê caindo e ainda ri de mim! — Mais uma vez tentei segurar as gargalhadas que faziam cócegas em minha garganta, mas o horror na voz de Malvina me divertia. — Pare de rir de mim, Brianna Hamilton! Estamos falando de amor, amor para uma vida inteira, amor digno de um final feliz.

— Mas, minha pequena, nosso amor foi e é assim. Sua mãe não se machucou ao cair. E sabe por quê? Porque ela caiu em cima de mim! Quando, já no chão, nossos olhares se cruzaram, soube que havia sido, literalmente, derrubado por aquela mulher. E no mesmo instante dei-me conta de que meu coração sempre seria dela — disse papai, aproximando-se da cama e ajoelhando-se para ficar na altura dos olhos de Malvina.

Ele estava tão próximo de nós que eu conseguia sentir o cheiro de terra e natureza que emanava de suas roupas. Nosso pai herdara do antigo duque o gosto pelo diferente. Em seu período na faculdade de Oxford apaixonou-se pela botânica e fez desse amor uma fonte de pesquisa. Provavelmente era por esse motivo que mantínhamos residência fixa em Durham. Segundo ele, em Londres a natureza era vista como um bônus para a beleza da cidade, enquanto aqui o verde sempre seria tudo o que somos.

— Jura que se apaixonaram tão rápido, papai? — Malvina questionou com a voz acalmando e assumindo um tom sonhador. — Bri sempre lê histórias sobre bailes de máscaras, casais separados por suas famílias, sapatinhos perdidos e feras transformando-se em príncipes, mas um conto de fadas como o seu e de mamãe parece-me ainda mais especial.

— Juro de coração, meu anjo — ele disse ao apoiar o corpo na lateral da cama e unir nossas mãos nas suas. — Assim que vi sua mãe cantando em cima daquela árvore soube que ela era tudo o que eu ansiava: alguém que desafiasse minhas certezas e que estimasse o campo e a natureza tanto quanto eu. Foi amor à primeira vista, então tive que correr atrás dessa escocesa teimosa e provar meu amor. Até hoje é isso que faço; agradeço a seus avós por nosso casamento e provo a Rowena que somos perfeitos juntos.

Ao terminar de falar, ele voltou o olhar para mamãe. Tal troca de olhares aqueceu meu coração sonhador. Vi, transbordando entre meus pais, uma relação baseada no amor, na amizade e no apoio mútuo. Existia tanto carinho entre eles! E mesmo com idade suficiente para saber que nem todos os casamentos eram abençoados assim, jurei que um dia encontraria aquele tipo amor.

Um amor forte, resiliente e sincero.

— Agora vamos dormir que já é tarde e amanhã temos muitos afazeres. As quero acordadas antes do amanhecer, pois bem? Precisamos ir à vila providenciar alguns vestidos de verão. Logo as férias chegarão e nossos convidados também — mamãe disse, piscando na direção de papai e seguindo para a porta do quarto com um sorriso estampado na face.

— Boa noite, minha Bri. Durma com as estrelas. — Papai afagou meus cabelos e depositou um beijo suave em minha fronte.

Voltando a atenção para Malvina, que a julgar por sua respiração pesada já estava dormindo, ele a pegou no colo e seguiu mamãe.

Completamente sozinha e envolvida pela típica solidão noturna, peguei-me sonhando acordada, imaginando o dia em que – assim como minha mãe – estaria me aventurando pelos campos da Escócia, vivendo sem regras e cobranças, caminhando para um final feliz maravilhoso ao lado do meu amado.

Adormeci planejando um futuro que contava como certo. Em minha pureza de menina, tudo o que eu queria era estar rodeada pelas pessoas que amava e repleta de experiências para contar quando chegasse a minha vez de pôr meus filhos, ou sobrinhos e netos, para dormir.

Ela está definhando, lady Brianna. Pediu-me que lhe enviasse esta missiva e não pude deixar de atendê-la. Mais uma vez clama que volte para casa, para a sua verdadeira casa. Não por ela – apesar de não restar dúvidas de que espera vê-la antes de partir ao eterno descanso –, mas por aqueles que ficarão. Eles estarão perdidos sem ela, milady. Talvez seu retorno os ajude a atravessar tamanha dor. Então volte, engula o orgulho e volte.

(Trecho da carta de Mary – governanta da casa Hamilton – para Brianna, em dezembro de 1826.)

2

1827, Durham

Bato a aldrava e aguardo. Meus nervos estão em frangalhos, sem saber como serei acolhida na casa que um dia chamei de lar. Sinto-me consumida pelo medo de ter chegado tarde demais e de não conseguir me despedir da pessoa que mais amei em minha vida.

Desde que recebi a carta de Mary não medi esforços para voltar. Claro que não foi fácil deixar para trás a vida que construí ao longo dos últimos anos. Por muito tempo a Escócia foi meu tudo, meu refúgio, meu presente e meu futuro. Mas, sendo sincera comigo mesma, retornar também não foi tão difícil quanto imaginei que seria.

Quando fugi, buscava a oportunidade de descobrir a mulher que gostaria de ser, longe dos meus pais e de suas imposições. E mesmo que eu ainda não tenha encontrado todas as respostas para as minhas perguntas, nos últimos anos descobri quem eu *não gostaria de ser*: o elo esquecido de nossa família.

Então, anos atrás, quando os primeiros sinais da doença de mamãe apareceram, prontifiquei-me a voltar. Ela repetia em suas cartas que estava bem, que as dores no corpo e a febre eram sinais de cansaço, mas não acreditei nem por um segundo. Conversei com meu avô James, deleguei funções entre os empregados da casa Duff, preparei minha mala e comprei um passe para a próxima diligência rumo à Inglaterra. Na primeira vez precisei cancelar porque meu primo adoecera; na segunda, por conta de um forte temporal; na terceira porque havia perdido meu vestido preferido e assim encontrei desculpas – algumas sinceras e outras não – nas centenas de vezes seguintes.

Só deixei de procrastinar quando fui atingida pela verdade por trás da doença de mamãe. A carta de Mary me deixou apavorada e o medo de perdê-la finalmente falou mais alto. Sem pensar duas vezes, subi no coche e voltei.

Sinto um aperto no peito. Afago-o na esperança de diminuir a pressão, mesmo sabendo que nada será capaz de afastar a culpa que me consome nesse momento. Precisei de uma fatalidade para despir-me dos erros do passado e dar ouvidos aos clamores do meu coração. E ao encontrar desculpas tolas e sem sentindo, perdi um tempo valioso ao lado daqueles que amo.

Estou prestes a cair no choro, a deixar fluir toda a raiva que pesa em meus ombros, quando a porta se abre bruscamente. Encaro, em choque, os olhos que me fitam de dentro da casa. Não faço a menor de ideia de quem seja o novo mordomo e isso me assusta.

Analiso-o por mais tempo do que deveria. Cabelos acinzentados, olhos azuis e um teimoso nariz aquilino. Suas vestes estão impecáveis, contrastando com as minhas saias amarrotadas. O rosto, iluminado por um sorriso cordial, exala vida. Ele não deve ter mais que quarenta anos – extremamente jovem para a posição.

Dou-me conta de que se passaram onze anos de pequenas e grandes mudanças para a casa Hamilton. E, nesse momento, não consigo deixar de pensar no que mais encontrarei de novo entre suas paredes.

— Pois não, milady. — Ele faz uma pequena mesura, optando pelo gesto cordial sem ao menos saber se está falando com uma lady ou não. — Gostaria de se apresentar para que eu possa anunciar sua chegada? Se continuar com essa expressão de assombro, permaneceremos por muito tempo na entrada da casa e, se me permite a ousadia, tenho muitos deveres à espera.

— Peço perdão, mas esperava encontrar Wilson. Ele não trabalha mais aqui?

— O antigo mordomo faleceu há mais de seis anos, milady. Desde então eu assumi seus deveres. Sou Alfie, ao seu dispor. — Ele me encara com um misto de orgulho e pesar.

— Não fazia a menor ideia de sua morte... mas também não

haveria de saber. Lamento tanto, Wilson era muito próximo de meu pai. — Apesar da idade avançada, ele era um dos melhores funcionários da casa. Faço uma prece em nome do antigo mordomo e reúno a bagagem aos meus pés. — Muito prazer, Alfie. Sou lady Brianna Hamilton. Pode, por favor, levar-me até minha mãe?

Agora é ele que me encara com assombro; parece que minha história é conhecida pelos novos funcionários. Enquanto me convida a entrar, Alfie toca a sineta e pede para alguém recolher minha bagagem. Reprimo a vontade de mantê-las comigo. Não tenho certeza de que permanecerei nesta casa por tempo suficiente para ser encorajada a acomodar meus pertences.

— Pois bem, lady Brianna. Acompanhe-me, por favor. Primeiro pedirei para que lhe sirvam uma bandeja de chá com alguns biscoitos. Imagino que não tenha tomado o desjejum ainda. — Antes que eu possa interrompê-lo para agradecer ou refutar o gesto (não sei ao certo qual das opções prefiro), Alfie impede minhas palavras com um casual dar de ombros. — Se tudo o que ouvi for verdade, a senhorita precisará de muita coragem para encará-los. E, como dizia minha mãe, barriga cheia é o que sustenta um soldado no campo de batalha.

Só de ouvir falar em comida meu estômago resolve se pronunciar fazendo um barulho pouco nobre. Alfie me lança um olhar divertido e me resta rir enquanto o sigo casa adentro. Apesar da tentativa de humor, o som da minha risada é tão insólito que até eu consigo ouvir a insegurança ressoar dela.

Sinto a inquietação aumentar a cada passo dado. Durante toda a viagem de volta eu me preparei para este momento. Criei inúmeros cenários em minha mente e para cada um deles defini a melhor abordagem: quando falar sobre o passado, o momento perfeito de pedir perdão, a hora exata de correr para os braços de minha mãe. Mas a imaginação é apenas uma sombra da realidade que se estende à minha frente.

Não pela primeira vez digo a mim mesma que sou forte e que nada disso importa, que estou preparada para o que quer que aconteça. Tais palavras mantêm minha cabeça erguida, mas não bastam para calar as dúvidas que me dominam.

Se tem uma coisa que aprendi ao longo dos últimos anos é que as pessoas adoram tomar partido. Nós julgamos sem precedentes, guiados apenas por nossas motivações pessoais. Então não tenho dúvida de que todos aqui reunidos – familiares, empregados e até mesmo os moradores da região – irão opinar sobre minhas escolhas. Alguns me olharão torto, outros cochicharão nos corredores e muitos nem se dignarão a me dirigir a palavra.

Mas, no meu lugar, será que eles teriam seguido seus próprios conselhos? Tenho certeza de que não. Da mesma forma que não tenho dúvidas de que para eles nada disso faz diferença.

Sou culpada e a sentença já foi proclamada há muito tempo.

Resta-me aprender a lidar com seus olhares e a silenciar as vozes que apontam, julgam e apedrejam.

Para minha surpresa, a casa Hamilton aparenta ser a mesma. Papel de parede claro com pequenas listras douradas, janelas amplas que permanecem abertas e deixam a luz natural entrar – mamãe nunca gostou de cortinas pesadas que escurecessem a casa – e móveis aconchegantes em tons variados de creme. Em cada mesa de canto, em vez de valiosas esculturas de mármore, vejo livros de arte e botânica, exatamente como me recordo.

Decorado com flores do campo, o hall de entrada resplandece encanto e perfume. Os vasos de porcelana foram espalhados aleatoriamente, exibindo uma variedade de cores fascinante. Fazia tempo que não via tantos arranjos naturais em um único lugar.

Seguimos pelo corredor paralelo à sala de jantar. De relance vejo o pé-direito alto, os reluzentes aparadores de prata e um magnífico lustre que pende acima da mesa de mármore. É ali que noto as primeiras diferenças: as paredes, antes vazias, estão decoradas com belíssimas pinturas em tela; algumas retratam paisagens, outras o céu e suas nuances de cores, mas a maioria traz a delicadeza e os detalhes de uma ou outra espécie de flor.

— Sinta-se à vontade, lady Brianna. Logo seu chá será servido — Alfie diz ao entrarmos na sala de visitas. Mais quadros decoram as paredes do ambiente que, assim como o corredor principal, está tomado por flores.

Sento-me em um sofá de canto, próximo à janela, e volto o olhar para os jardins que rodeiam a propriedade. A brisa suave balança meus cabelos e preenche a saleta com o canto dos pássaros. Sempre amei o fato de os cômodos desta casa parecerem integrados com a natureza.

A construção é antiga e pertence à nossa família há gerações. Mas, por conta das modificações feitas pelo antigo duque, tem um ar de modernidade inusitado. As janelas são enormes e tomam praticamente uma parede inteira. Por dentro tudo é claro, em tons pastel que, no máximo, aceitam um toque ou outro de azul-marinho. Já por fora, a estrutura é cinza e os acabamentos, prateados. Isso porque todas as cores existentes estão reunidas nos terrenos que rodeiam a propriedade. É como se a casa coexistisse em meio às flores, e não o contrário.

— Agradeço pela recepção, Alfie. — Ele sorri ao fazer uma leve mesura. Apesar das circunstâncias, estou contente por sua presença tranquilizadora.

— Enquanto aguarda devo pedir para lhe prepararem um quarto e talvez um banho, milady?

— Serei obrigada a declinar a oferta. Por mais que almeje lavar a sujeira da viagem, não quero forçar minha presença — digo com franqueza, sem pensar se estou sendo indelicada ao expor a vulnerabilidade da minha situação como convidada nesta casa. — Além disso, tudo de que preciso é vê-la.

— Eu compreendo. — Alfie derrama um pouco de água fresca em uma bacia de ferro. Quando o refratário é depositado na mesa à minha frente, consigo ver, pelo reflexo distorcido, minha aparência assustadora. Os cachos escapam pelo penteado e meu rosto está marcado pelas lágrimas derramadas durante a viagem. Percebendo minha inquietação, Alfie me oferece seu lenço. — Tenho certeza de que a única coisa que importará é que milady voltou para casa. Não esqueça que eles a amam e que o amor é capaz de curar qualquer ferida, senhorita Brianna.

A sinceridade por trás de suas palavras me surpreende. Vim preparada para encontrar julgamento e raiva, mas o que vejo nos olhos de Alfie é uma mistura de pena e compaixão. Não preciso de tal conforto, mas, ao mesmo tempo, sinto-me grata por recebê-lo.

— Eles estão bem? — pergunto antes de perder a coragem.

Um silêncio doloroso preenche o ambiente e chego a pensar que fui longe demais, que não deveria tê-lo forçado a engatar uma conversa tão pessoal com uma completa desconhecida.

Assim como Alfie, tenho fé de que o amor suporta tudo, de que só esse sentimento é capaz de curar e perdoar sem esperar nada em troca. Mas também sei que, para isso, ele precisa ser cultivado, regado e lapidado. Sem atitudes concretas de companheirismo e cuidado, nenhuma relação suporta mais de uma década de separação forçada.

Mantive minha família próxima por meio das cartas que lhes escrevi. Nelas contei cada minúscula vitória ou derrota que vivi ao lado de meu avô. Mamãe respondia sempre que podia, assim como Mary, uma grande amiga que fiz entre os empregados da casa Hamilton. Mas não li uma única palavra de Malvina ou de papai. Nem mesmo meu amigo Desmond – que prometeu uma torrente de cartas – foi capaz de cumprir seu voto.

Parece que fui cortada da vida deles ao fugir, como uma erva daninha deve ser arrancada de um jardim. Claro que continuei amando-os durante todos esses anos, mas precisei aceitar a distância e acreditar que estavam melhores sem mim. Por maior que fosse a dor da saudade, não os julgava por refutar minhas cartas quando a escolha de abandoná-los fora minha.

— Não sei o que espera ouvir, milady — Alfie diz, por fim. — Os últimos anos têm sido os mais difíceis. Lady Malvina passa dias trancada no antigo moinho, sem sair ou receber ninguém. A duquesa continua sorrindo e dizendo que está bem, mas a cada dia seus membros estão mais doloridos e frágeis. — Vejo seus olhos marejarem e preciso engolir o nó em minha garganta. — E seu pai, bem, milady, ele faz o possível. No momento, está em uma de suas expedições pelo continente. Toda vez que sai em viagem leva no rosto uma expressão de conforto e fé. Mas é quando regressa que percebemos como os últimos anos estão cobrando seu preço.

— Que tipo de expedição? — Papai nunca foi de se aventurar e sempre odiou viajar e, por isso, o título de duque lhe era tão estranho. Sair de Durham e ir para Londres era um martírio. Só consigo imaginar um motivo que o fizesse abandonar o conforto do lar. — Ele está à procura de uma cura, não é mesmo?

Sem saber como lidar com a cacofonia de emoções que dominaram meu peito, concentro-me no ato de retirar as luvas, mantendo os olhos em qualquer coisa que não o mordomo à minha frente. Enquanto aguardo a sua resposta, esse gesto simples e rotineiro permite que eu silencie os sentimentos que ameaçam me derrubar.

— E a senhorita o culpa por alimentar esperança, milady? Sua graça ama a duquesa e não vai deixar de lutar por ela, mesmo que digam que é tempo perdido.

Não, nunca o culparia por manter a esperança quando eu mesma forço-me a tê-la.

A raiva é cruel. Ela me leva a repudiar cada escolha que fiz nos últimos anos e a questionar o destino por macular minha família. Mas a esperança é ainda mais letal. Tal emoção é forte o suficiente para mover montanhas. Então meu coração se agarra a ela, afastando os resquícios de escuridão e dor.

Se meu pai permanece lutando é porque ainda temos tempo. E é nisso que decido acreditar.

— Obrigada, Alfie. Só agora, após dias de viagem esperando pelo pior, dei-me conta de que minha fé no futuro precisava ser reanimada.

Talvez eu seja expulsa de casa. E provavelmente tenha que enfrentar uma torrente de exclamações, julgamentos e cobranças. Mas nada disso importa porque sei que não é tarde demais para recomeçar.

— Ora, milady, não tenha fé no futuro, mas no amor que a trouxe até aqui. Nenhuma força no mundo é capaz de destruir aqueles que se amam verdadeiramente.

Cure-nos, eu imploro. Apague as feridas que marcam nossas almas.

Fecho os olhos e sussurro uma prece aos céus.

Alfie tem razão. Neste momento, tudo o que preciso fazer é acreditar que o amor sempre bastará.

Eles estão bem, minha filha. Leio com Mary todas as suas cartas e terminamos com um misto de alegria e pesar. Queríamos que estivesse aqui, mas ao mesmo tempo nos alegra saber que está feliz. Acredito que, no fundo, uma parte de mim sempre soube que seu lugar era na Escócia. Os prados são maravilhosos, não é mesmo? Sinto falta do clima e da beleza natural dos cardos. Amo que nosso jardim esteja repleto deles, mas é diferente vê-los livres em meio à relva. Também sinto falta do seu avô. Pergunto-me, não pela primeira vez, se depois de tudo ele nos receberia em suas terras. Gostaria de visitá-los. A saudade que carrego é tão grande que só posso sonhar com o nosso reencontro.

(Trecho da carta de Rowena para a filha Brianna, em outubro de 1818.)

3

1827, Durham

Estou sendo consumida pela ansiedade quando Mary, minha antiga dama de companhia e hoje governanta da casa Hamilton, irrompe aposento adentro e dispara em minha direção. Em menos de um segundo seus braços me rodeiam e quase caio com a força do impacto. Seu enlace conforta o meu coração e, instantaneamente, afasta minhas preocupações.

Senti falta da nossa amizade, das longas conversas ao amanhecer e dos sermões disfarçados com ironia e bom humor. Aquela época, quando nossos corações sonhadores estavam livres de mágoas e dores, foi uma das melhores que vivi.

— Ah, Brianna. A senhorita finalmente voltou para casa! — Mary interrompe o abraço afetuoso para me olhar com atenção. Ela passa os olhos por meu vestido amassado e sujo de lama, pelo penteado que tentei refazer sem sucesso e pelo pó da viagem que teima em marcar minha pele. Não preciso me olhar no espelho para ter certeza de que a água oferecida por Alfie não foi suficiente para apagar a sujeira de tantos dias de viagem. — Preciso dizer que não estou surpresa por conseguir ver uma bela mulher por baixo dessa aparência desleixada?

— Havia me esquecido de sua mania de falar exatamente o que está pensando, Mary. Pelos céus, mulher! Como senti falta disso — digo ao abraçá-la novamente, desfrutando o momento de paz que me domina.

Mary é apenas seis anos mais velha que eu. Ela veio trabalhar com a família quando minha antiga dama de companhia deixou o posto por motivos de saúde. A pouca diferença de idade criou um laço de companheirismo entre nós duas e sempre a considerei mais amiga do que empregada.

Confidente, ouvinte, porto seguro... A verdade é que fomos muitas coisas uma para a outra nesses últimos anos.

Enquanto estive na Escócia, foram as correspondências de Mary – e as enviadas por minha mãe – as grandes responsáveis pela alegria que construí do outro lado do reino. Mesmo longe, elas apoiaram minha decisão de lutar pelos sonhos adormecidos em meu coração. E ao narrarem com sinceridade e bom humor o dia a dia da casa Hamilton, permitiram que eu me sentisse parte da família. Conquistar minha liberdade foi muito mais fácil com elas, e suas palavras de suporte e fé, ao meu lado.

— Foi por meio de suas cartas que permaneci próxima de casa. Sem elas, eu não estaria aqui. — Aparto nosso abraço mais uma vez e cravo meus olhos nos dela. Espero que Mary consiga enxergar neles toda saudade e gratidão que sinto nesse momento. — Agradeço por sua amizade e por estar aqui, cuidando deles, quando eu não pude.

— Ora essa, por favor, Brianna. — Ela coloca as mãos na cintura e me encara com seu característico olhar de reprimenda. Mary tentou me controlar com ele algumas vezes, mas nunca obteve o efeito esperado. — Deixe de bobagem, tudo o que fiz foi cuidar daqueles que amo.

Reparo em seus cabelos pretos, que mesmo presos brilham como ébano, e em seus olhos acinzentados que me fitam com altivez. Por mais que tente domá-lo, minha amiga é dona de um espírito tão teimoso quanto o meu. Gostaria de tê-la levado comigo quando fugi. Sinto que a vida na Escócia teria feito bem para Mary.

— Eu sei que fez de coração, mas isso não significa que não precise agradecê-la. — Meus olhos embaçam com as lágrimas não derramadas e preciso respirar fundo antes de continuar. Tudo o que menos quero neste momento é ceder ao desejo de chorar. — Não sou capaz de colocar em palavras a importância do que fez por nós. Alguns dias eram mais difíceis que outros, e nesses eu chorava em minha cama até ser vencida pelo sono. Ao acordar, relia suas cartas e me sentia tão amada. Lendo-as eu era capaz de voltar para casa, mesmo que fosse por um único instante.

— E caso fosse preciso, eu faria tudo novamente. Sua mãe é mais do que uma patroa para mim, Brianna. Esses anos não foram fáceis, mas cada segundo valeu a pena para vê-los juntos e felizes novamente. — Uma lágrima solitária rola por seu rosto. Rapidamente, como se temesse ser dominada pelo choro, Mary seca a face e foge do meu olhar. — Agora, chega de sentimentalismo. Temos assuntos mais importantes para conversar, pois não?

— Imagino que sim. — Cedo à mudança de assunto. Assim como minha amiga, aproveito o momento para abafar o pranto. Antes de sucumbir, preciso encontrar minha mãe. — Quando vou poder vê-la?

— Agora mesmo, se assim preferir. Estava me certificando de que recebê-la fará mais bem do que mal à duquesa. Há dias em que qualquer emoção é capaz de lhe abalar a saúde. Mas hoje é um dia diferente, a senhorita logo notará. — Mary aperta minhas mãos e esse gesto transmite uma confiança que me contagia. — Alfie disse que lhe ofereceu um banho e um pequeno desjejum, mas pelo visto refutou até mesmo o chá. Tem certeza de que não deseja uma refeição antes de vê-la? Imagino que esteja faminta.

Olho para a bandeja intocada na mesa de centro. Mesmo com fome não consigo me obrigar a comer.

— No momento não sou capaz de pensar em mais nada. É uma tortura estar tão perto e não poder vê-la, tocar suas mãos e descobrir por mim mesma que minha mãe está bem.

— Eu entendo, Brianna. E sua mãe pensa o mesmo.

— Ela sabe que estou aqui? Que voltei?

— Sim, milady. — Reviro os olhos, odeio ouvi-la dizer essa palavra. Torna nossa relação menor do que é. — Conversei com Elisa, a enfermeira que acompanha a duquesa, e ambas achamos melhor alertá-la de sua chegada e observar com atenção possíveis alterações de humor. Se o brilho que vimos em seus olhos não fosse indício suficiente de que ela está preparada para vê-la, sua exclamação de felicidade teria nos convencido. Mas, por favor, Brianna, não abuse. Sua mãe está fraca e não queremos exauri-la.

— Sua última correspondência deixou-me arrasada, Mary. Passei a viagem inteira certa de que era tarde demais e de que precisava me preparar para dizer adeus. Mas aqui estou eu, prestes a vê-la. — A esperança dá as caras novamente e me agarro a ela com tudo o que sou. — Nem nos meus sonhos mais felizes imaginei que a encontraria em um dia bom.

— Quando escrevi aquela carta, a senhora Rowena havia sofrido uma crise fortíssima. Seus músculos estavam tão rígidos que, mesmo sem se movimentar, ela gritava de dor. Foram vinte e quatro horas de puro horror. O sofrimento crescia, a febre não cessava e a cada fechar de olhos ela chamava seu nome. Passada a crise, a calmaria voltou. Porém, a duquesa não me engana, sei que ela ainda sente dor e faz de tudo para que aquele episódio seja esquecido. — Mary aponta para a bandeja de chá. — Por hoje, basta dizer que ela está bem. Mas outra crise como aquela pode surgir a qualquer momento. Então esteja forte, Brianna. Agora é o momento de colocar sua mãe como prioridade.

Assimilo o pavor e a dor que dominaram minha família naquela noite fatídica. Mesmo passando longe da realidade, a imagem é tão dolorosa que preciso me segurar em uma poltrona para não cair. Mary tem razão, tenho que comer algo.

Caminho até a mesa de centro, pego uma xícara e rapidamente me sirvo de chá. Também engulo algumas bolachas e belisco um pedaço de bolo. Não sinto o gosto do alimento, mas a cada mordida me vejo mais próxima de minha mãe.

Quero ser forte por ela. Desejo sorrir e demonstrar com o meu olhar que vai ficar tudo bem. Que eu estou aqui e não pretendo abandoná-la nunca mais.

— Pronto. Vamos? — digo ao sentir a bebida quente aquecer meu estômago.

— Pelos céus, em menos de dez segundos a senhorita destroçou uma bandeja de chá! Pelo jeito os modos escoceses a dominaram, Bri. — Ela ri das migalhas espalhadas por toda a louça de porcelana e das pequenas manchas de chá em minha saia. Consigo sorrir de volta quando pego sua mão e seguimos juntas porta afora. — Agora vamos, a duquesa já esperou demais pelo retorno da filha.

Ao contrário do que imaginei, o clima que me acompanha a cada passo é de pura felicidade.

Claro que estou amedrontada. Mas antes disso, estou alegre. Voltei para casa e vou encontrar minha mãe.

Com o que mais poderia sonhar?

Ao subirmos as escadas noto que as paredes do piso superior, antes decoradas com pinturas em tela de nossa família, estão completamente vazias. No lugar dos antigos retratos vejo apenas as marcas do que um dia esteve ali. É doloroso pensar nos motivos que fizeram os quadros serem descartados, então concentro-me na familiaridade por trás do papel de parede acetinado, no corrimão de mogno lustrado e nos candelabros decorados com pequenas flores de prata.

Conforme andamos pelo saguão, vou recordando o que mais gostava no piso superior da casa. O quarto de nossos pais ficava no final do corredor, onde adorávamos passar as noites chuvosas, empoleiradas em sua cama. Ao lado havia o aposento da senhora Hamilton, mas mamãe raramente o usava, optando por dividir um quarto com papai. No mesmo andar ainda tínhamos o quarto de Malvina, o meu, quatro dormitórios para hóspedes e um dos lugares que mais amávamos, nossa sala de brincar – uma saleta rodeada por amplas janelas que permitiam a entrada direta da luz do sol. O quarto fazia fundo com um pequeno jardim e era cercado por inúmeras espécies de flores, carvalhos e macieiras.

Não me surpreendo ao perceber que é para lá que estamos caminhando. Mamãe sempre gostou de estar próxima da natureza. No lugar dela, se precisasse passar vários dias presas a uma cama, também escolheria o aposento mais mágico e arejado da casa.

Sorrindo, Mary entra no quarto e segue até a enorme cama de dossel. Mamãe está ali, deitada em meio a uma montanha de travesseiros. De onde estou ela não consegue me ver, então permaneço na porta por mais um instante.

As janelas estão abertas, o que permite que a luz do dia aqueça e ilumine todo o aposento, exatamente como me recordo. Em vez de livros, gizes de colorir e bonecas de pano, a bancada da parede principal foi preenchida com lençóis, refratários, utensílios médicos e uma infinidade surpreendente de remédios. Poltronas coloridas foram dispostas pelo quarto, todas com vista para as janelas. Também vejo bandejas com chá e água espalhadas pelos cantos e uma cama de solteiro – provavelmente utilizada pelas cuidadoras da duquesa – esquecida no fundo do quarto.

Mas as maiores mudanças não estão no ambiente, e sim na aparência de minha mãe.

Seus cabelos estão curtos e com alguns fios brancos. O rosto foi tomado por rugas e erupções que imagino serem resultado das crises de febre alta. E o corpo, mesmo coberto, assusta de tão magro.

Apoio as costas no batente da porta e conto minha respiração até fazer passar a vontade de chorar. A fuga, a separação, as mortes e a solidão que enfrentei nos últimos anos... nada chega perto do que significa encontrar a minha mãe, uma mulher cheia de vida e ânimo, presa a uma cama e pesando menos de um terço do que deveria.

Quero mergulhar em um poço de autocomiseração enquanto imploro por uma chance de voltar ao tempo em que essa maldita doença não fazia parte de nossa vida. Mas não é isso que faço. Endireito o corpo, ajeito minhas saias e estampo um sorriso no rosto. De nada adianta lamentar quando tenho todo um futuro pelo qual lutar.

A passos lentos entro no quarto e me aproximo da cama. Rapidamente seu olhar encontra o meu e o que vejo ali cessa minha angústia, mesmo que por um breve momento. Mamãe me encara com os mesmos olhos de sempre. Belos, amorosos e brilhantes. A doença pode ter dominado seu corpo, mas sua alma continua intacta.

— Minha filha. Será que estou sonhando? — Sua voz soa tão forte e viva quanto o brilho que transborda de seus olhos.

— Oi, mamãe — digo, mais uma vez lutando contra o choro. Prometi não irromper em lágrimas, mas é impossível frear a emoção que sinto ao vê-la.

Ela sorri em resposta e fico ali, parada encarando seu rosto, sem saber como colocar em palavras os sentimentos que me dominam. Quero abraçá-la e dizer que a amo, mas minhas pernas estão presas no lugar e não consigo me forçar a caminhar.

Permanecemos nos olhando pelo que parecem horas até que, de repente, não conseguimos mais conter as emoções. Com o mesmo ímpeto do rompimento de uma represa, lágrimas rolam pelo rosto de mamãe enquanto eu deixo fluir o peso do choro que estava guardando.

— Todos esses anos o que eu mais queria era estar ao seu lado. Eu a amo e senti tanta saudade! Por favor, perdoe-me por não estar aqui quando precisou de mim, mamãe. Perdoe-me por levar tanto tempo para descobrir que meu lugar é aqui, ao seu lado. — As palavras jorram, sem sentido ou nexo, espelhando minha alma confusa.

— Por favor, não chore meu amor. — Ela tenta levantar o tronco, mas o movimento parece exigir mais força do que dispõe. — Elisa, a senhorita pode me ajudar a sentar?

Antes que minha mente processe seu pedido, uma jovem de no máximo vinte anos se aproxima da cama e muda minha mãe de posição. Já desconfiava do nível de complexidade de sua doença, mas só agora, ao vê-la precisar de ajuda para executar um movimento tão simples, é que compreendo a extensão de suas limitações.

A primeira vez que percebi que havia algo errado foi quando Mary começou a responder minhas cartas no lugar de mamãe. A desculpa inicial era de que a visão da duquesa não era mais a mesma, mas o clima das correspondências logo as denunciou. Dei um jeito de fazê-la confessar a verdade e logo descobri que minha mãe já não conseguia segurar a pena para escrever. E então, o que começou com uma leve rigidez nos dedos levou menos de três anos para tomar conta de todo o seu corpo.

Além dos músculos enrijecidos, os sintomas que Mary não conseguiu encobrir em suas cartas eram assustadores: dores musculares, febre alta, perda de apetite e até ossos quebrados da noite para o dia.

Então eu sabia que mamãe estava vivendo sob constante repouso e cuidado, mas em nenhum momento imaginei que ela havia perdido o controle do próprio corpo.

Tudo indica que, depois da última crise, até mesmo se ajeitar na cama requeria a ajuda de uma enfermeira.

— Brianna, venha aqui! — mamãe diz, tirando-me do estupor causado pela raiva. É tão injusto que alguém como ela, cheia de amor e vida, sofra dessa forma. — Acomode-se ao meu lado, pois não? Quero vê-la mais de perto.

Em dois passos alcanço a lateral da cama. Mamãe me encara com um sorriso no rosto e tudo que desejo é me jogar em seus braços, tanto para confortá-la como para ser confortada por ela, mas tenho medo de que o movimento cause mais dor do que alegria.

— A senhorita pode tocá-la nos braços e nas mãos, milady. Mas sem movimentos bruscos. Colocar muita força pode lesionar os músculos e acelerar o atrofiamento. Cada ação precisa ser planejada, mas isso não significa que tocá-la seja proibido — diz Elisa, como se lesse meus pensamentos.

— Obrigada — murmuro sem encarar a jovem ao meu lado. Com delicadeza, envolvo as mãos de minha mãe e deposito um beijo em sua testa. Sua pele é fria e a impressão que tenho é de que irei parti-la em pedaços. — Dói? Não estou forçando em demasia?

— Minha menina está aqui mesmo. Ah, Brianna, senti tantas saudades. — Ouço o amor em sua voz e, mais uma vez, deixo as lágrimas correrem pelo meu rosto. Dessa vez não choro de tristeza, mas de alegria por vê-la.

— Também senti saudades, mamãe. — Toco seu rosto, seus cabelos e espelho o sorriso gigante que ela tem estampado na face. — Desde que recebi a última carta de Mary meu coração foi dominado pelo medo de perdê-la. Mas aqui está a senhora, tão bela e imponente quanto uma verdadeira duquesa.

— Ah, minha querida. Talvez Mary tenha exagerado em sua missiva para que finalmente retornasse ao lar. — Eu ajoelho a fim de ficar na altura dos seus olhos e mamãe força os dedos nos meus até estarmos de mãos dadas. Elisa e Mary fingem não ouvir o leve estralar dos ossos que ecoa pelo quarto, mas fico apavorada com a possibilidade de tê-la ferido. — Eu estou bem, Bri.

Do outro lado do cômodo, Mary me encara com um olhar preocupado. Nós duas sabemos que a sua carta foi sincera e que a instabilidade da saúde de minha mãe é assustadora. Ainda assim, entendo o motivo de mamãe desejar diminuir o impacto de sua última crise. Ao vê-la como um episódio esporádico, nos tornamos mais esperançosos de que a cura não tardará.

— Se foi isso que aconteceu, só posso agradecer a Mary por tê-lo feito. — Nesse momento decido que serei como minha mãe. O medo e a insegurança não farão frente à fé que transborda do meu coração. Como ela, vou acreditar que nada mais irá abalar nossa família. — Eu a amo tanto, mãe. E se a senhora está bem, então eu também estou.

— Obrigada por voltar, minha menina. — Em silêncio ela avalia meu rosto e fixa os olhos em nossas mãos entrelaçadas. — Mas tem certeza de que é aqui que deseja estar? Não quero que decida ficar por obrigação e muito menos que abandone a vida que construiu na Escócia.

— Meu lugar não é lá, mamãe, pelo menos não mais. — Sinto que três pares de olhos me fitam com expectativa. — Parti quando precisei descobrir quais caminhos gostaria de seguir. E voltei quando percebi que eles sempre me levariam até a família que deixei em Durham.

— E a Escócia? Seu avô e seu primo não precisam de sua ajuda?

— Claro que precisam! Aqueles dois são teimosos como duas mulas. Sorte deles que coloquei os negócios da família em dia. — As mulheres ao meu redor explodem em gargalhadas e sinto o clima do quarto suavizar. — Mas eles vão ficar bem. Prometi visitá-los sempre que puder. E, apesar do que parece, a decisão de voltar não foi repentina. Há anos que planejo regressar.

— E por que não o fez? — Mary pergunta casualmente. Não demoro a perceber que não tenho uma resposta direta para sua pergunta.

Nos primeiros anos dividi meus dias entre viagens pela Escócia e tarefas rurais. Quando cheguei vovô estava sofrendo com a queda na produtividade de suas terras e fiz de tudo para convencê-lo a aceitar minha ajuda. E ao lado de Neil, meu primo distante e braço direito de vovô, pude participar de dezenas de reuniões e expedições entre arrendatários. Sentia-me viva ao descobrir mais sobre a criação de gado, a produção de uísque e as dificuldades na administração de uma propriedade que garantia o sustento de centenas de famílias. Mas minha maior alegria foi descobrir que uma parte de mim adorava trabalhar no manejo da terra. Colher, semear, plantar... era maravilhoso ver a vida surgir por minhas mãos.

Com o passar do tempo a rotina tomou conta dos meus dias e as descobertas diminuíram. No meu aniversário de vinte e cinco anos, finalmente percebi que havia respondido às perguntas que me instigaram a fugir e criara memórias valiosas que carregaria para a vida toda. Eu estava pronta para dar início a um novo capítulo. Mas um assunto em particular ainda me assombrava.

Dois legados familiares precediam meu nome. Eu sempre seria metade Duff e metade Hamilton, e mesmo que não me sentisse mais ofuscada por eles e pelo que exigiam de mim, ainda precisava escolher um deles. Dois nomes que representavam títulos, heranças, países e homens diferentes. Meu coração permanecia dividido. E como não estava pronta para escolher qual caminho seguir, deixei o tempo passar, fingindo por mais alguns anos que não precisava tomar uma decisão.

— Tanta coisa me manteve distante — digo, por fim. — Mas acho que o medo foi a pior de todas. Medo das escolhas que ainda precisava fazer e medo de encarar minha família depois dos pecados que cometi. Sei que fui imprudente ao fugir daquela maneira. A verdade é que estava apavorada demais para enfrentar os erros de anos atrás.

— Eu a amei todos os dias que esteve longe e, mesmo ansiando que voltasse, orei para que fosse feliz onde sempre sonhou estar — minha mãe diz ao apertar levemente nossas mãos unidas. — Não a queria aqui, vendo-me ser consumida pela dor e por essa doença horrível. Queria minha filha exatamente onde estava, conquistando e construindo seu próprio futuro. Sei que nossa separação não foi fácil, mas nem por um segundo deixei de torcer para que descobrisse seu lugar no mundo. Não me importava com a distância desde que estivesse feliz, meu anjo.

— E eu fui feliz, mamãe. Durante esses anos descobri mais sobre mim mesma do que imaginei ser capaz. Conheci tantos lugares e pessoas especiais. — Beijo suas mãos ao desprendê-las das minhas. Ainda ajoelhada, enlaço meus braços em seu corpo frágil. Não é um abraço, mas é tão poderoso quanto. — Senti saudades todos os dias desde que parti. Assim que li a última carta de Mary, percebi que meus medos eram pequenos perto do desejo de voltar para casa. Então, por hoje, tudo o que almejo é o seu perdão e a chance de recomeçar.

— Olhe para mim, Brianna! — Levanto a cabeça de seus ombros e sorrio ao perceber que senti falta até de suas reprimendas. — Todos nós erramos. Eu e seu pai não deveríamos ter-lhe imposto um futuro. A decisão do que ser, de onde viver e de quando e com quem se casar sempre deveria ser sua. Então sou eu que peço perdão por nosso amor tê-la sufocado, mas o que importa é que isso é passado agora. Orgulhe-se dos caminhos, impensados ou não, que tomou. Supere o que ficou para trás e conte comigo para descobrir como enfrentar o futuro. Prometo apoiá-la sempre. Sem cobranças, sem imposições... só quero vê-la feliz.

— Eu prometo que doença nenhuma será páreo para as mulheres da família Duff e Hamilton. — Ela solta uma gargalhada contagiante e sinto que a cada minuto que passo ao seu lado o passado deixa de ter importância.

Estamos chorando em uma mescla de saudade e amor quando Elisa se aproxima com uma toalha e, gentilmente, seca o rosto de minha mãe.

— Desculpe-me a indelicadeza, senhorita Elisa. Estava tão focada em mamãe que esqueci de me apresentar. Sou Brianna, muito prazer.

— Ouvi falar muito a seu respeito, milady. — Ela sorri, mas noto a rigidez de seus movimentos. O cabelo claro e curto está preso em um nó simples em sua nuca. Apesar dos olhos castanhos serem amorosos, sua expressão é rígida e reservada. Não consigo abafar a sensação de que ela deveria parecer mais jovem. — Fico feliz que tenha retornado, vai ser bom para a duquesa ter mais companhia.

— Faz tempo que trabalha aqui? Já viu outros casos como o de minha mãe?

— Ora, Brianna. Pare já com isso! — mamãe chama a minha atenção, falando antes que Elisa possa me responder. — Tenho certeza de que tem muitas perguntas sobre a doença e os últimos anos. Mas, por favor, podemos deixar isso para amanhã? Agora tudo o que quero é aproveitar a companhia de minha filha.

— Sua mãe tem razão, Brianna. — Mary caminha até estar ao meu lado e puxa uma cadeira para que eu possa me sentar próxima à lateral da cama. Agradeço com um aceno e me levanto com dificuldade. Meus joelhos chiam com o movimento e as duas riem da minha tentativa de esconder o esforço. — Tenho certeza de que no momento certo Elisa responderá a todas as suas perguntas. E, se precisar, ela também pode receitar algumas vitaminas anti-idade.

— Nada que algumas horas de caminhada não resolvam. — O tom de voz de Elisa é divertido, mas seus olhos continuam me encarando com seriedade. — Se me permitir, podemos marcar uma reunião para conversar sobre a melhor maneira de integrá-la à rotina de sua mãe. Tenho algumas ideias para que aproveitem o tempo juntas. Além disso, se realmente voltou para ficar, é bom que saiba todas as técnicas eficazes no retardamento da doença da duquesa.

— Viu, minha filha? Estou rodeada de cuidados e de mulheres especiais. — Mamãe sorri e pisca para mim. — Agora pare de enrolar. Quero que conte sobre o tempo que passou na Escócia. Chegou a minha vez de ouvir e vibrar com suas histórias.

Olho em volta do quarto, guardo todas as perguntas e dúvidas em um cantinho do meu coração e deixo-me consumir pela nostalgia. Por muitos anos as narrativas de minha mãe embalaram meu sono. Neste mesmo cômodo, eu olhava para as árvores ao nosso redor, fechava os olhos e me imaginava em outro país, vivendo as aventuras que ela descrevia com tanta paixão.

E agora o papel se inverteu; sou eu que contarei para mamãe algumas fábulas de ninar, mas todas verdadeiras e significativas para a mulher que me tornei.

— Pois bem, o que a senhora gostaria de saber?

— Tudo. — Ela ri. — Comece com as paisagens de que mais gostou, as comidas que provou e depois siga para as pessoas que conheceu. Quero saber mais sobre seu avô também. Sinto tantas saudades dele! Tenho todo o tempo do mundo para escutá-la, meu anjo, e pretendo importuná-la com tantas perguntas que cansará de falar sobre a Escócia.

— As senhoritas também gostariam de me ouvir falar? — pergunto para Mary e Elisa. Surpresas com o convite, elas assentem, a primeira de forma vigorosa e a segunda discretamente. — Então, por favor, sentem-se. Quero contar sobre a primeira vez que provei uma dose de uísque. Acomodem-se porque, lhes garanto, no fim do meu monólogo estarão com a barriga doendo de tanto rir.

Em sua última carta perguntou-me do que eu mais sentia falta. Eu sinto falta de tudo, Mary. Da minha família, dos doces preparados por Ava e até das suas reprimendas sobre minha aparência descuidada. Sonho com o Sol quase todas as noites e, em meio aos momentos de insônia, imagino-me correndo pelos bosques ao redor do rio Wear. Sinto falta de estar em casa. Mas toda vez que penso em voltar, percebo que aqui também é a minha casa. Se estivesse na Inglaterra, sonharia com os prados da Escócia... Tudo o que desejo é encontrar uma forma de os dois mundos coexistirem. Quem disse que preciso escolher apenas um lugar para amar?

(Trecho da carta de Brianna para Mary, em março de 1824.)

4

1827, Durham

O esgotamento físico ameaça tomar conta da minha mente. Sinto-me suja, cansada, faminta e embriagada pelas oscilações de humor que me acompanharam nas últimas horas.

Conversar sobre o passado reavivou lembranças dolorosas, mas também acalmou parte dos meus nervos. Sei que eu e minha família ainda temos um longo caminho a percorrer, mas o primeiro passo – o mais temido e difícil – foi dado.

Voltei, pedi perdão e encontrei no sorriso de minha mãe todo o amor de que precisava para seguir em frente. Mesmo com sua doença pairando sobre meus ombros como uma nuvem de mau presságio, tento me agarrar às pequenas alegrias do dia e confiar o nosso futuro aos céus.

Fecho uma das janelas do quarto e cubro mamãe com uma manta fina. Ela sorri enquanto dorme, então velo seu sono por mais um instante, aproveitando a paz e a quietude que nos envolvem.

No andar de baixo a casa vibra com o barulho das panelas e com os comandos suaves de Mary. Alfie teve a brilhante ideia de preparar um jantar formal no qual, ao que tudo indica, eu serei a única convidada. Refutei dizendo que me hospedaria na estalagem da cidade, mas acabei ofendendo-os ainda mais. E para me desculpar, precisei aceitar não só as pompas do jantar como também um quarto para pernoitar.

Preferia cear na cozinha ao lado dos empregados, mas entendo a ânsia de Mary e Alfie em dar mais vida à casa. Com o duque viajando, mamãe acamada e Malvina ausente, eles provavelmente se sentem abandonados neste imenso casarão.

Meus músculos clamam por um banho quente e uma noite tranquila de sono. Porém, já que ainda não os terei, decido colocar-me em movimento.

Beijo a testa de minha mãe e deixo o quarto o mais silenciosamente possível. Desço as escadas na ponta dos pés, paro na sala de chá para pegar a minha capa de viagem e sigo rumo à porta principal. Todos se encontram tão ocupados na execução do jantar que não notarão minha ausência por no mínimo uma hora.

Passei a tarde toda abrindo meu coração para mamãe e resumindo as histórias mais incríveis que vivi na Escócia. Mas agora preciso de um tempo só para mim. E, de preferência, ao ar livre.

Abro a porta com rapidez e respiro aliviada ao sentir uma lufada de vento acariciar a minha face. Como estamos no meio da primavera, a temperatura é agradável o suficiente para que eu desista da ideia de usar um casaco.

Caminho ao redor da propriedade e os jardins me saúdam com suas belas cores. Em meio aos cardos, lírios e cravos, noto ervas daninhas por todos os lados. Elas se misturam entre as mais variadas espécies de flores, unindo-as em vez de sufocá-las.

Confesso que gosto da desordem. Antes o jardim era dividido em faixas, pequenos retângulos nos quais apenas uma espécie de flor nascia. Mas agora, para onde quer que eu olhe, vejo uma mescla de cores e tipos de planta, o que só aumenta a beleza estonteante desse lugar.

Passo pela fonte que delimita uma das saídas da casa Hamilton, transponho uma roseira que precisa urgentemente ser podada e sigo pela estrada de cascalho que me levará até o estábulo.

Ao sul consigo ver a torre mais alta da catedral de Durham. A construção é uma das mais imponentes da região e, de uma maneira que sempre me surpreendeu, parece uma miragem em meio à relva. Segundo meu pai, ao contrário da maioria das igrejas do norte da Inglaterra, essa catedral surgiu e permaneceu envolta de árvores. Com o tempo a construção foi aumentando e sofrendo alterações, mas nenhuma delas agrediu ou desmatou o bosque ao seu redor.

Sinto saudades do centro da cidade, da catedral, do famoso castelo Durham e do rio Wear, e percebo que é para lá que desejo ir.

Determinada, apresso o passo na ânsia de conseguir uma montaria disponível. Chego ao meu destino e instantaneamente sinto o estômago embrulhar. Os minutos passam e continuo paralisada pelo choque, incapaz de processar o que meus olhos veem.

Não preciso entrar no estábulo para perceber que ele está completamente abandonado. A estrutura de madeira pende torta, como se o vento houvesse testado sua fundação várias vezes nos últimos anos; falta feno nas baias, o esterco seco marca o chão e atrai insetos indesejáveis, e o silêncio é enlouquecedor. Meu coração palpita ao ver mais de vinte baias completamente vazias.

Anos atrás, papai exibia uma variedade incrível de cavalos – *shires*, puro-sangue, quartos de milha e até mesmo algumas espécies árabes treinadas para competições de salto. Só que agora o cheiro é a única lembrança de toda a vida pulsante que ali esteve.

— Posso ajudá-la, senhorita? — Um rapazinho de no máximo onze anos corre em minha direção, afastando por um momento os sentimentos negativos que tentavam me consumir.

Olho mais uma vez para o estábulo à minha frente e meus joelhos fraquejam. O cansaço está vencendo a batalha contra o meu corpo. Mas é minha alma que segue sendo derrotada.

— Sou um palerma, mamãe sempre diz que falo rápido demais. Perdão, milady. Será que posso ajudá-la? — ele repete a pergunta, mas dessa vez tomando cuidado para que as palavras sejam pronunciadas de forma pausada.

— Qual é o seu nome? — forço-me a responder.

— Carter, ao seu dispor. — O garoto tira o chapéu e faz uma reverência desajeitada. O cabelo preto está arrepiado, a bochecha manchada de melaço e as roupas tão sujas quanto as minhas. Ainda assim, ele me encara com um sorriso charmoso e cheio de dentes faltantes.

— Sou Brianna. Muito prazer, jovem senhor. — Retribuo seu gesto e me apresento com uma mesura. — Sabe dizer onde estão todos os cavalos, Carter?

— Veio comprá-los? — Sua expressão muda de curiosa para furiosa. O pequeno me estuda com atenção, passando os olhos por meu rosto e pelas botas de montaria que despontam da barra do vestido. — Noturno e Aquarela são os únicos que restaram e o duque prometeu que não iria vendê-los. Então, sinto muito, mas a senhorita chegou tarde demais.

— Noturno ainda está aqui? — Mesmo que meu pai esteja vendendo os cavalos, é difícil aceitar o descaso que teve com o estábulo. Entendo que provavelmente não disponha de tempo para administrá-lo, mas tenho certeza de que em um piscar de olhos encontraria ótimos funcionários dispostos a fazê-lo.

— A senhorita o conhece? Veio para levá-lo? — Carter parece apavorado. Sua voz assustada ecoa pelas baias e alcança os cavalos remanescentes, que se agitam com o som. Pelo menos papai poupou meu cavalo e o de Malvina.

— Noturno é meu há anos, menino. E se me lembro bem, não o coloquei à venda. — Parecendo satisfeito com minha resposta, Carter entrelaça a mão na minha e corre em disparada até as últimas baias do estábulo.

Sou pega desprevenida e quase tropeço nas saias, fazendo com que ele ria e corra cada vez mais rápido. Aperto o passo para acompanhá-lo e, quando chegamos no final do corredor estou com as mãos nos joelhos, respirando com dificuldade e me segurando para não ralhar com o rapazinho que gargalha do meu esforço.

Estou pensando que Mary tem razão em caçoar do meu preparo físico e que preciso retomar minhas caminhadas diárias quando sinto o pelo da minha nuca arrepiar. Carter abriu a baia às minhas costas e um cavalo, que por puro instinto sei que é Noturno, se aproximou para me cheirar. Permaneço parada enquanto ele toca meu cabelo com o focinho, quase não aguentando de ansiedade por vê-lo.

Com calma viro-me em sua direção e o encontro exatamente como o deixei. A pelagem preta brilha como a noite e a crina, tão prateada quanto as estrelas, foi amarrada em tranças laterais.

Noturno era para ser de minha mãe. Papai o comprou como presente pelo aniversário dela. Mas assim que botei os olhos nele, me apaixonei. Meus pais diziam que o sentimento era recíproco e que havíamos sido feitos um para o outro. Então, depois de uma longa conversa, eles decidiram que o cavalo já havia escolhido sua dona.

Toco o pelo escuro e entrelaço os dedos em sua crina. Noturno inclina a cabeça na minha direção e, sem aguentar de saudade, rodeio os braços em seu pescoço. Deixo as lembranças dos tombos, de nossas caminhadas ao amanhecer e das corridas que apostamos com Malvina e Desmond inundarem minha mente.

— Senti sua falta — digo com o rosto enterrado em seu pescoço. Noturno bufa como se desejasse responder que também sentiu saudades.

— Ele é mesmo da senhorita — Carter sussurra ao meu lado.

— Passei alguns anos fora, mas isso não significa que esqueci este meu querido amigo. — O pequeno balança a cabeça em entendimento e passa as mãos pelo tronco de Noturno. — Será que posso cavalgá-lo?

— Claro, vou selá-lo para a senhorita.

— Não precisa, Carter. Eu mesma o farei. — Vejo a decepção brilhar em seus olhos, então cedo. — Não me olhe assim. Se quiser, poderá me ajudar.

<hr />

Passo as mãos pela crina de Noturno e deixo-o escolher nosso destino. Assumimos um ritmo tranquilo ao passear pelos fundos da casa Hamilton e sinto-me tão relaxada quanto estaria após dormir por horas.

Não quero que os empregados me vejam, então ultrapasso os limites da propriedade e escolho uma bifurcação ao acaso. Em meio à natureza, puxo as rédeas de Noturno e jogo o rosto para trás. O vento bagunça meus cachos e os últimos raios de sol do dia tocam minha pele. Senti tanta falta desses dias frescos e parcialmente ensolarados.

Acelero o ritmo da cavalgada e atravesso o bosque que faz divisa com as terras da minha família. Sigo galopando até avistar as torres da catedral. Permaneço do lado rural da estrada, mas ainda enxergo com exatidão as novas capelas que foram construídas ao redor da igreja. Para mim, a verdadeira beleza da construção está na luz do sol atravessando seus vitrais. Em certos dias, a luz é tão forte que cria um arco-íris capaz de banhar toda a parte oeste da cidade.

Do lado oposto à catedral enxergo o castelo de Durham. Vistas em conjunto, as duas construções parecem amantes separados pelo braço do rio Wear. Suas torres se inclinam uma em direção à outra e a simplicidade de um edifício complementa perfeitamente a magnificência do outro.

Avanço até chegar às margens do rio Wear. À minha direita encontra-se a catedral, à minha esquerda está o castelo de Durham e à minha frente, um caminho de água doce que segue até o Mar do Norte.

Ligando as duas construções e as terras do entorno, inúmeras pontes foram construídas. Algumas são velhas e outras novas. Como não tenho nenhum destino em mente, sigo meu instinto e escolho uma ao acaso. Ele me leva a um jardim atrás do castelo. Ao meu redor vejo troncos caídos, grandes raízes rachando o chão úmido e estradas que parecem completamente inexploradas.

Noturno sente a minha animação e com um simples toque em sua lombar saímos em disparada.

Fecho os olhos para apreciar as rajadas de ar puro. Pela primeira vez em meses sinto-me completamente livre. Solto um grito abafado de entrega — em uníssono aos bufos da minha montaria — e deixo as lágrimas escorrem pelo meu rosto em um misto de alegria e pesar.

Explorei novos caminhos e países. Mas em determinado momento percebi que fui feita para *estas* terras. Amo a brisa suave, a sombra aconchegante criada pelos abetos gigantes, a terra que cheira a chuva e o fluxo do rio que nunca para.

Engraçado como às vezes precisamos abrir mão de tudo o que temos para descobrir o que é verdadeiramente essencial. Assim como a beleza de uma paisagem que só é compreendida quando vista de longe.

Abraço o pescoço de Noturno e incito-o a acelerar mais. Juntos, saltamos os obstáculos reunidos pela mãe natureza, corremos por curvas improvisadas entre as árvores e aproveitamos cada minuto de nossa liberdade recém-conquistada.

Acabamos seguindo por uma ponte de madeira, com os cascos de Noturno retumbando pelo bosque e meu coração pulsando de adrenalina. Porém, minha alegria é transformada em medo quando vejo um cão disparando em nossa direção – a ponte não é larga o suficiente para nós três passarmos e já é tarde demais para recuar.

Mesmo de longe percebo que o animal é enorme. A pelagem, uma mistura confusa de cinza e branco, parece ter crescido por todos os lados e direções. Em meio a tanto pelo não consigo encontrar seus olhos, mas vejo com clareza uma língua rosada pendendo da boca.

Se eu não estivesse tão apavorada tentando encontrar uma maneira de evitar atropelá-lo – ou de ser atropelada por ele –, diria que o infeliz sorri para mim.

Minha única opção é evitar a colisão. Sei que Noturno não parará com um comando simples, então puxo suas rédeas com brusquidão. O puro-sangue interrompe o galope poucos segundos depois, bufando e tremendo com o esforço, e eu pulo da cela. Acaricio seu tronco em agradecimento e dou um passo na direção do cão enlouquecido.

Assobio e grito para que ele pare, mas tardiamente percebo que minha voz o incita a correr mais. Aproximando-se a uma velocidade impressionante, o cão pula diretamente para os meus braços. A força do impacto faz que nós dois acabemos no chão, eu com as costas doendo por causa da queda e o animal confortavelmente em cima de mim, lambendo meu rosto como se fôssemos melhores amigos. Noturno arrasta a pata pelas tábuas de madeira e abandona a ponte, seguindo para o campo atrás de mim. Meu cavalo pasta tranquilamente como se não houvéssemos trombado com um cachorro cinco vezes maior do que eu.

— Imagino que essa seja a maneira que encontrou de me agradecer por salvar sua vida, não é mesmo? De nada. Agora, será que posso levantar? — Tento repreender o cão, mas ele continua prendendo meu corpo no chão. Olhando com atenção percebo que estou sendo atacada por um *sheepdog*, o que explica o fato de ele parecer mais um urso do que um animal de estimação.

— Seu dono está por aqui? — Ele permanece sobre mim, então preciso empurrá-lo com força para levantar o tronco. Entre lambidas e pequenos latidos de animação, percebo que eu e o cão temos muito em comum. — Seu pelo também tem personalidade forte não é, amigo?

A comparação me rende um ronronar canino e acabo em gargalhadas. Brincando com esse monstro babão em forma de cachorro, quase consigo esquecer a ardência em minhas costas. Rir me faz bem e era exatamente do que precisava. Então fico ali, sentada no meio da ponte, abraçando e afagando um cão tão carinhoso quanto espirituoso.

Só abro os olhos quando ouço um graveto quebrar. Imagino que o som venha de Noturno pastando, então sou pega de surpresa quando um par de olhos azuis me fita da outra extremidade da ponte.

Levo uma mão à cabeça na busca por calombos. Talvez eu a tenha batido durante a queda e esteja delirando.

Ele dá um passo em minha direção e crava os olhos nos meus. Sim, eles são azuis, mas também levemente esverdeados.

Eu não deveria, mas conheço esses olhos muito bem.

Em silêncio pondero minhas opções. Posso acreditar que estou alucinando devido à queda ou aceitar que Desmond Hunter está a poucos metros de distância, encarando-me com um dos olhares mais raivosos que já recebi na vida.

5

1816, Durham

— Bri, acorda. Bri, vamos, as visitas chegaram. Vamos, vamos, vamos! Também quero passear com ele, promete que vai deixar?

Por um instante achei que ainda estivesse dormindo. Sentia Malvina pulando em minha cama, mas, no fundo, almejava que tudo não passasse de um pesadelo protagonizado pelo monstro das manhãs. Isso até minha mente despertar e suas palavras começarem a fazer sentido. Ele havia chegado. *Finalmente!*

— Mal, já acordei. Pode parar de pular agora. Vamos sair todos juntos, mas talvez amanhã. Hoje preciso de um tempo com meu amigo, tudo bem? — disse, enquanto levantava e seguia para a penteadeira na intenção de fazer minha toalete matutina.

— Como sabe quem chegou? Eu não disse quem era. Pode muito bem ser outra pessoa. — Ela me encarava com seus olhos risonhos de quem sabia muito mais do que deveria. Esperava tanto que fosse Desmond a ponto de sentir no fundo do coração que era dele que estávamos falando. Além disso, não costumávamos receber outras visitas além da família Hunter.

O barão e papai se conheceram na escola, quando ainda não haviam completado nem dez anos de idade. Eles contavam que não podiam ser mais diferentes: um quieto e estudioso e o outro, popular e indisciplinado. Mesmo depois de adultos brincavam com o quão díspares eram suas personalidades. Mas nada disso importou quando foram unidos por uma mesma paixão: as plantas. Logo deixaram as diferenças de lado e criaram um belo laço de amizade, que se estendeu para nossas famílias e nos uniu em um grande e barulhento grupo.

Apesar de morar em Londres e de cuidar dos negócios do papai por lá, todo ano o barão vinha com a família para Durham. Os verões sempre foram nossos, assim como aniversários e festas de final de ano. Para mim, não havia felicidade maior do que recebê-los em nossa casa. Contava os dias para a chegada do meu melhor amigo.

— Pare de provocar sua irmã mais velha e me ajude a fechar o vestido. — Mesmo fazendo bico, Mal me ajudou a colocar a veste.

Assim que fechamos o último botão, desci as escadas correndo e avistei Desmond, seus pais, Anthony e Margaret, e seus irmãos mais novos – Ian de sete e Garret de seis anos – na sala de jantar. O desjejum já havia sido servido, meus pais riam de algo dito pelos meninos e todos estavam acomodados à mesa conversando e comendo. Menos Desmond, que permanecia em pé encarando a janela com vista para o nosso jardim.

Observando-o de costas, notei que ele estava mais alto e forte do que estivera no verão passado, quando eu o havia visto pela última vez. Senti meu coração dar pulos de alegria ao confirmar que enfim passaria um tempo com meu melhor amigo. Ao longo do ano tentávamos esquecer a distância por meio das cartas trocadas. Mas sempre que Des estava assim, tão perto de mim, eu me dava conta da falta que fazia não vê-lo todos os dias.

— Desmond Hunter, estava com saudades! — Ele virou ao som da minha voz. E sem esperar duas vezes, joguei-me em seus braços abertos.

Des ria do meu entusiasmo, mas isso não me importava nem um pouco. Apesar da constante troca de correspondências, aquele fora um ano difícil. Antes de Desmond ir para a faculdade, sempre encontrávamos maneiras de reunir nossas famílias, às vezes inventando datas especiais com uma criatividade que surpreendia. Mas com suas aulas em Oxford, nosso tempo juntos diminuíra.

— Também estava com saudades — ele disse, afastando nosso abraço e me olhando com seu típico sorriso cheio, aquele que fazia uma covinha na bochecha direita aparecer e criava pequenas rugas ao redor dos seus olhos. Costumava dizer que Des era todo luz. Com o cabelo castanho-claro, os olhos azul-esverdeados como o mar e um sorriso contagiante, meu amigo era capaz de iluminar qualquer ambiente.

De repente percebi que havia me arrumado às pressas e que meu cabelo estava solto e armado em todo o seu esplendor. Afastei-me e tardiamente tentei contê-lo com a fita que trazia no pulso, mas Des foi mais rápido e roubou a faixa verde de minha mão.

— Não vai adiantar prendê-los, Bri. Daqui a — ele olhou rapidamente para o relógio pendurado na parede — exatos trinta minutos eles estarão escapulindo do laço e implorando para serem soltos. E como lhe conheço bem, sei que praguejará como um marinheiro enquanto tenta tirar a fita emaranhada de seus cachos.

— Faz um ano que não me vê. Posso ter aprendido a controlar meu cabelo nesse meio-tempo — falei, meio brincando e meio emburrada. Não era justo que ele me conhecesse tão bem. E, sendo sincera, a injustiça maior era vê-lo perfeitamente arrumado, depois de dias de viagem, enquanto eu, que dormira tranquilamente em minha própria cama, parecia uma medusa raivosa.

— E o fez? Digo, aprendeu a domá-lo? — Ele me encarava como se soubesse o rumo tomado por meus pensamentos. Ciente de que havia perdido essa batalha, resolvi mudar o tema da conversa.

— Fizeram uma boa viagem, Desmond? — perguntei enquanto tentava, disfarçadamente, ajeitar minha aparência.

— Uma ótima viagem. Um pouco longa demais se me permite dizer. Viajar com Ian e Garret é sempre um desafio. Eles estão na fase de implicar um com outro por qualquer motivo. Tivemos que parar mais vezes do que eu gostaria para acalmar os ânimos dentro da carruagem.

Passou pela minha mente que Malvina teria que ter muita paciência com os irmãos de Desmond. Não restava dúvidas de que eles iriam provocá-la durante todo o verão. Mas, conhecendo bem minha pequena, imaginava que ela os ganharia facilmente com seus olhos brilhantes. Ao menos Mal teria alguma companhia mais jovem para brincar.

— E lembrou de trazer as anotações da faculdade? Quero lê-las ainda esta noite. Seria muito melhor se eu mesma pudesse assistir às aulas, mas por ora me contento com seus comentários. Só espero que sua letra tenha melhorado, Desmond. Às vezes mal consigo entender os borrões que costuma chamar de frases.

Desde que Des entrara para a faculdade uma parte minha passou a se ressentir por não ter a mesma oportunidade. Tive os melhores tutores e fui incentivada por meus pais a ler e estudar sobre tudo o que me interessava. Mas isso não supria o desejo de entrar na biblioteca de Oxford, de ministrar palestras, participar de debates e de encontrar outras pessoas que amassem ler e aprender tanto quanto eu.

— Assim fere meus sentimentos, Bri. É claro que trouxe meus cadernos; em nossas últimas cartas fui lembrado e ameaçado veementemente caso eu me esquecesse deles. Tenho amor à vida. Trouxe tantos cadernos que duvido que lhe sobrará tempo para fazer outra coisa durante o verão.

Ele caminhou até uma mala de mão esquecida no canto da sala e retirou um pequeno embrulho. Imaginei que seriam seus cadernos de anotação, mas me surpreendi ao ver o papel de presente dourado.

— Tome — Desmond disse ao me entregar o pacote. — Achei que gostaria de ler esta história e descobrir se ela tem relação ou não com o passado dos seus ancestrais. Segundo meu professor de literatura, essa peça de Shakespeare foi baseada em uma lenda antiga entre os clãs escoceses. Aqui temos famílias muito conhecidas e uma delas é chamada de McDuff.

Rasguei o embrulho antes mesmo de agradecê-lo. Ele havia comprado um exemplar de *Macbeth*!

A capa era de couro com as letras do título em relevo. Abri suas páginas e aspirei o cheiro. Amava o aroma mágico das páginas de um livro, ainda mais um que podia estar ligado com o passado de minha família.

— Irá lê-lo comigo? — perguntei enquanto abraçava o livro.

Nossos verões juntos eram marcados por longas noites de leitura. Às vezes, escolhíamos um livro ao acaso para ler em voz alta, outras líamos o exemplar individualmente e no final do mês discutíamos sobre a história. Quando meu amigo aceitava, até encenávamos peças baseadas em nossos romances favoritos.

Sem dúvida essas eram minhas atividades preferidas, apesar de Desmond refutá-las com todas as suas forças.

— Por favor, Bri. Mal cheguei e já está ameaçando me torturar? Tudo menos Shakespeare, eu insisto.

Eu sabia que Des dizia isso só para implicar comigo. Como também adorava provocá-lo, resolvi fazer exatamente o que meu amigo clamou que eu não fizesse. Aproximando-me mais, empreguei um tom de voz doce e sonhador enquanto recitava:

— *"O que interessa mesmo não é a noite em si, são os sonhos. Sonhos que o homem sonha sempre, em todos os lugares, em todas as épocas do ano..."*

— *"Dormindo ou acordado"*[1] — ele completou. Sustentando um olhar triunfante, Desmond gargalhava da minha expressão de surpresa. Não fazia ideia de que, além de prestar atenção nas leituras que eu fazia em voz alta, meu amigo também decorou alguns dos meus versos preferidos. — Quais são seus sonhos, Bri? Aqueles com os quais sonha, dormindo ou acordada?

— No momento, basta dizer que sonho ler uma história incrível que ganhei do meu melhor amigo.

— Estamos falando de mim, não é mesmo?

Rindo, fiquei na ponta dos pés e dei um beijo em sua bochecha.

— Eu amei o presente, Des. Obrigada. — Segui em direção à sala de jantar para cumprimentar seus pais, mas, antes disso, dei-lhe outro beijo estalado. — E esse é por prestar atenção em nossas noites de leitura.

— Ora, se eu ganhar um beijo de agradecimento toda vez que tivermos uma dessas noites, prometo que não reclamarei mais e participarei de bom grado.

— Não minta para mim. — Ele prendeu o braço no meu, acompanhando-me até a mesa de jantar. — Com ou sem beijo, sei que ama Skakespeare tanto quanto eu.

---

[1]. Trecho retirado de *Sonho de uma noite de verão*, de William Shakespeare.

— Só porque é sua voz proclamando as peças — ele disse ao abandonar meu braço e correr até Malvina. Des pegou-a no colo, beijou-lhe as faces e começou a girá-la pela sala.

Enquanto minha irmã ria, meu coração batia descompassado.

※☙❧※

— Oito, nove, dez. Aí vou eu! É bom que esteja devidamente escondida e não atrás de uma árvore qualquer — gritei pelo bosque, na intenção de avistar Malvina.

As férias de verão estavam quase acabando e logo os Hunter teriam que partir. Dessa vez a separação seria mais breve; logo eu e minha família iríamos passar alguns meses em Londres, para a minha primeira temporada social, no entanto dizer adeus ainda era difícil. Não apenas por causa da separação, mas principalmente porque após meu *début* tudo iria mudar.

Minha mãe e lady Margaret não paravam de falar de casamento. Sei que na maioria das vezes estavam brincando, mas a cada dia eu ficava mais assustada. Odiava pensar no fato de que precisaria deixar Durham para viver ao lado de um completo estranho. Ao mesmo tempo, uma pequena parte de mim que ansiava pelo tipo de relação que meus pais tinham, almejava encontrar o amor.

Desmond percebeu que algo me incomodava. Mas em vez de me encher de perguntas, esforçou-se para que nosso verão fosse incrível. Caçamos, nadamos, subimos em árvores, relemos meus romances favoritos, apostamos corridas a cavalo, importunamos Ava com nossos constantes pedidos de sobremesas e, claro, brincamos com nossos pequenos irmãos.

Malvina adorava Desmond até mais que eu e vivia correndo atrás dele com seus olhos brilhantes e conquistadores. E era exatamente por causa deles que estávamos havia mais de uma hora jogando algo que chamávamos de "vamos encontrar a Malvina". Uma brincadeira resumida em dar tempo para ela se esconder e, então, sair pela propriedade em busca da garota. Ian e Garret tentavam nos acompanhar, mas logo cansavam. Malvina sempre encontrava os melhores esconderijos e ficava rindo de nós, um time de tolos que não fazia a menor ideia de onde ela estava.

— Siga para a direita, rumo ao lago, enquanto eu vou para a esquerda, no sentido da casa. Quem encontrá-la primeiro, avisa. Combinado, Bri?

— Certo. Mas posso saber como devo anunciar nossa vitória? Gritar ensandecida pelo campo é uma opção? — Eu claramente estava debochando, mas Des fingiu não perceber.

— Caso eu a encontre antes, não se surpreenda com meus urros de felicidade. Faz anos que almejo vencer Malvina. E dessa vez tenho o pressentimento de que iremos emboscá-la. — Seu olhar era sincero e esperançoso. No meu íntimo nutria a certeza de que só encontraríamos minha irmã quando ela assim decidisse, mas deixei-me levar pela alegria contagiante que o consumia.

Uma das coisas que mais admirava em Desmond era que ele não fazia nada pela metade. Estávamos mergulhados em uma brincadeira simples de criança pelo que pareciam horas. Muitos já teriam desistido diante o ímpeto de minha irmã, mas ele se entregava à diversão do momento, sem ao menos parecer entediado ou cansado. Eu suspeitava que, assim como todos os moradores da casa Hamilton, Desmond amava poder fazer Malvina feliz.

— Pois bem, posso esperar por seu grito de júbilo sentada? Estou disposta a aproveitar o conforto de um desses grandes carvalhos enquanto espero minha irmã aparecer. — Na verdade, eu queria desfrutar os últimos raios de sol das nossas férias.

Os verões em Durham eram frescos, mas nunca quentes. Entretanto, em alguns dias especiais o Sol aparecia em todo o seu esplendor. O que me dava vontade de sair cavalgando pelos prados ou de sentar-me no banco perto da fonte, tomar uma boa e refrescante limonada e deixar os raios dourados aquecerem a pele do meu rosto. Estava acostumada com o tempo nublado e adorava as temporadas de chuva, mas precisava admitir que amaria se nossos verões sempre fossem como essa tarde ensolarada.

— Nem pensar, senhorita. Vamos até o fim. — Ele me olhava com uma expressão séria que, em vez de me manter atenta ao jogo, dava-me vontade de rir. Mesmo com o semblante fechado, Desmond era incapaz de abrandar o olhar risonho. — Mas sabe, a sua ideia pode nos ajudar. Vamos fingir que desistimos de procurá-la para ver se, em um descuido, Malvina revela seu esconderijo. Assim poderemos surpreendê-la e, finalmente, vencer uma partida nesse jogo irracional.

Abri a boca para concordar, mas antes que pudesse proferir qualquer palavra, Malvina passou correndo por nós entoando um grito de vitória. Era sempre assim, quando achávamos que estávamos perto de emboscá-la, ela virava o jogo e acabava, mais uma vez, como a grande vitoriosa da rodada.

Minha irmã corria ao nosso redor, rindo e dizendo sem parar que havia vencido. Seus cabelos ruivos, antes devidamente penteados em uma trança lateral, estavam soltos e acompanhavam a brisa que soprava leve.

— Estava pendurada em uma árvore bem acima de suas cabeças! Até parece que iria deixá-los vencer com um plano tão simples. Acharam mesmo que eu acreditaria que haviam desistido? Des nunca desiste. Da mesma maneira que eu sempre ganho! — O sorriso estampado em sua face rosada me dava vontade de apertar-lhe as bochechas. E foi exatamente isso que fiz, emendando o ato com um ataque de cócegas.

Logo Des entrou na brincadeira e estávamos os três atacando e sendo atacados, rindo uns dos outros e esgotando nossa quota de gargalhadas. Recuperados, observamos Malvina sair correndo atrás de uma borboleta e chegar na porta de entrada a tempo de ouvir mamãe chamá-la para se preparar para o jantar.

— Acho melhor nós entrarmos também — disse, porque era o certo a fazer. No fundo desejava aproveitar um pouco mais o momento e caminhar pela propriedade enquanto o crepúsculo surgia. Mas sabia que devia voltar e me arrumar para o jantar. Além disso, havia algumas anotações de Desmond que queria estudar antes de cear.

— Quem vê pensa que não deseja absorver um pouco mais desses últimos raios de sol. — Des olhava para mim com a certeza de quem me conhecia bem demais. O que só fazia me irritar. Não entendia como ele lia tão bem minhas vontades. — Vamos caminhar e aproveitar a calmaria desses últimos dias de férias, Bri. Logo estaremos em Londres e andar ao entardecer só será possível no Hyde Park.

Pegando meu braço e o enganchando ao seu, Des começou a nos guiar em uma caminhada rumo ao lago que margeava o bosque.

A casa Hamilton, além dos extensos e coloridos jardins, contava com uma floresta particular. O primeiro duque a abandonar Londres e fixar residência no interior decidiu que os arredores da propriedade seriam preservados. Com um simples documento ele garantiu que a natureza serviria de ponte entre as terras Hamilton e o rio que dividia a cidade, assim, sempre que tínhamos que ir até o outro lado de Durham, precisávamos atravessar o bosque e apreciar sua beleza.

A mata era essencialmente composta por enormes pinheiros e carvalhos. Por toda a sua extensão víamos uma variedade surpreendente de plantas rústicas e belas. Além disso, com o passar dos séculos, cada duque de Hamilton proveu uma melhoria ao local. Alguns plantaram roseiras nativas, outros colocaram bancos e fontes de água, e alguns – papai sendo um deles – construíram refúgios para os animais silvestres. A sensação é de que a cada dia eu descobria algo novo nesse bosque. Amava explorá-lo. E acreditava que nenhum bosque ou jardim, principalmente os que havia conhecido com minha família em nossas viagens para Londres, o superaria em beleza.

— Já lhe contei que na última vez que estivemos no Hyde Park papai precisou fugir dos antigos colegas de Oxford? — Eu ri ao recordar a feição de assombro que dominara meu pai naquela ocasião. — Estávamos eu, mamãe e Malvina listando as flores do parque quando papai interrompeu nossa empreitada com uma caminhada acelerada. O problema é que a cada passo dado, rápido e preocupado, ele encontrava um conhecido que o apresentava a um outro e novo conhecido. Por fim, todos queriam cumprimentar ou serem apresentados ao duque de Hamilton. Por dias papai trancou-se no escritório de Londres para não precisar sair de casa e falar com um completo desconhecido.

— Imagino seu pai andando de cabeça baixa e com passos apressados por um dos lugares mais movimentados de Londres. — Debochado, Des encenava o momento, puxando-me pelas mãos e seguindo desajeitadamente pelo bosque. — Não deve ter sido fácil para o duque aparecer em público no maior ponto de encontro da capital. Se ele queria discrição, com certeza foi ao parque errado.

— Não o culpo por esperar passar despercebido. Vivemos tanto tempo longe de Londres que facilmente esquecemo-nos do título. Por aqui ele é apenas um homem de confiança do rei, enquanto em Londres é *praticamente* um notório membro da realeza. Deve ser cansativo ter que lidar com tamanho peso.

— Acredita que, caso seu pai não fosse um duque, conseguiria aprender a amar Londres?

Estávamos em um ponto do jardim em que as raízes dos carvalhos mais antigos saltavam pela terra, criando uma armadilha eficaz para os viajantes desatentos. Com calma saltei as grandes raízes, aproveitando os instantes de quietude para pensar em sua pergunta.

Sempre soube que o problema não estava em Londres, mas em mim. Na capital eu me sentia completamente inadequada, como se não fosse boa o suficiente. Além disso, as construções, o constante tráfego de cavalheiros e carruagens, o comércio e os eventos sociais davam a impressão de sufocamento.

— Talvez pudesse ser diferente se meus pais fossem outros e minha criação também. Mas tudo o que sei é que não me sinto bem em Londres — disse, por fim. — Um dia, quem sabe, eu chegue a apreciar a cidade. Mas no momento prefiro a calmaria, o conforto e a segurança que encontro em Durham.

— Mas e a Escócia? E os planos de se aventurar pelas terras de seus ancestrais? — Des tomou um único fôlego e pulou as raízes dos carvalhos, as mesmas que precisei atravessar com cuidado para não tropeçar, e me encontrou do outro lado do caminho.

— Exibido! — Ele riu e pegou minha mão, guiando-me para fora da trilha e seguindo rumo ao interior do jardim. Já sabia onde Desmond queria chegar. Havia uma clareira ali, na qual costumávamos passar as nossas tardes. Brincávamos que ela era nosso esconderijo, um espaço no mundo feito para nós dois. — Ah, me imagino facilmente na Escócia. Sinto que não haveria problema algum se precisasse passar mais de um verão por lá. Quero andar pelos campos verdes, escalar as montanhas e viajar pelas águas do rio Forth. Gostaria tanto de conhecer meu avô. Segundo mamãe, ele amaria me acompanhar nessa jornada.

— É fácil imaginá-la correndo livre pelas terras dos seus ancestrais. É um sonho bonito, Bri. Querer conhecer mais a história da sua família. — Eu estava prestes a falar sobre todos os meus outros sonhos quando a beleza ao nosso redor me calou.

— Havia me esquecido de como aqui é lindo — disse em um murmúrio. Assim que as palavras saíram da minha boca percebi que passamos um ano inteiro sem visitar a *nossa* clareira. Ultimamente parecíamos ocupados demais, entre jantares e conversas sobre casamento, para lembrar de aproveitar um passeio sem rumo pela propriedade.

Desmond despiu o casaco azul-marinho e o estendeu na relva, convidando-me a sentar ao seu lado. Perdidos em pensamentos, tiramos um momento para apreciar o pequeno jardim. A luz do sol iluminava as árvores e dava um brilho especial à relva. O canto dos pássaros e a brisa suave passavam a impressão de que estávamos isolados do resto do mundo. E os canteiros de sálvia e áster alegravam o prado verde com tons de roxo e lilás. Com certeza aquele sempre seria um dos meus lugares preferidos de todo o universo.

— Eu amo este lugar — Des disse, quebrando o silêncio confortável que nos envolvia. Seus olhos estavam fechados e o rosto, inclinado para o céu. Alguns raios de sol lhe tocavam a pele e clareavam ainda mais suas mechas loiras. — Amo Londres. Sinto que lá posso fazer a diferença e ajudar meu pai a tocar os negócios da família. Ao mesmo tempo, não tenho certeza se isso é o que *realmente* quero. Quando penso no futuro sempre me imagino em Durham e não na capital.

— Tente começar com pequenas decisões, elas o ajudarão a descobrir qual caminho seguir. Além disso, não duvide de si mesmo. Se existe alguém capaz de unir Londres e Durham, é um Hunter. Use seu pai como inspiração; admiro-o pela habilidade de viver e amar duas cidades tão dispares.

— Vejo-me facilmente com uma casa nesta região, então talvez eu possa começar por aí. Tenho certeza de que meu pai ficará animado com a tarefa de me ajudar na escolha do melhor investimento. Além disso, agrada-me a ideia de construir algo que não esteja atrelado ao título de barão.

Desmond continuava com os olhos fechados e, aproveitando o momento, absorvi cada detalhe do seu rosto. As mechas loiras, os cílios fartos e dourados, a pele levemente bronzeada, a sombra de uma barba que começava a encorpar. Eu conhecia Des o suficiente para concordar com ele. Mesmo amando Londres, uma parte sua sempre pertenceria aos bosques de Durham.

— Agora fale-me sobre os seus sonhos... Como se imagina daqui a alguns anos, Bri? — Ele girou o corpo na minha direção, sentando de frente para mim. Eu observava o Sol dando lugar ao crepúsculo, olhando para o horizonte enquanto fingia que não admirava como a parca luz que atravessava a clareira criava um áurea dourada ao redor do meu amigo.

— Tudo o que sei é que irei viajar para as terras Duff mesmo depois de casada e com filhos. Papai diz que não visitamos meu avô por causa das obrigações do ducado, mas não sofrerei desse mal. Eu tenho todo o tempo do mundo, Des. Quero conhecer a fundo a história dos meus ancestrais. E almejo aventuras para contar, assim como minha mãe possui as dela. Em meu coração, sinto que encontrarei tudo isso na Escócia. — Suspirando, deixei minha mente mergulhar em sonhos e pensamentos. Era capaz de listar com perfeição cada detalhe da propriedade Duff, as nuances dos prados escoceses e o tempo inconstante que dominava as Terras Altas. Mas a imaginação já não era mais suficiente, eu queria viver tudo aquilo que aprendera a amar.

— Então acredita que o futuro a aguarda na Escócia?

— Uma parte dele, sim. Talvez eu chegue lá e nada do que imaginei seja real. Quem sabe eu tenha passado anos amando uma fantasia que criei a partir das histórias que ouvi. Mas, ainda assim, preciso ver com meus próprios olhos. — A verdade é que eu jamais me sentiria completa sem realizar esse sonho. — Nunca existiu algo que desejou com todas as suas forças, Des? Que, mesmo parecendo irracional, sua mente o fez acreditar que era o certo?

— Venho pensando nisso durante o nosso verão — ele disse, fugindo do meu olhar, desviando a atenção para as flores ao redor. — Mas um amigo aconselhou-me a começar com as pequenas decisões até definir meu caminho. E é exatamente isso que farei.

— Mas ora, apresente-me esse ser dotado de tamanha sabedoria. Sinto que seríamos melhores amigos.

Passamos alguns minutos rindo e apreciando o desfecho do pôr do sol. Àquela altura eu deveria estar pronta para o jantar e não vagando pelo bosque, então logo teríamos que voltar. Durante o verão mamãe incentivava nossas aventuras pela propriedade, desde que participássemos do jantar. Essa era uma das suas poucas regras: que as refeições reunissem toda a família.

— Brianna. — O tom de voz sério usado por Des chamou a minha atenção e interrompeu meus devaneios. — Dê seu primeiro passo e converse com o duque e a duquesa. Tenho certeza de que eles entenderiam seus sonhos e a levariam para a Escócia em um piscar de olhos. Cancele o *début* por um período, faça uma viagem familiar e, ao voltar, inicie os preparativos para a temporada de bailes e apresentações.

— Eu pensei nisso, mas mamãe está irredutível. Ela decidiu que preciso de uma pequena temporada ainda este ano. Temo que nada será capaz de fazê-la mudar de ideia. A minha sorte é que minha mãe está preocupada com vestidos e valsas, e não com possíveis noivados.

— Participe dos bailes locais, então, Bri. Apesar de menor, a temporada em Durham também é movimentada. Assim pode cumprir tal tarefa a tempo de correr atrás dos seus verdadeiros sonhos. Quem sabe em um desses bailes encontre um belo fazendeiro de Durham para valsar e acalmar o coração de lady Rowena — ele disse, mexendo as sobrancelhas e divertindo-se às minhas custas.

Desmond sabia do pavor que eu nutria por tudo que girava em torno da palavra dançar. Papai contratou inúmeros professores e, apesar de eles terem feito que eu decorasse todos os movimentos, nenhum foi capaz de me ensinar a fazê-los com suavidade.

— Muito me agrada a ideia de participar dos bailes locais. Por acaso conhece o filho de lorde Bourbon? — Des concordou com um leve dar de ombros e adotou uma expressão séria. — Ele é um cavalheiro belíssimo e muito educado. Tenho certeza de que daria um ótimo par para uma valsa e que não permitiria que eu ficasse apavorada. Pensando bem, talvez ele também seja um ótimo possível marido. Devo pedir para que mamãe convide sua família para um jantar? — disse, na intenção de provocá-lo.

Desconfiava de que meu amigo sentia ciúmes da ideia de me ver dançando com outros cavalheiros. Passava pela minha mente que Des me enxergava como uma irmã mais nova e que, por conta do sentimento de proteção, aos seus olhos não era agradável imaginar-me enamorada.

Uma pequena parte de mim queria falar mais de lorde Bourbon, só para irritá-lo. Divertia-me vendo seu semblante sisudo. Com a tez enrugada de preocupação, os olhos cerrados e uma mecha teimosa que lhe caía na fronte, Des parecia mais encantador que amedrontador.

Tentei me controlar, mas acabei rindo de sua expressão.

— Um dia ainda hei de enganá-la com meu olhar raivoso — ele disse, rindo comigo. — Agora vamos, senhorita espertinha. Está ficando tarde e precisamos nos preparar para o jantar. — Aceitei a mão que Desmond estendia em minha direção e tomei impulso para levantar. O crepúsculo já dava lugar à noite e se demorássemos mais só enxergaríamos o caminho de volta quando a Lua aparecesse em todo o seu esplendor.

Com uma mão ele enganchou o paletó e com a outra segurou a minha, nos guiando em silêncio pela estrada para casa.

— Vamos prometer uma coisa — Desmond disse quando já estávamos a poucos metros da entrada da casa Hamilton. — Não importam os caminhos que decidirmos seguir, de alguma forma permaneceremos juntos, pois bem?

— Eu sempre o levarei em meu coração, Des — disse, segurando suas duas mãos. — E não importa quanto tempo eu decida passar na Escócia, uma hora volto para buscá-lo. Que tipo de amiga eu seria se não compartilhasse minhas melhores histórias?

— Voltará mesmo se eu escolher viver em Londres?

— Mas é claro! Eu o encontrarei onde quer que esteja.

— Digo o mesmo, minha querida. — Ele beijou minhas mãos delicadamente e sorriu para mim. O anoitecer não deixava que eu visse suas feições como um todo, mas conseguia sentir a força de seu sorriso. — Agora me escute com atenção. Quem chegar primeiro à porta de entrada fica com a sobremesa do outro.

Ele disse e partiu em disparada. Rindo, corri em sua direção.

Ainda tínhamos alguns dias para aproveitar o final do verão. E era exatamente isso que iríamos fazer.

Esta é a quadragésima segunda carta que lhe envio. Desisti de esperar uma resposta, mas não de lhe escrever. Criei algumas teorias. Será que não está me respondendo porque as correspondências não chegaram? Ou porque está em uma de suas expedições pelas Américas e ainda não foi capaz de buscá-las na residência do barão? Gosto de pensar que seu silêncio não é proposital. Mas, por mais reconfortante que essa opção seja, no fundo ela não passa de um desejo tolo de enganar meu coração saudoso. Estou aceitando o fato de que se esqueceu de mim. A cada carta escrita e não respondida, sinto-me obrigada a dizer adeus – à nossa amizade, aos nossos sonhos e principalmente às promessas que fizemos um ao outro. De fato, talvez seu silêncio seja o melhor para nós dois. Começo acreditar que ambos precisamos de um novo começo.

(Trecho da carta de Brianna para Desmond, em fevereiro de 1822.)

6

1827, Durham

— Vamos, Pie. Deixe-a respirar. — Sua voz grossa reflete o passar dos anos. Mesmo que não a ouvisse há séculos, ainda a reconheceria.

Sorte minha que não estou ficando louca, porque o homem do outro lado da ponte é mesmo Desmond.

— Pie? Quem em sã consciência daria a um cão um nome que significa torta? — Afago o pelo do animal, que ignora completamente o comando do dono.

— Se o conhecesse bem, entenderia o motivo por trás do nome. Nunca imaginei que encontraria outro ser mais apaixonado por sobremesas do que eu. — Apesar do tom despreocupado, Desmond não abandona o semblante carrancudo. Enquanto ele caminha na minha direção, tento descobrir se está bravo comigo, com o cão ou se essa é sua expressão usual.

Meu coração acelera a cada passo que o traz para mais perto de mim. Uma camisa branca molda seu corpo alto e esguio, deixando visível os músculos que tento não encarar. O cabelo comprido quase lhe toca os ombros e uma barba loira e espessa domina seu rosto por completo.

Mangas enroladas na altura do cotovelo, colarinho desabotoado, calças e botas sujas de barro, cabelo e barba que beiram o indecoroso. A aparência desleixada combina com Desmond. E, se possível, o deixa ainda mais belo.

— É óbvio que está diferente — digo sem pensar.

Ele para a poucos centímetros de distância. Seus olhos, que variam entre um tom desconcertante de azul e verde, me analisam friamente.

— E é claro que continua a mesma — ele retruca.

Suas palavras saem de forma impiedosa. De tudo o que vi hoje, isso é o que mais me surpreende.

Não esperava por sua raiva. Então, levo mais tempo do que deveria para processar que os anos não mudaram apenas a aparência de Desmond, eles também transformaram sua essência. Meu amigo se tornou um homem e, durante o processo, deixou para trás um garoto sorridente e brincalhão.

— O que isso significa exatamente? Que os anos passaram, mas eu continuo tão radiante quanto uma jovem debutante? — digo, na ânsia de desvendar seu humor.

— Se acredita nisso, quem seria eu para desapontá-la, *senhora*? — Ele usa o termo como uma afronta e agora é minha raiva que inflama. — Além disso, seria completamente indelicado da minha parte denunciar os indícios da idade despontando em seu rosto.

Estou exausta, mal-humorada e sentada no chão sujo por causa de um cão, o cão dele, por sinal, e tudo o que Desmond faz é me afrontar.

— Assim como seria indelicado da minha parte dizer que os anos o tornaram um grosseirão rabugento. — Sou muito feliz com meus vinte e sete anos. Ele é que deveria estar preocupado por estar prestes a adentrar a casa dos trinta. — E faça o favor de usar o título correto. Não aceito de *desconhecidos* menos do que milady ou senhorita.

Os olhos de Desmond transbordam confusão, talvez por eu ter gritado as últimas palavras com tanta raiva, e em um rompante ele ajoelha ao meu lado e segura minha mão esquerda com delicadeza. O toque dispara pequenos choques por todo o meu corpo e preciso lutar contra as memórias do passado que construímos juntos. Ele continua fitando minha mão pelo que parecem horas, enquanto eu espero que tire Pie do meu colo. Contudo, o brutamontes afasta meu toque de repente, como se minha pele o queimasse, e levanta com um bufo nada elegante.

— Se espera que eu a ajude, continuará sentada no chão sujo por um bom tempo. Quem sabe assim presta mais atenção por onde anda?

— Acha mesmo que preciso ou espero sua ajuda para algo? Por favor, que culpa tenho se seu cachorro surgiu descontrolado no meu caminho? Talvez, em vez de perder seu tempo com reprimendas tolas, devesse ensiná-lo a obedecer-lhe. — Pie resmunga no meu colo e sinto-me culpada por ofender o cão. — Não se preocupe, amigão, lhe eximo da culpa de tê-lo como dono.

Afago o animal com carinho e suspiro de alívio quando ele libera minhas pernas. Levanto-me apressada e limpo as mãos sujas no tecido da saia. O movimento repentino me faz sentir uma pontada no lado direito do corpo. Giro o tronco e vejo que o vestido rasgou na altura do ombro. A pele exposta apresenta um hematoma arroxeado nada atraente, além de um pequeno corte sujo de sangue seco.

Não havia percebido, mas caí em cima de uma tábua rachada.

Toco o ombro e sinto uma pequena luxação. Água e pomada serão suficientes e, com um pouco de sorte, não precisarei de pontos para fechar o ferimento.

— Ele a machucou? Cachorro malcriado. Quantas vezes já chamei a sua atenção por pular nas pessoas? — Pie abaixa as orelhas e, como um pedido de desculpas tardio, lambe a mão que pende ao lado da minha cintura. — Vem, deixe-me ver isso.

— Não — digo com força e dou um passo para trás. — Está tudo sob controle, foi apenas um arranhão.

— Deixe de bobagem, permita-me ajudá-la. — Suas mãos tentam me tocar, mas a cada passo que Desmond dá em minha direção, eu me afasto outros dois. Ainda estou nervosa e não o quero perto de mim.

— Já disse que não preciso de ajuda. — Trombo com o parapeito da ponte e libero uma série de maldições ao notar que o movimento fez meu ombro voltar a sangrar. — Pegue o cachorro e siga seu caminho. Eu vou ficar bem.

Noturno pasta do outro lado do campo, Pie persegue uma pobre borboleta e Desmond permanece me encarando. Ele está a poucos centímetros de distância e meu coração acelera com tamanha proximidade. Preciso controlar a vontade desesperada de tocar sua barba. Não consigo parar de pensar em qual seria a sensação de correr minhas mãos por ela.

Na intenção de acalmar meus nervos, fecho os olhos e conto até dez. Mas volto a fitá-lo quando o som de algo despedaçando me alcança.

— Por acaso acabou de arrancar a manga de sua camisa? — Gostaria de não ter notado os músculos fortes de seu braço, mas meus olhos traidores parecem hipnotizados com a pele exposta.

— Por favor, fique quieta. — Estamos tão próximos que consigo sentir sua respiração tocar minha face. Desmond ergue meu braço e amarra o pano branco ao redor do ombro machucado. Seu nó é forte o bastante para estancar o sangue, mas devidamente suave para não me apertar. Enquanto trabalha, suas mãos ocasionalmente resvalam na lateral do meu pescoço, fazendo-me arrepiar. — A pressão exercida pelo tecido permitirá que cavalgue de volta para a casa sem sentir dor.

— Se espera um agradecimento, melhor sentar no chão sujo enquanto aguarda. — Tento brincar e parecer indiferente, mas minha voz falha e entrega o nervosismo.

— Não se incomode. — Ele termina a bandagem improvisada e ajusta as mangas do meu vestido, deixando as mãos descansarem nos meus ombros por mais alguns instantes. — Há anos que superei o desejo de esperar algo da nossa relação, Brianna.

É a primeira vez em onze anos que escuto meu nome sair de seus lábios. Ansiei por esse momento, mas nem nos cenários mais céticos imaginei que nosso reencontro seria pontuado pelo desrespeito.

Sinto a raiva voltar com força total ao perceber que isso tudo é culpa dele – não o ferimento, mas a distância fria que nos separa.

Tento me afastar, mas Desmond usa o corpo para bloquear a minha passagem. Odeio o fato de estarmos nos tratando tão formalmente. Odeio o quanto meu corpo anseia por sua proximidade. Mas odeio ainda mais a sensação impotente de querê-lo de volta em minha vida.

Senti tantas saudades... Só não mais do que tristeza ao perceber que ele esqueceu as promessas que fez e o amor que jurou ser eterno.

— Então estamos resolvidos, não é mesmo? Posso seguir meu caminho, por favor? Esperam-me em casa para jantar. — Termino de falar e empurro seus ombros na tentativa de forçar passagem.

— Casa? Isso significa que voltou para ficar? — Suas mãos abandonam meus ombros e tocam meu cabelo. Desmond me encara, esperando minha reação, e quando não me afasto tira algumas folhas presas entre os cachos e penteia as mechas com os dedos. Não consigo entender a confusão de emoções que toma conta de mim, muito menos decifrar as que nublam os olhos dele.

— Sim — digo simplesmente e com sinceridade. — Vivi anos incríveis, mas com o passar do tempo a saudade virou um peso que não estava mais disposta a carregar. Eu queria estar aqui, então voltei. Além disso, minha família precisa de mim tanto quanto eu dependo deles para recomeçar.

— E esse é o seu desejo? Recomeçar em Durham? — Agora ele me olha com expectativa. Suas mãos descem pelas minhas costas e, com um movimento rápido, Desmond cola o corpo no meu. Não faço a menor ideia de como acabamos nos braços um do outro, mas é tão bom senti-lo ao meu redor.

— No momento, estar aqui é o que preciso. — Apoio o rosto no peito de Desmond e o cheiro amadeirado da sua pele invade minhas narinas. Ele suspira e me abraça com força. Sinto os olhos queimando ao recordar a última vez que estivemos tão próximos. — Por que não me escreveu?

Um silêncio desconfortável nos envolve. Quando fugi para a Escócia, Desmond foi o primeiro a me apoiar. Ele sabia o quanto desejava aquelas terras e as experiências que elas me dariam. Então meu amigo não só me ajudou a partir como também prometeu que encontraria uma maneira de estarmos juntos. Eu acreditei nele, e pelos anos que seguimos separados esperei suas cartas, ansiei por suas visitas e desejei com toda força que nossos caminhos ainda permanecessem interligados.

Naquela época, conversas vagas e banais teriam sido suficientes. Qualquer palavra, carta ou bilhete teria mantido a chama entre nós acesa. Mas eu também não sou mais a mesma. Já não me contento com menos do que mereço.

— Por favor, apenas finja que eu não disse nada. Nós dois sabemos o quanto é bom em permanecer calado. Não é mesmo, Desmond? — Empurro seus ombros com o máximo de força que consigo reunir. Pego de surpresa, ele dá um passo desequilibrado para trás e me deixa passar.

— Sei que fez sua escolha muito antes de partir. Então por que não para de fingir que realmente se importa com minhas malditas cartas? — Ele vocifera. Decido não lhe dar ouvidos e sigo até Noturno. Meu ombro queima quando monto, mas o desconforto passa assim que me endireito na cela. — Quando aceitar que não sou o único que quebrou promessas, vai descobrir que ações dizem mais do que mil palavras, *milady*.

Sou atingida pelas emoções que pontuam sua frase, mas no momento não desejo desvendá-las. Estou esgotada, então vou para casa sem ao menos olhar para trás. Noturno cavalga pelo bosque como se compreendesse minha vontade de deixá-lo, e rapidamente atravessamos o rio Wear e alcançamos a propriedade de meus pais.

Desmond tem razão. Preciso parar de me apegar às palavras ditas no passado.

Aqueles dois jovens apaixonados, que muito tempo atrás prometeram o mundo um ao outro, não existem mais. E a culpa por isso é tão minha quanto dele.

<hr />

— Teimosa. É isso que ela é, Pie. Irritantemente teimosa. — O cão late para mim como se não concordasse. — De que lado está afinal? Basta ver uma bela moça para me abandonar?

Meus pensamentos estão tão povoados por Brianna que tropeço em alguns troncos caídos pelo caminho e preciso forçar minha mente a prestar mais atenção por onde piso. Ainda assim, faço o trajeto da ponte até a entrada da casa principal em tempo recorde.

O tempo foi injusto ao deixá-la mais bela. Seus olhos continuam dourados como o mel, incitando-me a mergulhar neles. A ponta do nariz ganhou novas sardas, as quais desejei ardentemente poder beijar. E o cabelo... simplesmente não pude resistir à tentação de tocá-lo. Seus cachos ganharam volume e criaram um círculo perfeito de luz ao redor do seu rosto delicado.

Vê-la naquela ponte caindo aos pedaços fez meu coração parar de bater. Por um instante pensei contemplar um anjo. E então, quando percebi que estava encarando Brianna, precisei frear a vontade de tomá-la nos braços para nunca mais soltar.

Ainda reluto em acreditar que ela pretende ficar na Inglaterra. Na verdade, é difícil até mesmo aceitar seu regresso. Esperei por ele, sem acreditar de fato que esse momento chegaria.

— Eu o entendo, meu amigo. Brianna sempre foi uma jovem linda — digo para Pie, que late ao meu redor. — Mas aquela mulher incrível cavalgando sem rumo? Bem, se pudesse, eu também correria na direção de seus braços.

— Estamos falando sobre o abraço de qual dama, meu irmão? — A voz de Ian interrompe meus devaneios assim que coloco os pés no vestíbulo. — E onde é que foi parar a outra manga da sua camisa?

Desde que me mudei para Durham, cinco anos atrás, Ian e Garret vêm me visitar. Todo ano, a cada recesso escolar, eles passam o verão me importunando. Apesar de alegar o contrário, gosto de como meus irmãos afastam a solidão que rodeia estas paredes.

Sem dúvida, morar com dois jovens e um cão babão transformou minha casa em puro caos, mas, graças às suas aventuras, meus dias nunca são maçantes. É por isso que toda vez que as férias chegam ao fim e meus irmãos precisam voltar para a capital, tenho que reprimir a vontade de implorar para que fiquem.

— Falamos da lady que ele acaba de derrubar — aponto para Pie de forma acusadora. — Esse cão precisa de limites, Ian. Tal mania de cumprimentar as pessoas pulando em cima delas está me tirando do sério. Se ele continuar assim, vou ser obrigado a expulsá-lo de casa.

— Acredito que seja mais fácil vê-lo dormindo no estábulo do que Pie nos deixar. E pensa mesmo que não faço o possível para ensiná-lo bons modos? Não é minha culpa se temos o cachorro mais impetuoso que já conheci.

Ian balança uma bola de lã e chama a atenção do cão. Ele tenta ensinar comandos básicos de sentar, rolar e dar a pata, mas em menos de dois minutos estão os dois correndo pela sala atrás da pequena bola. Pie pula no conjunto de sofá, arrasta o tapete que eu trouxe da última viagem a Paris e derruba um abajur que comprei em minha primeira travessia pelo Pacífico. Meu irmão tenta evitar a queda do objeto, mas acaba trombando com Pie e, ao se desequilibrar, cai e leva consigo, além do abajur, uma dúzia de retratos em tela enviados por nossa mãe.

Em momentos como esse dou-me conta de que Ian mal completara dezoito anos. Ele tenta disfarçar, mas no fundo ainda é um garoto.

— Não se preocupe, vou arrumar a bagunça. Também darei um jeito de repor todos os objetos. Eu prometo, Desmond. — Meu irmão repreende Pie enquanto reúne os estilhaços espalhados pelo tapete. Já estou tão acostumado com a cena que sequer finjo me importar.

— Assim como fez com os que quebrou no verão passado? Ou até mesmo com aqueles anteriores a esses? — Abaixo-me e o ajudo na tarefa de reunir os pequenos fragmentos. — Não me importo com os objetos, Ian. São as memórias por trás de cada viagem que contam. Mas, por favor, preciso que prestem mais atenção. Nesse ritmo vão acabar com a minha coleção até o final do verão.

Logo após a fuga de Brianna decidi encontrar meu próprio caminho. Admirava sua coragem ao enfrentar o mundo e correr atrás dos sonhos mais sinceros de seu coração. E inspirado por tamanha força, decidi abrir meu próprio negócio. Sempre quis viajar das Índias até as Américas, e trabalhar com navios cargueiros me levou para lugares que nunca imaginei conhecer. Hoje minha casa está lotada de quadros, tapetes e vasos de todos os lugares que conheci. Mas a minha maior riqueza está nas histórias que vivi.

— Sinto muito por nossos modos. Talvez eu possa me desculpar pessoalmente com a lady? Prometo fazê-la entender que Pie não quis machucá-la. — Ian termina de limpar o tapete e me olha com expectativa. — Diga-me que estamos falando de uma jovem bela e solteira? Garret ficará louco ao descobrir que encontrei companhia antes dele.

— Por falar nisso, onde nosso caçula está? — É certo que se Garret estivesse em casa o estrago seria ainda maior. Quando juntos, esses três só me davam dor de cabeça.

— Pescando com lorde Scott. Mas não mude de assunto, Des. Como ela é? Juntos daremos um belo par?

Terminamos de arrumar a bagunça da sala e seguimos para o conjunto de poltronas anexas à janela lateral do aposento. Antes de me sentar, caminho até o beiral e aprecio a vista à nossa frente. Comprei este terreno exatamente por causa dela. Daqui conseguimos ver com clareza toda a extensão do rio Wear e parte do castelo Durham. Além disso, morar do lado esquerdo do rio cria a impressão de que estou rodeado pelas belezas naturais intocadas da região. A cidade pulsa do outro lado do rio, enquanto esta propriedade é cercada por vários bosques inexplorados.

Sirvo-me uma dose de conhaque enquanto Ian traça planos para conquistar o coração da jovem e misteriosa dama, todos exaltando o fato de que ela não resistirá ao seu charme e, principalmente, de como poderá contar vantagem sobre Garret.

— Sinto muito por ser o responsável pela destruição de seus sonhos, mas não será dessa vez que roubará um coração, meu irmão.

— Como pode ter tanta certeza?

— Porque estamos falando de lady Brianna Hamilton, que, apesar de linda e encantadora, está completamente fora da sua alçada. — A expressão de choque em seu rosto me deixa satisfeito. Imagino que esse fosse o último nome que Ian esperava ouvir. — Compreende agora o que digo sobre Pie? Ele simplesmente correu até a lady, derrubou-a no chão, babou por todo o seu rosto e ainda a fez machucar o ombro.

— Não lhe disse que além de carinhoso Pie é extremamente inteligente? Tenho certeza de que ele só fez aquilo que o dono estava louco para fazer.

— Cale a boca. — Não quero admitir que Ian fez um ponto, então arremesso uma almofada em sua cabeça. Ele espalma o tecido com as mãos e observamos impotentes enquanto a almofada voa até um dos aparadores de bebida e derruba uma garrafa de vinho. — Quando foi que nos tornamos tão descuidados?

— Mamãe diria que desde sempre. — Ian arremessa uma segunda almofada na minha direção. E, como já era esperado, no processo ele derruba um candelabro italiano. — Admita, pelo menos esse era horroroso.

Estamos ajoelhados no tapete da sala, rindo enquanto recolhemos partes quebradas de vários objetos, quando chega o nosso irmão mais novo.

— O que estão aprontando? Passo meia tarde fora e encontraram uma maneira de quebrar a casa sem a minha presença? Isso é uma afronta, Desmond. Também quero participar.

— Chegou atrasado, Garret. Estamos comemorando o retorno de lady Brianna e como ela e nosso irmão tiveram um primeiro encontro... — Ian me olha como se esperasse que eu concluísse a frase. O problema é que não faço a menor ideia de como definir o momento que tivemos. — Não importa. O fato é que eles finalmente conversaram.

— Não acho que podemos chamar o que tivemos de conversa.

— Por que não? — eles perguntam ao mesmo tempo.

Meus irmãos odeiam ser comparados, mas a verdade é que são tão parecidos que olhos descuidados podem confundi-los. Quando mais novos, tivemos um tutor que além de confundir o nome dos seus pupilos, vivia colocando Ian de castigo no lugar de Garret.

Eles são tão altos quanto eu, loiros como a família de nosso pai e donos de um sorriso fácil que sem dúvida veio de nossa mãe. Pensando bem, a única diferença entre nós três está na cor dos olhos. Enquanto os meus são uma mistura de verde e azul, os deles pendem para o castanho-claro.

— Se querem mesmo saber, nós mais discutimos do que conversamos — digo, por fim.

Meu plano era permanecer indiferente. Mas senti-la tão próxima avivou lembranças antigas e me deixou *raivoso*.

Eu queria beijá-la por todos os anos que fomos privados um do outro, e por cada memória que deixamos de construir. Assim como queria gritar por todas as mentiras que ela contou ao partir.

Ajudei a mulher da minha vida a fugir sabendo que ela poderia construir um futuro na Escócia, ao lado do sobrenome de sua mãe e do homem que o avô escolheu para desposá-la. Arrisquei e acreditei em suas palavras quando anos atrás ela garantiu que sempre seria minha. E esse foi o meu maior erro.

Foi uma surpresa ouvi-la dizer que ainda não é uma senhora, tanto quanto perceber que o anel *dele* ainda não está em sua mão. Mas independentemente do fato de Brianna ter casado ou não, a verdade é que ela escolheu outro homem.

— Depois de tanto tempo afastados, a única forma de descobrir se o sentimento que um dia os uniu perdura é conversar. Resmungar não vai adiantar, Des. Pare de ser tolo e fale com lady Brianna. Descubra se a menina por quem se apaixonou ainda existe. — Suas palavras foram tão certeiras que precisei de um momento para ter certeza de que não havia expressado meus arrependimentos em voz alta.

— Odeio concordar com Ian, mas ele tem razão — Garret diz, como se já tivesse amado milhares de vezes. — Os dois precisam deixar o passado para trás e conversar a respeito do futuro. Querem ficar juntos? Então fiquem. Querem superar? Então o façam. Apenas parem de lutar contra seus sentimentos.

— E talvez também possa cortar o cabelo e fazer a barba? — Ian me dá um leve soco no ombro e fixa os olhos nos meus. — Passar uma imagem de civilizado tende a ajudar na conquista.

— O que é que tem de errado com meu cabelo?

— Nada, a não ser o fato de que parece o sobrevivente de um naufrágio. — Quase consigo ouvir a voz de minha mãe ecoando a de Garret. Faz meses que ela tenta cortar meu cabelo. — Porém, se quiser manter o cabelo horrível, faça-o, mas ao menos converse com a jovem. Recuso a acreditar que meu irmão é um tolo orgulhoso incapaz de perdoar.

No fundo sei que meus irmãos têm razão. Eu e Brianna precisamos conversar. A noite em que descobri sua traição ainda assombra meus sonhos, então quero que ela olhe em meus olhos e assuma o peso de suas mentiras.

Talvez eu não esteja pronto para perdoar, mas isso não significa que não possa tentar recomeçar.

— Prometo que pensarei a respeito — digo na intenção de aliviar a preocupação que vejo nos olhos de meus irmãos. Tão jovens e

inconsequentes e, ao mesmo tempo, extremamente maduros e atenciosos. Sorrio para os dois enquanto o orgulho explode em meu peito.
— Quando foi que ficaram tão espertos?

— Ora, contamos com bons professores. — Ian corre para o outro lado da sala e intercepta Pie no exato momento em que o cão sobe na mesa de centro, provavelmente tentando atacar os biscoitos de mel. — Lembre: se papai estivesse aqui ele diria para não deixarmos o orgulho abafar os apelos do nosso coração.

— E nosso pai sempre tem razão — Garret completa. — Então chame-a para jantar, Desmond. Fale logo o quanto a deseja *ardentemente*.

— Não force, irmãozinho. Ainda acabo com esse seu sorriso debochado em um piscar de olhos. Na realidade, dou conta dos dois tão rápido quanto Pie devora um pedaço de torta.

— Tenho minhas dúvidas. Assim como os genes da inteligência, todos sabem que o irmão mais novo é sempre o mais forte. — Ao ouvi-lo, Ian desvia a atenção de Pie e engata um discurso sem sentido sobre quem de nós é o filho mais privilegiado.

Enquanto eles discutem, sirvo uma segunda dose de conhaque. Vou convidá-la para jantar, para provocá-la ou escutá-la, ainda não sei.

Quero compartilhar com Brianna o que construí nos últimos anos e ouvir sobre suas conquistas em terras escocesas. Mas também desejo fazê-la implorar pelo meu perdão e afundar em arrependimento por cada dia que passou afastada dos meus braços.

Estou vivendo um impasse. Não sei qual dos lados ganhará essa batalha de desejo, mas sinto que posso oferecer a Brianna um pouco dos dois.

Amor e ódio caminham em paralelo, afinal.

Quase não acredito que hoje minha pequena irmã completa dez anos. Gostaria de abraçá-la e de presenteá-la com um jogo de aquarelas. Em dias como esse a saudade é tamanha que quase me arrependo de ter fugido. Penso em tudo o que perdi, nos centímetros que ganhou, nos amigos que conheceu e nas coisas que precisou aprender sozinha por não ter a irmã mais velha ao seu lado. Será que sente minha falta? Porque eu sinto a sua. Todos os dias, desde que cheguei e, com certeza, por todos os outros que passarei aqui.

(Trecho da carta de Brianna para a irmã Malvina, em julho de 1820.)

7

1827, Durham

A luz do nascer do sol cega meus olhos e, por um instante, esqueço de onde estou.
Inglaterra, Durham, casa Hamilton.
Respiro fundo e acalmo meu coração agitado. Já faz uma semana que estou aqui, mas a cada nova manhã preciso lutar contra a sensação de que algo está fora do lugar.

Alfie e Mary insistiram em me acomodar em meu antigo quarto; para eles, era lógico que eu ficasse no aposento que sempre foi meu. Claro que relutei. Se ficaria em casa, me sentiria mais à vontade em um quarto de hóspedes impessoal e sem memórias. Mas, no final, não pude obrigá-los a ceder. Juntos, os dois conseguem ser mais teimosos do que eu.

A primeira vez que entrei no cômodo percebi que ele havia ficado fechado por mais de uma década. Sem dúvida precisaram de uma dezena de empregados para prepará-lo e afastar todos os resquícios de poeira. A lareira crepitava, os lençóis limpos me convidavam para uma noite de descanso e na lateral encontrava-se uma banheira improvisada transbordando água quente. Mas, fora isso, foi perturbador perceber que o quarto estava exatamente como eu o deixara anos atrás.

Os livros parcialmente lidos mantiveram-se intocados na mesa de canto e a poltrona roxa, charmosamente recostada na janela. Na penteadeira, meus antigos perfumes e laços de cabelo permaneceram lacrados. Até o cheiro do aposento permaneceu o mesmo.

Jogo as cobertas para o lado e toco com os pés descalços o chão de madeira. Ele é frio e me desperta completamente. Pela janela aberta sinto a brisa suave da manhã e o cheiro das flores que dominam os jardins ao meu redor.

Talvez eu devesse abrir os baús que trouxe da Escócia e que continuam esquecidos na lateral da cama. Trouxe comigo uma colcha de retalhos, livros para treinar o gaélico e um porta-joias de prata que pertenceu à minha avó. Sei que esses objetos ajudarão a acalmar minhas manhãs. Com eles espalhados pelos cantos, sentirei que estou em um quarto que representa a mulher que sou hoje, e não mais a garota que fui um dia.

Só não os pego agora porque tenho outra missão em mente.

Sigo para o biombo na lateral do quarto e começo a me arrumar. Desembaraço o cabelo com os dedos e tranço as mechas frontais até transformá-las em uma intricada tiara que prende minha franja e mantém os cachos no lugar. Caminho até um dos únicos baús abertos e procuro pelo meu vestido de dia preferido. As peças de roupa, perfeitamente dobradas, trazem consigo um aroma particular que me lembra as terras escocesas. Encontro o traje escolhido e inspiro o cheiro de abetos, terra molhada e uísque.

O tecido é azul-marinho e traz nas mangas, no decote quadrado e nas barras uma faixa xadrez nas cores verde e cinza – exatamente como o antigo tartã dos Duff. Quando cheguei à Escócia, vovô fez questão de me apresentar e ensinar todos os antigos costumes do seu povo. Mas este virou o meu preferido: vestir as cores da minha família e, por meio dessa simbologia, mostrar ao mundo o laço que nos une.

A peça tem o efeito esperado. Com esse vestido sinto-me corajosa o suficiente para ver Malvina.

Desde que cheguei mandei bilhetes por meio de Alfie, em todos eles implorando que minha irmã me recebesse, e pedi para Ava visitá-la e interceder a meu favor. Mas nada adiantou, ela refutou todas as minhas tentativas. Por isso, resolvi abandonar a racionalidade e invadir sua casa.

Nos últimos dias passei minhas horas vagas conversando com Mary e Elisa na intenção de compreender melhor a doença de mamãe e sua relação com minha irmã.

Cinco anos atrás mamãe começou a apresentar fortes espasmos musculares e a evitar atividades que requeressem esforço físico. Meu pai chegou a procurar alguns médicos, mas todos receitavam dias de descanso e um ou outro xarope experimental que prometia devolver o vigor da paciente. Por um tempo as dores pareceram diminuir. Até que, três anos atrás, uma crise violenta deixou minha mãe acamada por dias. Ela perdeu peso, o apetite se foi e passou a precisar de ajuda para realizar os movimentos mais simples.

Assustado, papai consultou uma infinidade de médicos. Infelizmente, nenhum deles compreendia o mal que estava roubando a vida da duquesa. Para eles, o esperado era gravidez, vapores femininos relacionados aos males uterinos, doenças respiratórias trazidas pelos maridos em suas expedições pelo continente ou ainda insanidade mental. Não era raro que alguns adotassem o raciocínio de que as dores de mamãe eram reflexo de uma mente fraca.

Tentaram então sangria, dieta a base de fígado de pato e até terapia da reclusão, dias em que minha mãe precisou ficar trancada no escuro, sem apreciar a luz do sol. Sinto um calafrio só de imaginá-la presa em um quarto abafado. Ou pior, sendo furada e torturada por médicos que banalizavam suas dores.

É certo que gostaria de julgá-los por suas falhas. Mas a verdade é que nenhum médico foi corajoso o suficiente para assumir que nunca havia escutado falar sobre um caso como esse e, consequentemente, não faziam a menor ideia de como curar a duquesa. Diante dos fatos, tudo o que puderam fazer baseava-se em tentativa e erro.

Pelo que Mary me contou, nessa época Malvina não saía do lado de nossa mãe. Ela era a única que a medicava, banhava, controlava sua temperatura e permanecia vinte e quatro horas atenta a qualquer sinal de febre ou expressão de dor. Foram dias longos nos quais a saúde de Rowena era a única coisa que importava para todos os moradores da casa Hamilton. Assim como papai, Mal não media esforços para estar ao lado dela e vê-la curada.

Só que algo mudou. Mary e Elisa não souberam dizer o que aconteceu. Apenas que um dia, após uma crise fortíssima, mamãe e Malvina se afastaram completamente. Agora minha irmã raramente vem visitá-la e, quando o faz, evita tocá-la. Ao passo que mamãe finge não se importar com a frieza da filha mais nova.

Preocupado com a família, meu pai passou a viajar com maior frequência, indo para todos os cantos do continente que poderiam levá-lo até um médico especializado em doenças raras. Praticamente sozinha, Mary precisou contratar alguém para ajudá-la a cuidar da duquesa. E foi nesse momento que Elisa apareceu em suas vidas.

Filha do antigo médico da região, Elisa cresceu acompanhando seus casos e absorvendo as valiosas lições que ele lhe transmitia. Depois da morte do pai, ela precisou procurar um trabalho respeitável para sustentar a mãe e seus dois irmãos mais novos. A princípio, a jovem se candidatou à posição de acompanhante da duquesa, mas logo ficou claro que ela seria exatamente o que Mary precisava.

Ao longo dessa semana, atentei-me a cada detalhe que permeia a rotina de minha mãe. O horário que acorda, os picos de ânimo, os momentos do dia em que a dor se agrava e como minimizá-los, os alimentos que prefere e, principalmente, as atividades que parecem lhe devolver o vigor. Mas, mais que isso, prestei atenção ao fato de que Elisa sempre está ao seu lado e parece saber exatamente o que minha mãe precisa sem ela ao menos lhe dizer.

Termino de calçar minhas botas de caminhada e desço apressada até a cozinha. O Sol ainda não nasceu, mas Ava já está a todo vapor preparando o café da manhã.

À minha frente vejo bacon, ovos, torradas, geleias, torta de atum e dezenas de delicados biscoitos de nata. Tento resistir, mas acabo colocando dois deles de uma vez só na boca. Eles derretem instantaneamente, e tenho a ideia de levar alguns para Malvina e amaciá-la pelo estômago.

— Algum plano especial para o dia de hoje, menina? — Ava me encara dos pés à cabeça com um sorriso. Seus cabelos grisalhos estão presos em um coque baixo e o avental, sujo de farinha. Ela exala amor pelo que faz, o que, sem dúvida, deixa suas refeições ainda mais saborosas. — Vejo que está com um vestido de passeio! Está linda, senhorita.

— Obrigada, Ava! — Roubo mais uma bolacha e dou um beijo em sua bochecha. Ainda não havia matado a saudade que sentia das longas tardes que passava em sua companhia, sempre a importunando por mais um pedaço de bolo. — Será que posso montar uma cesta de piquenique? Talvez com frutas, queijos e um pedaço de torta?

Assim que termino de falar, Ava começa a separar os alimentos: leite, pão, geleia e um infinidade de doces. Ela corta um rocambole de leite recém-assado, me dá um pedaço e guarda as outras fatias no cesto. Ajudo-a a embrulhar o restante dos mantimentos enquanto devoro mais uma fatia do doce. No final, percebo que reunimos comida suficiente para nutrir um pequeno exército.

— Eu sei aonde vai, menina Brianna. Vou colocar também alguns pães de damasco, são os preferidos dela. Fiz com o intuito de visitá-la ainda hoje, pois acordei me perguntando se suas provisões não estavam se esgotando. — Ava suspira e sustenta meu olhar. — Mas, por favor, não a force a falar com a senhorita. Se não obtiver resposta, simplesmente avise sobre a comida e deixe a cesta na porta lateral. Só assim ela se lembrará de ingerir algo. Parte dos meus cabelos brancos é de preocupação com aquela pequena teimosa.

— Não vou mentir, gostaria que Malvina falasse comigo e explicasse o motivo de ter se afastado de casa. Mas não quero pressioná-la, Ava. Então, por hoje, apenas um de seus sorrisos já seria suficiente para alegrar meu coração. — Mais do que ninguém, eu sei o que significa fugir de casa. Portanto, não obrigarei minha irmã a conversar comigo. Tudo o que preciso é vê-la com meus próprios olhos e confirmar que está bem e saudável.

— E eis o que desejo, menina: quero ver as duas alegres e correndo pela minha cozinha. Mas, por hoje, também irei me contentar com um sorriso de cada uma. — Abraço Ava e dou-lhe o sorriso mais sincero e radiante que consigo.

Deixo o aposento consciente de que eu e Malvina lidamos com a doença de nossa mãe de forma parecida. Eu me refugiei nos prados da Escócia e usei os negócios do meu avô para me esconder. E minha irmã se fechou em um moinho abandonado.

Ambas fugimos. Mas agora que eu voltei, quem sabe consiga fazê-la retornar para o lado de mamãe?

Minha irmã não está mais sozinha. E espero que, ao saber isso, ela deseje sair do abrigo que fez para si mesma.

※

Olho para cima e vejo os primeiros sinais de chuva. Nuvens pesadas pairam sobre a minha cabeça, e quase não consigo ver o Sol que brilhava poucos minutos atrás.

Visto uma capa de lã e sigo o caminho por trás da propriedade que me levará até o moinho. De longe avisto o estábulo abandonado e lembro que minha próxima tarefa será restaurá-lo. Tenho certeza de que Alfie me ajudará, e, nesse caso em particular, estou disposta a enfrentar meu pai se for preciso. Noturno e Aquarela merecem baias ao menos limpas e abastecidas.

Estou quase alcançando o celeiro quando a chuva leve começa a cair. Jogo a cabeça para trás e deixo as gotas geladas tocarem meu rosto. Fico parada, sentindo a água, o cheiro da chuva molhando o solo e o leve ruído dos pingos tocando as flores ao meu redor. Só corro em busca de abrigo quando a ventania aumenta e dá aviso de que o temporal está para começar.

Em poucos passos estou na entrada do moinho. Observo-o com atenção e noto que Malvina transformou a construção em uma pequena casa de campo. As janelas foram trocadas por modelos parecidos com os da casa principal – em alguns pontos, vão do chão ao teto. A pintura, em um tom amadeirado, parece ter sido retocada recentemente. E arabescos florais e espiralados decoram o batente da porta principal.

Aguço os ouvidos na esperança de identificar algum movimento que denuncie a presença de minha irmã, mas tudo o que percebo são os sons causados pela chuva. Ameaço bater na porta, mas meus instintos gritam que Malvina não irá abri-la. Ava repetiu inúmeras vezes que Mal não recebe convidados em sua nova residência, então mantenho o plano de invadir o chalé.

Sem dar brecha para a falta de coragem, empurro a porta de entrada o suficiente para sentir sua resistência. Suspiro aliviada ao me dar conta de que está aberta. Ela também não range, então tomo fôlego e invado o aposento.

A primeira coisa que noto é a parca luz do dia que entra pelas janelas e ilumina o recinto. Mesmo com o tempo fechado, consigo enxergar com clareza os detalhes que o compõe. Observo-o por um instante e percebo que o moinho é exatamente como imaginei que seria. Cada centímetro carrega um pequeno pedaço da personalidade de Malvina, ou ao menos do que conheço dela.

Por conta do pé-direito alto, o moinho foi transformado em uma charmosa construção de dois andares. No piso inferior, consigo ver uma lareira improvisada, um sofá coberto pelo que parece ser meia dúzia de mantas coloridas, um tapete que cobre todo o assoalho – provavelmente para mantê-lo aquecido durante o inverno – e, na lateral, uma pequena cozinha com mesa, fogão a lenha e estantes de ferro lotadas de utensílios domésticos. No centro, uma escada de madeira, com degraus ornamentados por pinturas semelhantes às que encontrei na porta de entrada, leva ao piso superior.

Sinto um toque de hortelã perfumando o ambiente. Para onde quer que eu olhe, vejo telas vivas e coloridas – nas paredes ou em cavaletes dispostos em praticamente qualquer espaço livre. Carvão e tinta também estão à mostra. Tomo um minuto para assimilar o que vejo e sinto o peito arder de orgulho.

Deveria ter desconfiado de que os quadros espalhados pela casa Hamilton eram de Malvina. Assim como aqueles, os que estão à minha frente retratam a natureza ao redor de Durham. Flores, pinheiros e o rio Wear me encaram, todos com uma riqueza de detalhes que me deixa sem ar.

Minha intuição diz que minha irmã está no piso superior, então é para lá que decido ir. Deixo a cesta de alimentos em cima da mesa da cozinha e sigo para a escada. Ela chia e me preocupo com o barulho. Nervosa, passo a contar os degraus em voz baixa. Racionalizar acalma meu coração acelerado e me ajuda na difícil tarefa de formular tudo o que quero lhe dizer.

Dez, onze, doze... *Desculpe-me, Malvina. Não tive a intenção de invadir seu chalé. Na verdade, eu tive, mas quero me desculpar mesmo assim. Não por ter invadido, mas por ter me ausentado...*

... Treze, catorze, quinze... Sinto a sua falta. Falta da nossa família, na realidade. Será que é capaz de me perdoar? E será que posso lhe abraçar?

Preciso que Malvina enxergue além dos meus erros e veja o quanto a amo. Sei que palavras nunca serão capazes de expressar tudo o que sinto por ela e por nossos pais. Mas é exatamente por isso que estou aqui, para que minhas ações excedam qualquer discurso de reconciliação.

— Pare de divagar, Brianna. Quase consigo ouvir seus pensamentos daqui.

Levo um susto quando ouço sua voz. Piso no último degrau e deparo com um aguçado par de olhos azuis. Não pela primeira vez, percebo que fui uma tola ao imaginar que a pegaria de surpresa. O andar superior, apesar de isolado, conta com uma visão panorâmica que contempla todo o piso inferior do chalé. Além disso, pelas janelas conseguimos ver a extensão dos jardins que rodeiam a propriedade Hamilton. O que significa que, muito provavelmente, Mal está me observando desde que saí da casa principal.

Sentada no parapeito da janela, minha irmã permanece me encarando em silêncio. A chuva cai mais forte do lado de fora e o vento que sopra bagunça seus cabelos. Noto que as mechas ruivas tornaram-se mais escuras e volumosas. Só que, ao contrário de quando éramos mais novas, agora ela usa os cabelos na altura dos ombros, caindo lisos ao redor do seu rosto e criando ondas delicadas nas pontas. Os olhos estão ainda mais azuis e o rosto tomado pelas sardas.

Apesar do olhar cortante, em muitos aspectos ela ainda se parece com a garotinha da qual me despedi anos atrás.

— Criei inúmeras teorias a fim de descobrir quanto tempo demoraria para me confrontar — ela diz, pulando do parapeito e caminhando em minha direção. Por um instante o discurso que havia preparado perde o sentido, e tudo o que consigo pensar é no quanto Malvina cresceu. Ela está uns dez centímetros mais alta do que eu. — Confesso que achei que não levaria tanto tempo, Brianna. Não sei se fico contente por descobrir que virou uma mulher paciente ou se me considero insultada por seu senso de importância. Talvez rever a irmã não fizesse parte dos seus planos, pois não?

Surpresa com a mulher que me encara, demoro mais tempo do que deveria para assimilar suas palavras. Malvina exala confiança, no andar e na forma de falar, mas o que me confunde é o seu olhar; nele vejo um mar de dores e experiências. Lembro-me de que minha irmã tem apenas dezessete anos e que na idade dela eu não sabia nada a respeito dos altos e baixos da vida.

— Vamos lá, Bri. O gato comeu sua língua?

— Sabe muito bem que tentei vê-la antes. Mas que culpa tenho se foi orgulhosa o suficiente para não responder aos meus bilhetes? — Abandono a escada e entro de uma vez por todas no cômodo. Ignorando a cama encostada na parede do fundo, o quarto foi transformado em um estúdio de pintura e vibra em cores, paisagens e desenhos feitos com carvão.

— Se o nome disso é orgulho, sem dúvida o tenho de sobra. — Malvina se aproxima e, usando a altura a seu favor, me olha de cima. — Cansei de palavras rabiscadas, querida irmã. Não me culpe por precisar de mais do que cartas e bilhetes para acreditar que aprendeu a valorizar outras coisas que não seu próprio umbigo.

— Diga-me, já que minhas cartas não foram suficientes, o que será preciso para provar que me preocupo com minha família? — Tento controlar a raiva que rasga meu peito, mas é difícil calar a sensação de que já tive essa conversa antes. — Durante todos os anos que passei longe tentei contatá-la, mas a cada carta enviada recebia apenas o silêncio. Então ainda prefiro uma enxurrada de palavras sem sentido do que sua indiferença.

— Ah, Brianna... Mas ainda seria preferível ter a irmã em casa quando nossa mãe está definhando do que receber suas cartas ora apavoradas, ora alegres. — Vejo as lágrimas acumularem nos olhos de minha irmã e instantaneamente sei que elas não refletem sua dor, mas, sim, a raiva que sente de mim.

— Sempre irá me culpar por não estar aqui naquela noite, não é mesmo? — Desvio os olhos dos seus e observo a tempestade que irrompe do céu. — Desde que recebi a carta de Mary, contando sobre o que aconteceu, culpo-me por não estar aqui. Então seja lá o rancor que sinta pela minha ausência, tenho certeza de que ele não chega aos pés daquele que nutro por cada escolha impensada que fiz nos últimos anos.

Permanecemos em silêncio e o único som que alcança o quarto é o dos trovões. Aproveito o momento para colocar os pensamentos em ordem. Essa é a irmã que amo e não vejo há mais de dez anos, pouco me importam as palavras que jorram de sua boca. Ela sempre vai ser minha garotinha, quer queira, quer não, e estou morrendo de saudades de abraçá-la.

— É injusto que esteja tão mais alta que eu — digo por fim.

— E é injusto que sua aparência seja a mesma da qual me recordo quando sei tão pouco sobre a mulher que se tornou. — Enquanto fala, um sorriso desafiador toma conta do rosto e isso é tudo o que eu preciso para criar coragem. Sem perder tempo, dou um passo ágil e a prendo em meu abraço.

Malvina permanece rígida em meus braços. Ela não refuta o gesto, mas também não o retribui. Sua indiferença, porém, só me faz abraçá-la ainda mais forte.

— Talvez eu tenha me transformado em uma mulher calma e honrada. Ou, quem sabe, em uma megera sem coração que não dá a mínima para ninguém — sussurro em seu ouvido. — Para descobrir a melhor opção terá que conviver comigo e ver por si mesma.

— E se eu não quiser? E se não me importar com nada que disser?

— A verdade é que vai precisar conviver comigo na marra — interrompo nosso abraço e encaro seus olhos com o que imagino ser a minha melhor versão mandona. — Voltei para ficar, Malvina. E lidará comigo por bem ou por mal. Quer permanecer trancada no moinho? Por mim tudo bem, mas precisará aturar minha presença. Posso muito bem dividir meu tempo entre seu sofá e o quarto de mamãe. Não possuo outras obrigações a não ser estar ao lado da minha família.

— Isso é o que veremos, não é? A última vez que prometeu algo assim, desapareceu da minha vida por anos. Vamos apostar quanto tempo durará desta vez?

Eu deveria me sentir insultada, mas tomo sua reação como uma pequena vitória. Malvina está escutando o que digo e ainda não me expulsou de sua casa. Além disso, não posso culpá-la por não acreditar em minhas palavras.

No lugar dela, eu também não acreditaria.

— Se apostar contra mim, irá perder, irmãzinha. — Dou um beijo estralado em seu rosto, pegando-a de surpresa, e desfaço nosso abraço. — Agora vamos dar uma trégua, pois bem? Ava mandou uma cesta repleta de doces deliciosos e estou faminta. Se quer brigar comigo, faça-o enquanto comemos.

Sei que ainda temos muito o que conversar, mas no momento dou-me por satisfeita.

Ações. Todos nós precisamos de menos palavras e mais atitudes.

Sei que amaria a Escócia, Desmond. A fala arrastada, as comidas quentes e gordurosas, as superstições sem-fim – eles acreditam em Deus, mas ainda culpam o povo das fadas por qualquer que seja a dificuldade do dia – e as construções simples e verdadeiras. Sei que também amaria a família que encontrei aqui. Neil é maravilhoso, nos dias ruins meu primo é o único capaz de me fazer rir. E vovô é tão parecido com mamãe! Sei que ele o amaria tanto quanto eu... E por falar nele, meu avô tem um gazebo no jardim feito de madeira de carvalho. Rodeado de flores e adornado com pequenas camélias, ele é perfeito. Toda vez que o vejo lembro-me da sensação de estar nos seus braços. Ele me dá vontade de dançar, e tenho certeza de que sabe o quão raro isso é. Então, quando vir me visitar, promete me tirar para uma valsa?

(Trecho da carta de Brianna para Desmond, em fevereiro de 1819.)

8

1827, Durham

Promete que voltará para mim?
— Eu queria gritar que o levaria, no coração e em minhas memórias, para onde quer que fosse. Que eu devia partir, mas que também precisava dele ao meu lado.

Como aceitar que estava deixando para trás aqueles que mais amo? A dor era tão grande. Queria chorar, berrar ou voltar ao tempo em que o futuro não me amedrontava.

Dei um passo em sua direção. A necessidade de abraçá-lo e de prometer amá-lo me dominava. Mas a cada passo dado ele se afastava mais e mais.

A neblina cegava meus olhos. Tentei correr, busquei suas mãos e seus braços. Mas ele se esvaía a cada passo. Não tínhamos muito tempo, mas havia tanto que queria lhe dizer.

Gritei que não era justo ter que deixá-lo, não quando acabávamos de descobrir que nossa amizade poderia ser muito mais. Quando finalmente me dei conta do que era amar outra pessoa, do que significava sonhar em construir uma vida juntos, eu teria que ir.

Será que valeria a pena tamanho sacrifício? Será que não seria mais fácil ficar, assumir o que esperavam de mim e fingir não me importar? Eu o amo, deveria ter dito. Mas era tarde demais, ele havia desaparecido, os ecos do seu apelo distante arrepiando meus braços e intensificando as lágrimas que caíam sem cessar em minha fronte.

— Volte para mim, Brianna. Vou lhe esperar. Sempre irei esperá-la.

Acordei chorando, assustada e com frio. Meu subconsciente sabia que era apenas um pesadelo, o mesmo que se repetia ocasionalmente durante os últimos anos, mas meu corpo ainda tremia de dor. Pensar na separação e nas palavras não ditas só fazia que o peso em meus ombros aumentasse.

Tento fechar os olhos e voltar a dormir, mas tudo o que vejo são seus olhos azul-esverdeados me encarando, suplicando para que eu voltasse. Só que, desta vez, o Desmond do sonho é exatamente como o que vi alguns dias atrás na ponte. Não mais um garoto apaixonado, mas, sim, um homem furioso.

— Quer conversar sobre seu pesadelo? — Malvina fala com a voz rouca. Provavelmente a acordei com meu choro abafado. Vovô dizia que nos primeiros anos meus pesadelos eram mais agitados, que a casa toda acordava com os gritos de desespero. Mas, ao que parece, com o passar do tempo eles perderam a força, ou ao menos é no que gosto de acreditar.

Respiro fundo e, na tentativa de acalmar os nervos, revivo o dia de ontem: o reencontro e a briga com Malvina, a refeição improvisada com os doces enviados por Ava, as memórias compartilhadas na mesa da cozinha e o leve aplacar da saudade.

Tagarelamos até tarde da noite e acabamos dormindo no sofá da sala. Tentei voltar para casa, com receio de invadir a privacidade de minha irmã, mas a tempestade estava forte demais e não tive escolha a não ser aceitar seu convite para passar a noite.

Despimo-nos das mágoas do passado, mesmo que por algumas horas, e conversamos a respeito das alegrias que vivemos nos últimos anos. E a verdade é que embora as palavras mais importantes não tenham sido ditas, como perdão e eu te amo, demos um passo importante para a reconstrução do laço fraternal que sempre nos uniu.

— Desculpe se a acordei. Não foi minha intenção. — O Sol força passagem pelas janelas fechadas e afasta de vez o sono. Espreguiço-me e começo a ajeitar as mantas ao meu redor.

— Não se preocupe com isso. Para quem dormiu no sofá eu tive um sono mais que reconfortante. Vou preparar um chá para nós — minha irmã diz ao se levantar.

Termino de arrumar o sofá transformado em cama e sigo Malvina. Ela finaliza o chá e monta uma mesa modesta para tomarmos o desjejum: geleia de morango, biscoitos de nata e alguns pedaços do pão de damasco enviados por Ava.

— Essas cadeiras de madeira são lindas — digo ao me aproximar. Pego canecas, leite e corto algumas fatias de queijo, apreciando a sensação de fazer algo rotineiro na companhia de Mal. — Na verdade, não sei se disse isso ontem, mas todo o moinho está incrível.

— Obrigada, Brianna. — Ela olha para a mesa e corre os dedos pela peça decorada. — Descobri que temos um amigo talentoso no manejo da madeira. Além de ajudar com o projeto do moinho, ele também criou alguns móveis especiais para o meu novo lar. Eu precisava desesperadamente de um lugar em que pudesse pintar e sentir a natureza. O moinho era a única opção e, com alguns ajustes, tornou-se o lugar perfeito para mim.

— Posso saber de que amigo estamos falando? — pergunto curiosa. Imagino que Malvina possua alguns admiradores mais que dispostos a ajudá-la com uma reforma. E, surpresa, dou-me conta de que minha irmãzinha já tem idade para se apaixonar.

— Levando em consideração o pesadelo de hoje, não sei se deve. Mas vou dizê-lo mesmo assim. Está vendo aquele cavalete no canto da sala? — Ela aponta para um suporte de madeira todo entalhado com rosas. O quadro exposto nele é um dos mais simples e belos que vi em toda a minha vida. Em preto e branco, o castelo de Durham resplandece e transborda vida. Quem vê a pintura, sem dúvida lembra como é parar às margens do rio Wear para observar a construção. — Desmond o fez para o meu aniversário de quinze anos.

— Como? — Engasgo com um pedaço de pão e Malvina corre na minha direção, dando tapas nada delicados em minhas costas.

Não quero falar ou pensar em Desmond, mas sou incapaz de frear as perguntas que jorram em minha mente. Será que ele e minha irmã ainda mantêm contato? E onde aprendera a criar peças tão lindas?

— Molduras para quadros, bancos, mesas, e até mesmo reformas... Desmond maneja a madeira como ninguém. Essa cadeira que acabou de elogiar foi feita por ele. — Sem ao menos perceber corro as mãos pelo móvel, seguindo as linhas espiraladas do seu encosto. — Ele voltou alguns anos atrás, e apesar de não mantermos contato, envia bilhetes perguntando do estado da duquesa. Às vezes, principalmente nos recessos de verão, até mesmo seus irmãos aparecem para confirmar que estamos bem.

Nos últimos dias foi fácil esquecer o nosso encontro na ponte. Minha mente estava ocupada demais com a nova rotina, com os medos gerados pela doença de minha mãe e pela ansiedade em participar da vida da minha família. Tirando o pesadelo dessa noite, tive sucesso em fingir que não pensava em Desmond – e que não esperava encontrá-lo toda vez que saía para cavalgar.

— Eu o vi assim que cheguei a Durham. Por que não me avisaram de seu regresso? Mary podia ter dito isso em suas cartas, me pouparia o susto.

— Tudo o que sei é que Mary era a responsável por atravessar o rio e entregar suas cartas para Desmond. Ela voltava desolada todas as vezes que o visitava. Acho que esperava que ele lhe escrevesse de volta. — Malvina me encara com pesar e chego a pensar que vai me abraçar. Mas, com um leve dar de ombros, ela se afasta. — A maioria de nós esperava.

Sirvo uma dose de chá para nós duas enquanto penso no que minha irmã disse. Engraçado como Desmond manteve-se próximo de minha família e se recusou a estender a gentileza a mim. Enquanto eu estava longe, todos eles criaram uma história juntos. Uma história da qual decidiram que eu, por fugir, não deveria mais fazer parte.

Engulo a mágoa junto com um gole da bebida quente.

— Tem algum plano para hoje? — Estou olhando para a cadeira de madeira, listando a beleza dos detalhes do seu encosto, quando Malvina interrompe meus devaneios.

— Provavelmente passarei o dia todo cuidando de mamãe — falo e espero alguma reação, mas o rosto de minha irmã permanece absolutamente neutro. — Por quê? O que pretende fazer nesse belo dia?

— Desejo pintar ao ar livre. Após um temporal como o de ontem o bosque ao redor da propriedade fica ainda mais belo.

— Posso acompanhá-la? — Não penso antes de perguntar. E, assim que as palavras saem, sinto meu coração bater descompassado. Prometi não forçá-la, mas o fato é que no momento tudo o que mais quero é passar um tempo ao lado da minha irmã.

— Se é o que deseja — Malvina diz ao depositar a xícara de chá na mesa. — Mas vou logo avisando, gosto de trabalhar em silêncio. Então trate de levar um livro e fechar a matraca.

— Não darei um pio — digo, tentando controlar a alegria. — Estou curiosa para ver seu talento em prática. Assim que pisei na casa Hamilton notei os novos quadros na parede e me apaixonei imediatamente por seu trabalho.

— Ah, aqueles fazem parte do passado. No último ano desenvolvi novas técnicas e tenho pintado com carvão. Vamos, vou mostrar no que tenho trabalhado.

Sigo Mal até o piso superior e a ajudo a organizar e reunir infinitos apetrechos de pintura. Enquanto separamos os itens, minha irmã explica a função de cada um e como os utiliza, não entendo praticamente nada do que diz, mas gosto de ouvir a animação em sua voz.

Quando terminamos arrumo minhas vestes amarrotadas, desembaraço os cachos e faço uma trança lateral. Ao descermos, sigo até a cozinha para montar uma pequena cesta com pães, queijos e as deliciosas tortas de avelã enviadas por Ava.

Saímos porta afora e meus olhos precisam se ajustar à luz do sol. O solo ainda permanece molhado por conta da chuva, mas o céu está claro o suficiente para que o astro rei resplandeça sobre nós. Seus raios aquecem minha pele e iluminam cada ser vivo ao nosso redor. Malvina tem razão: com essa luz tudo fica mais bonito.

Enquanto caminhamos em direção aos jardins da casa Hamilton, agradeço o clima ameno e a presença de minha irmã. Os dois acalmam meu coração e afastam as sombras do pesadelo que ameaçava me consumir.

A luz me faz lembrar que o passado não importa mais, apenas o presente e o que construirei com ele.

— Se deseja ver algum progresso, é melhor abrir os olhos agora — Malvina diz e interrompe meus devaneios.

Estamos na parte leste do bosque da casa Hamilton, próximo da margem do rio Wear. À nossa frente, conseguimos ver o lago da propriedade desembocar no rio e o caminho formado pelas águas seguir até o final de Durham. De um lado, o Wear segue as terras de papai, e do outro toca algumas das antigas construções do vilarejo: a igreja, o castelo e a estrada que levava os moradores à feira local.

Desde que chegamos, acompanhei Malvina enquanto ela escolhia o melhor ângulo para o cavalete, determinava em que ponto do terreno a luz era mais favorável e começava a difícil tarefa de reproduzir a paisagem à sua frente com o giz de carvão. Adorei fazer parte deste momento; foi surpreendente me dar conta da importância que cada pequena escolha tem no resultado final. Luz, direção do vento, ângulo da paisagem... tudo influencia.

Quando minha irmã começou a desenhar, resolvi deitar na relva úmida e deixar o Sol banhar minha pele. Passei uma hora pensando na natureza ao nosso redor, assim, assusto-me ao abrir os olhos e ver os avanços na pintura. A tela apresenta uma Durham que não havia conseguido enxergar. É como se Malvina fosse capaz de ressaltar os detalhes que passam despercebidos a olhos desatentos.

— Se esse é só o esboço, não sou capaz de imaginar a tela pronta. A base está linda, Mal. Onde é que aperfeiçoou suas habilidades? — Sei que deveria estar em silêncio, mas, em minha defesa, foi Malvina que decidiu conversar.

— Papai contratou os melhores tutores. — Mal diz, interrompendo os movimentos delicados do desenho para beber um pouco de água. — Os melhores dispostos a passar uma temporada em Durham, é claro. Tive alguns professores dispensáveis, se quer saber. Homens que se recusaram a me ensinar algo verdadeiramente útil apenas por eu ser uma garota. Entretanto, não nego que fiz amigos incríveis. Mestres que mostraram, com atos e palavras, o verdadeiro poder por trás de uma tela.

— Em algum momento pensou em estudar em Londres? Ou talvez em Paris? Ouvi que a academia de artes francesa está surpreendendo todo o continente com a beleza de seus quadros.

— Sentia que nossos pais não aguentariam viver separados de outra filha, mesmo que fosse por um curto período. E não digo isso para que seja consumida pela culpa. Para mim, ficar em Durham foi a melhor escolha. Em meio aos bosques pude aprender sem a pressão de criar obras de arte. Além disso, vivendo aqui eu precisei de um período curtíssimo de tempo para decifrar o que mais amava pintar.

— E posso saber o que é?

— Ora, isso ainda não ficou claro? — ela diz, debochada. O rosto está manchado de carvão, o cabelo preso em um coque baixo e desordenado, e a pele acalorada pelos raios de sol. — Amo redescobrir e imortalizar a natureza, seja uma única flor ou um bosque inteiro. É em meio a ela que sinto transbordar a vontade de pintar.

— Para quem observa de fora, a sensação é de que sua mente conversa com o universo e traduz em telas o que ele quer que nós, meros mortais, vejamos — digo absorvendo um pouco mais da pintura à minha frente e imaginando as cores tomando conta dela.

— Em meio à relva sinto que sou pequena. É como se existisse um mundo inteiro lá fora que não conheço, um mundo de descobertas, alegrias e tristezas. Conforta-me saber que sou apenas uma peça em um imenso quebra-cabeça e que não estou só em meus tormentos. — Ela respira fundo e me encara com um sorriso tímido. — Fico contente em saber que conseguiu enxergar isso em meu desenho.

— Assumo que é o prodígio da família, tanto pela língua afiada quanto pelo talento com os pincéis. — Malvina ri do meu comentário e volta sua atenção para a tela. — Quanto tempo para terminar a base e começar a colorir a imagem?

— Gosto de seguir etapas. Acredito que hoje consiga finalizar a primeira base. Em uma nova manhã volto para ver se a aprovo e, caso não precise de nenhum ajuste, começo a pensar em quais tons irei usar.

— Posso acompanhá-la em suas próximas expedições? — Sei que Malvina desfrutou do momento que passamos juntas tanto quanto eu. Precisamos de horas assim, longe dos medos do passado, para seguir em frente. Então arrisco, mesmo sabendo que estou forçando seus limites cada vez mais. — Prometo duas coisas: não a atrapalharei e sempre trarei comigo uma cesta recheada com as guloseimas preparadas por Ava.

— Veja só, minha irmã mais velha está tentando me comprar com uma porção de doces?

— Está funcionando? Posso prometer tortas e pães se preferir.

É tão gostoso ouvir sua risada ecoar pelo bosque. Apesar dos anos que passamos separadas e de todas as experiências que nos afastaram, ainda somos as mesmas: irmãs, amigas e confidentes. No momento, tudo o que quero é que ela me deixe participar de sua vida, que permita que eu compartilhe das suas alegrias e tristezas.

—Aceito sua companhia se for capaz de cumprir outra promessa.— Ela dá as costas para o quadro e fixa os olhos nos meus.

— Estou vendo que precisarei de uma cesta maior. O que mais gostaria que eu providenciasse? — digo na tentativa de aliviar a tensão que domina a minha mente. Não sei quais palavras Malvina usará, mas sinto em seu tom de voz que não será fácil escutá-las.

— Provavelmente levarei mais de dois meses para concluir este quadro. Será capaz de vir todos os dias? Promete que estará aqui até a última pincelada?

Suas palavras doem como uma bofetada. Essa é a segunda vez que minha irmã me acusa de abandoná-la, mas, diferente da anterior, quando usou um tom de voz impessoal e frio, agora vejo a dor e o ceticismo transbordando de seus olhos. Ela quer confiar em mim, só não sabe como.

Queria que Mal visse as feridas do meu coração e entendesse o quanto me arrependo por tê-la deixado. Se eu estivesse aqui quando nossa mãe adoeceu, minha irmã teria alguém com quem dividir o peso da doença e hoje não sofreria em silêncio. Ao mesmo tempo, gostaria que ela compreendesse que na época eu não estava pronta para voltar. E que de nada teria valido a fuga se não fosse sincera com os desejos do meu coração.

— Trato feito. — Digo ao frear a vontade de chorar. Levanto, sigo até onde minha irmã está e em um impulso pego suas mãos nas minhas. Sorrio ao perceber que agora estamos as duas com os dedos manchados de carvão. — Com o tempo você entenderá que não a deixarei nunca mais, Mal. Na realidade, eu a importunarei com minha companhia de tal forma que logo estará ansiando por um momento a sós.

— Assim espero, Bri. — Malvina solta as mãos das minhas e, dando-me as costas, volta a sombrear os traços de base da tela. — Vou demorar mais um quarto de hora. Por que não aproveita para caminhar pelo bosque e descobrir as mudanças na região? Tenho certeza de que algumas delas irão surpreendê-la.

Aceito seu conselho de bom grado. O dia está lindo, e preciso mesmo de um tempo sozinha para reorganizar minhas emoções.

Alcanço um pêssego na cesta que trouxemos e sigo para o bosque. Já estou chegando na estrada de terra quando Malvina me chama.

— Brianna, não deixe de visitar a clareira. Talvez o que encontre lá ajude a responder a algumas de suas perguntas.

※

De onde estávamos, eu precisaria de no máximo dez minutos de caminhada para alcançar a clareira. Não tenho dúvidas de que a essa hora do dia ela estaria tão bela quanto me recordava, com a luz do sol iluminando o topo das árvores e as flores roxas resplandecendo vida. Desejava revê-la tanto quanto preferia mantê-la viva apenas nas minhas melhores lembranças.

Deixo-me seguir sem rumo, observando com atenção a paisagem ao meu redor. Sinto-me inebriada. Não se trata apenas de beleza, ali a vida transborda da natureza e transforma cada flor, árvore ou pedra em um presente dos céus.

Estar neste bosque faz que eu deseje reviver memórias antigas, como as infinitas tardes que passei em meio à relva ao lado da minha família.

— Mamãe amaria esta visão — murmuro.

Ela estaria correndo pelo campo, tocando as flores e, para nosso pavor, incitando-nos a cantar com ela. Nós não éramos conhecidas por um esplêndido talento musical, mas mamãe adorava entoar velhas canções escocesas. Segundo ela, deveríamos ser gratas às pequenas bênçãos que recebemos, e cantar era a melhor forma de agradecer.

A cada verão eu e minha irmã aprendíamos uma música nova e, mesmo que odiássemos cantar, eu amava o riso divertido de Malvina – que raramente entendia as palavras mais antigas das canções – e a voz radiante e desafinada de nossa mãe ecoando em meio às árvores.

Que o vento traga o necessário
e leve o abundante;
Que a chuva faça jorrar a vida cristalina;
Que o fogo queime os velhos caminhos
e que do pó da terra brote a esperança.

Só porque sinto vontade, canto e giro como fazíamos anos atrás. A barra xadrez do meu vestido, o mesmo que uso desde ontem, esbarra nas poças de água e fica manchada de terra. Mas não me importo. A cada frase dita sinto-me mais grata – pelo passado, pelo presente e pelo futuro que desejo construir. As memórias que carrego, a oportunidade de rever minha mãe e de restabelecer o laço com minha irmã gritam, dentro de mim. Emendo a canção até me sentir calma o suficiente para seguir em frente.

Somos luz,
somos amor e semente;
Plante o que deseja colher;
Ceife o que lhe fez mal;
Colha o que distribui pelos terrenos da vida.

Quase consigo imaginar mamãe e Malvina ao meu lado, cantando e rindo umas das outras. Gostaria que existisse uma forma de trazer minha mãe até aqui. Sei que sentir tamanha beleza animaria seus dias solitários.

Avisto uma plantação de cardos, a flor favorita dos meus pais, e sigo o caminho criado por elas. Ando tocando seus caules e listando suas variações de cor e, quando dou por mim, estou em frente ao gazebo mais lindo que já vi em toda a minha vida.

A construção circular é feita de madeira em tom natural – lapidada, mas não pintada. O teto possui o mesmo formato da base e os pilares que o sustentam seguem em espiral até topo. O efeito é tão natural que a impressão que tenho é de que a madeira foi retorcida em função do vento e não por mãos humanas. Uma cerca viva, tomada por mudas de sálvia e áster, delimita o contorno do gazebo. Os tons de roxo e lilás são tão abundantes que perco o fôlego.

As cores me fazem recordar outro local, neste mesmo bosque, que também era dominado pela sálvia. Fecho os olhos, sinto a brisa, o cheiro das flores e sou tomada pela sensação de pertencimento. Sei exatamente onde estou.

Pés traidores.

A clareira está da mesma maneira que me recordo: iluminada, aconchegante e rodeada de mudas lilases. Só de estar aqui sinto-me presa nas garras do passado. Pouco a pouco sou assaltada pelas lembranças, pelo nosso riso fácil e pela certeza de que nada poderia nos afastar. Esta clareira era tão nossa que, por um instante, é como se Desmond estivesse aqui comigo.

Sem pensar demais, caminho até a escada lateral do gazebo e entro na construção. De dentro a visão é ainda mais estonteante – as cores vivas, o cheiro intenso e as flores em abundância me rodeiam. Paro na cerca, passo as mãos pelas mudas e aspiro o aroma delicado e almiscarado. Imaginei que crescessem de forma desordenada, mas é claro que alguém zela por elas.

Avisto um banco no fundo do gazebo e dirijo-me até ele. Por todo seu comprimento estão entalhados arabescos que me lembram as ondas do mar. Sento-me e divago a respeito do passado. Apesar da minha relutância e das memórias dolorosas, estar aqui me acalma. Penso na minha juventude, no amor entre meus pais e na saudade que senti dessas terras. Mas não permito que *ele* e suas promessas falsas alcance meus pensamentos.

Levanto-me para encontrar Malvina quando uma luz dourada ofusca minha visão. Protejo-me da claridade e corro os olhos pelo lugar, tentando descobrir o ponto em que os raios solares tocaram para gerar o brilho.

Meus olhos atentos não encontram nada de diferente, não até que, minutos antes de abandonar o gazebo, sou inexplicavelmente atraída para o teto da construção. E onde imaginei existir apenas madeira, encontro entalhada uma torrente de palavras aparentemente desconexas.

Os escritos não seguem uma ordem linear e não parecem feitos no mesmo dia; alguns são maiores que meu corpo, outros são tão pequenos que preciso subir no banco para decifrá-los. Além disso, enquanto certas palavras foram desenhadas e entalhadas delicadamente, outras não passam de rabiscos na madeira. Perco um momento lendo-as em voz alta.

A luz do sol incide na madeira e, mais uma vez, o teto do gazebo brilha em resposta. Dou-me conta, neste momento, que algumas palavras foram coloridas com tinta dourada e que, quando vistas como um todo, criam em meio ao painel de entalhes três novas palavras:

Volte para mim.

Perco o fôlego e, sem conseguir manter o equilíbrio, caio do banco. A queda não é grave, e mesmo que fosse, imagino que não conseguiria sentir mais nada além do choque causado pela frase.

— Será que estou ficando louca? — As palavras, *nossas palavras*, ainda brilham na minha direção.

Fecho os olhos e respiro fundo até acalmar meus nervos. Não quero acreditar que Desmond fez isso por nós, então tento criar outras teorias que expliquem o motivo por trás das palavras entalhadas na madeira.

Antes de fugir, meu amigo prometeu que não iríamos nos afastar, que encontraríamos uma forma de manter nossos caminhos unidos. Mas durante esses anos, sem receber ao menos uma carta sua ou obter resposta às que lhe enviei, questionei-me se ele não havia se arrependido de suas juras. Em nossa última noite juntos, Des clamou para que eu voltasse um dia, mas desde que fugi não fez esforço algum para provar que estava à minha espera.

Provavelmente éramos jovens e tolos demais para promessas terminadas em *para sempre*. Abro os olhos e observo o teto do gazebo mais uma vez. Ao redor da frase dourada muitas outras palavras despontam e chamam a minha atenção. Reconheço o que leio, pois os escritos espelham as emoções que senti ao longo dos últimos anos: raiva, saudade, traição, abandono... É como se nossa história estivesse estampada nas tábuas de madeira.

Minha garganta fecha e, por um instante, deixo as lágrimas rolarem. Choro enquanto levanto do chão, afasto o pó da saia e abandono a construção.

Sigo o caminho que me levará ao outro lado do bosque e me permito olhar para trás uma última vez. De longe, noto que o gazebo é perfeito. Ele representa mudança e, principalmente, o começo de um novo tempo para uma relação que foi incapaz de construir um desfecho adequado.

— Talvez esse seja o ponto final que precede um novo capítulo — murmuro.

Nossa clareira não é mais a mesma, mas nós também não somos. Assim como o teto da nova construção, ambos os corações foram marcados por palavras de ódio e rancor.

Confrontarei Desmond até descobrir o significado por trás desse gazebo. Depois disso, farei com que ele lamente por ter me afastado.

Ele quer ações, então as terá.

É verdade que vovô também a incitou a experimentar uísque? Ao completar vinte anos, ele decidiu que eu devia tomar minha primeira dose. Imagino que, assim como foi com a senhora, seu desejo era que eu conhecesse a riqueza que produzimos em nossas terras. Mas o que James não imaginava é que eu já havia experimentado a bebida de gosto amargo dois anos antes. Desde que cheguei, vovô permitiu que eu o ajudasse nas tarefas do castelo e uma delas é manter a destilaria funcionando. Ora, se ele queria que nossa produção fosse a melhor da região, nada mais certo que eu, como boa comerciante, me encarregasse de algo que decidi chamar de teste de qualidade. Gostaria de descrever a expressão de surpresa do vovô quando bebi a dose tranquilamente. Nesse dia ele me contou várias histórias a seu respeito e, não pela primeira vez, dei-me conta do quanto sente sua falta. Então estou determinada: um dia ei de convencê-lo a visitá-la.

(Trecho da carta de Brianna para Rowena, em abril de 1821.)

9

1827, Durham

Olho ao meu redor e avalio por onde começar. Folhas secas e ervas daninhas tomam conta do pequeno jardim. As roseiras clamam por uma poda e as mais variadas espécies de flores precisam ser separadas de acordo com suas necessidades; elas cresceram sem acompanhamento e agora se misturam entre mudas de sol e de sombra.

Decido iniciar a limpeza. Passo quase uma hora juntando as folhas e arrancando ramos indesejados. Removo as mudas que perderam a vitalidade e avalio o solo. Em alguns pontos ele está mais seco, então insiro pequenas porções de adubo – o mais natural possível, enviado diretamente dos estábulos da casa Hamilton – e busco baldes de água no poço principal para umedecê-lo. Em algumas de minhas viagens sou interrompida pelos funcionários de papai e, mais de uma vez, repito educadamente que não preciso de ajuda.

Toda manhã vejo minha mãe mais forte e alegre. Então, com o apoio de Elisa, pretendo tirá-la de casa. Sei o quanto ela sente falta da natureza, por isso decidimos que a melhor maneira de começar seria escolhendo um lugar calmo e, de preferência, a uma curta distância. É por esse motivo que estou preparando o jardim que faz fundo com nosso antigo quarto de brincar.

A ideia é permitir que mamãe aprecie o cenário à sua volta e tome um pouco de ar fresco. Mas, muito além disso, é lhe dar algo em que se apoiar. Por mais que minhas histórias a entretenham, não é saudável permanecer trancafiada em um quarto. Com um pouco de sorte convencerei Malvina a participar desses momentos ao ar livre conosco. E se tudo ocorrer bem, tenho certeza de que criaremos um novo ritual: nós três, rindo, conversando e aproveitando as pequenas bênçãos ao nosso redor.

Finco a pá no solo molhado e faço três buracos paralelos. Uso uma pequena porção de adubo e insiro as mudas lilases. Além de organizar o jardim, decidi plantar flores novas por todo o terreno.

Durante os últimos dias voltei ao gazebo mais vezes do que gostaria. Uma parte de mim queria entender todos os motivos por trás da construção, enquanto a outra ansiava encontrar Desmond por lá. Não cheguei a nenhuma conclusão satisfatória e muito menos voltei a vê-lo, mas tomei a liberdade de trazer de minha última visita algumas mudas de sálvia e áster que ali encontrei. Não sei exatamente por qual motivo, mas queria que elas fizessem parte do novo jardim.

Termino de plantar as flores, rezando para que elas aceitem o solo, e concluo o processo com uma quantidade considerável de água.

— Tê-las aqui me faz bem, sabiam? Espero que floresçam e cresçam tão lindas quanto as suas irmãs na clareira.

— Falando sozinha, lady Brianna? Ou conversando com suas novas plantas? Confesso que não sei ao certo qual opção me preocupa mais.

Levo um susto ao escutar a voz de Mary e derrubo o balde de água em minhas mãos.

— Ora, precisa chegar tão silenciosamente? Pelos céus, Mary! Agora terei que buscar um novo balde de água — digo sem tirar os olhos da poça de água que acabei de criar no terreno à minha frente.

— Já disse que posso pedir para um dos aprendizes para auxiliá-la. Não é porque decidiu fazer algo com seu tempo livre que precisa fazê-lo sozinha, milady. — Ela se aproxima e pega o balde caído. Tento pegar o objeto de suas mãos, mas Mary pisca de forma conspiratória e foge do meu alcance. — Se é o que deseja, vou parar de importuná-la. Só vim mesmo para acompanhar sua visita. Aproveite a companhia, vai fazer bem para a sua sanidade. Um dia de trabalho e já está falando sozinha, imagine o estrago que uma semana pode fazer?

Ouço uma risada masculina atrás de mim e me viro com curiosidade. Por um breve instante, chego a confundi-lo com o irmão mais velho.

— Perdão por interrompê-la, lady Brianna. A senhorita Mary disse que estava ocupada, mas insisti em vê-la.

— Não precisa pedir desculpas, Ian. Sabe tão bem quanto eu que é sempre bem-vindo nessa casa. — Levanto-me do chão para abraçá-lo. Em momentos como este sinto-me confrontada pelo poder do tempo. A última vez que o abracei ele ainda batia nos meus ombros. — Sorte sua que chegou depois do trabalho pesado; caso contrário, estaria agora com as vestes sujas com muito mais do que barro.

Mudas e pacotes de adubo estão espalhadas pelo terreno, que está úmido e levemente enlameado. Ainda assim, é fácil ver os efeitos de uma boa limpeza. O jardim está livre de ramos secos e ervas daninhas.

— Estou surpreso. Mesmo depois de tantos anos, como sabe que sou eu e não Garret? Até nosso pai nos confunde às vezes.

Interrompo nosso abraço e fito seus olhos preocupados.

— Acostumei-me ao fato de que os homens Hunter sorriem de forma diferente, só isso.

— Então vou me lembrar de não sorrir quando quiser me passar por Garret.

Falho ao tentar controlar a gargalhada. Não me surpreendo ao perceber que Ian virou um jovem tão espirituoso quanto seu irmão já fora. Ele me lembra uma época em que a alegria era mais simples de ser conquistada.

— Posso ajudá-la? — Ian continua. — Prometo que não me importo com um pouco de barro.

Não preciso de ajuda, mas aceno com a cabeça, curiosa para descobrir o motivo de sua visita. Ian sorri e arregaça as mangas da camisa. Entrego-lhe as mudas de sol e explico o que preciso que faça com elas. Já havia preparado o solo para recebê-las, então sua tarefa é basicamente alocá-las nos novos espaços.

Trabalhamos em silêncio por vários minutos. Ocasionalmente viro o rosto em sua direção e noto como o Sol reflete em seu cabelo loiro. Ao olhá-lo, fica ainda mais difícil esquecer que Desmond está do outro lado do bosque, tão perto e ao mesmo tempo absurdamente distante.

— Estou fazendo certo? — Suas mãos tocam as mudas com delicadeza e vez ou outra correm por suas pétalas.

— Sim. E quando acabar pode colocar o adubo e regar. — Passo o adubo e ele me entrega um balde de água. — Como são plantas solares, sinta-se livre para molhar o solo com abundância.

— Onde aprendeu a cuidar dos jardins, milady?

— Com meu avô. Quando cheguei à Escócia a propriedade estava uma desordem, então ajudei no que pude até descobrir que amava manejar o solo. Os jardins lá são mais selvagens que este, mas adorava o desafio de domá-los. — Termino de preparar a outra metade do solo e começo a realocar as plantas de sombra. Algumas estão fracas e queimadas devido à exposição ao Sol, então deixo essas para os pontos em que a terra parece mais rica em minérios.

— Talento de família, pois não? O duque deve estar orgulhoso em ver a filha mais velha seguindo seus passos.

Sou pega de surpresa. Agradeci a vovô infinitas vezes por incitar em mim o amor pela jardinagem, mas nunca parei para pensar que o sentimento já estava enraizado em minha alma muito antes de nascer.

— Espero que ele fique quando descobrir — falo com sinceridade.

— Sinto muito, milady. Por tudo. — Antes que possa responder, Ian bate a mão na testa como se tivesse esquecido algo urgente. Não aguento e rio da mancha de terra que decora sua fronte. — Estou perdido, Desmond deve estar enlouquecendo. Prometi que voltaria em menos de um quarto de hora.

— Mas ora, tenho certeza de que seu irmão entenderá. Não faz tanto tempo que estamos aqui.

— Eu sei, mas ele está à sua espera — Ian percebe a confusão no meu rosto e reformula a frase. — Eu vim para convidá-la e deveria voltar com a resposta o mais rápido possível. Neste momento o tapete da sala deve estar gasto com as idas e vindas do meu irmão.

— Ian, pare só um segundo e me diga sobre o que é tudo isso, por favor?

— Ah, perdão. Vim convidá-la. Convidá-las, na realidade. Gostaria de saber se a senhorita e sua irmã aceitam jantar conosco amanhã.

E aviso que não vou voltar para casa com um não como resposta. Nossa cozinheira não para de cantarolar desde que ouviu que prepararia o jantar para duas jovens damas. Ela provavelmente está cansada dos nossos maus modos à mesa. Dos meus irmãos na realidade, pois eu sou um cavalheiro.

Pensar em ver Desmond me dá um frio na barriga. Quando estamos distantes é fácil listar tudo o que gostaria de dizer e de escutá-lo falar. Mas meu corpo treme – não sei se de medo ou expectativa – ao imaginar passar horas com ele em sua casa.

— Sinto-me lisonjeada pelo convite, Ian. Mas...

— Nada de *mas*. Por favor, prometo que Pie se comportará. Não posso dizer o mesmo de Desmond, mas juro que farei o meu melhor. — Ian me olha com expectativa e é impossível não me lembrar dos olhos pidões de Malvina. Os dois, com tamanho charme, dariam uma ótima dupla.

Pie não me assusta nem um pouco. Na verdade, estou com saudade do cão babão, já do seu dono... Ainda não sei o que sinto por Desmond no momento. Só sei que esse jantar pode ser a oportunidade perfeita para confrontá-lo sobre o gazebo, basta um pouco de coragem da minha parte para fazê-lo.

Levanto-me do chão e corro os olhos pelo jardim. Graças ao nosso trabalho em conjunto realocamos boa parte das plantas de sol. Apenas os girassóis e os cardos continuam espalhados por todos os cantos do jardim. Seus caules fortes e saudáveis me dão certeza de que estão adaptados. Isso me faz pensar que às vezes precisamos sair da nossa zona de conforto para encontrar novas maneiras de sobreviver.

Assim como essas plantas, o que eu preciso é lutar para sair da sombra que o relacionamento com Desmond criou em minha vida. Simplesmente deixar-me guiar pelo Sol.

— Esse sorriso em seu rosto significa que a senhorita irá?

— Vou falar com Malvina, pois não? Assim que ela me der uma resposta, lhe envio um bilhete confirmando nossa presença. — Viro na direção de Ian e sorrio para ele. — Mas só se parar de me chamar de senhorita. Até parece que eu não o conheço desde que usava fraldas.

— Obrigado, Brianna. Não só por considerar nosso convite, mas por me livrar de um sermão. — Ele pisca e faz uma pequena mesura. — Desmond está uma pilha de nervos desde o dia em que a encontrou.

Que bom, ao menos não sou a única.

Depois que Ian se despede, junto os baldes e as sementes restantes e caminho até o poço. Mary está sentada na borda, provavelmente me aguardando para voltarmos juntas.

— Devo me preocupar com esse olhar em seu rosto? — ela pergunta ao dividir comigo o peso de alguns dos apetrechos de jardinagem.

— Tenho um jantar formal nesta sexta, minha amiga. E sua única preocupação deve ser me ajudar a escolher o vestido perfeito.

— Perfeito para qual propósito, posso saber?

— Talvez um vestido mágico que faça Desmond responder a todas as minhas perguntas?

— Ora, não precisamos de magia para isso, minha querida. Basta vesti-la para que os olhos dele não deixem a senhorita nem por um segundo. Com a roupa certa, Desmond ficará tão hipnotizado que lhe contará todos os seus segredos.

— Assim espero. — Rindo, abandonamos o jardim e seguimos até a entrada dos fundos da casa.

Espero que Malvina aceite me acompanhar. Tenho negócios pendentes para resolver.

Desmond que me aguarde.

Abro a porta da cozinha e vacilo no lugar. Alfie e Ava sorriem, Elisa põe a mesa para o jantar e Mary, assim como eu, está parada na entrada.

— Está vendo o mesmo que eu, ou estou precisando de óculos? — ela sussurra na minha direção.

— Também tenho duvidado dos meus olhos nos últimos dias, então não sei como responder. Aquela ali, rindo com Elisa, é mesmo a minha irmã?

Desde que cheguei tento convencer Malvina a comer conosco, seja no café da manhã, no almoço ou no jantar. O fato é que Alfie, Ava, Mary e Elisa são companhias maravilhosas; é impossível estar ao lado deles e não se sentir acolhida e amada. Além disso, Alfie sempre nos surpreende com histórias divertidas a respeito de sua falecida mãe. Mas, apesar das nossas conversas no bosque, minha irmã mantém uma parte sua tão inacessível que nunca imaginei vê-la aqui, jantando na casa Hamilton.

— Se estamos as duas vendo a mesma coisa, então aquela ali é mesmo Malvina.

Mal percebe nossa presença e sorri. O impacto causado pela felicidade em seu rosto é tamanho que quase deixo os apetrechos de jardinagem caírem. Alfie se apressa em me ajudar.

— Como está nosso pequeno bosque encantado, milady? Será que até a semana que vem conseguiremos colocar seu plano em prática?

— Qual plano? Não sabia que estava trabalhando no jardim, Brianna. Se tivesse me avisado, teria a ajudado.

— Não adianta oferecer ajuda, senhorita Malvina. Já tentei convencê-la a receber auxílio, mas conhece sua irmã, ela é mais teimosa que uma porta. — Mary caminha até o pequeno biombo na lateral do cômodo e começa a lavar as mãos. — Só Ian para convencê-la a delegar algumas tarefas.

— Ian? Um dia sem nos falarmos e perdi tanta coisa assim? — Ela pisca e, com a ajuda de Elisa, começa a arrumar a mesa de jantar.

Sigo Mary até o biombo e levo mais tempo do que deveria para lavar as mãos e o rosto. Todos na cozinha me olham com atenção, esperando que eu responda às suas perguntas, mas sinto a voz falhar. Tento frear a esperança, mas no meu íntimo sinto que o fato de Malvina estar aqui significa que uma pequena parte dela está começando a me perdoar.

— O jardim está incrível, Alfie. Com a ajuda de Ian evoluímos bastante. Acredito que até o começo da próxima semana tudo estará pronto. — Digo, optando por começar pelo assunto mais fácil. Respiro fundo e olho para minha irmã. — Acha que consegue desenhar o projeto de uma poltrona especial para mamãe? Ela precisa de algo confortável, levemente inclinado, e com suporte para os braços e as pernas. E que possa ficar do lado de fora e não desmoronar com a chuva e o vento.

— Sou melhor ilustrando paisagens, mas, se detalhar o que quer, posso tentar. — Malvina senta-se à mesa da cozinha e ajeita os cabelos em um gesto que reconheço ser de nervosismo. — Posso saber por que precisam de uma nova poltrona para a área externa?

Tranço meu cabelo e tiro a capa que usei para trabalhar no jardim. Ainda não estou apresentável para o jantar, mas Ava me convida a sentar e é o que eu faço. Na mesa vejo pães feitos à base de cebola, de cevada e de queijo. Observo a fumaça evaporar das pequenas fatias e inspiro o aroma.

— Coma, menina. Fiz um bocado de pães. — Ava coloca um pote de caldo na minha frente e uma tigela de manteiga. — Só não coma tanto a ponto de perder o apetite. Estou preparando um ensopado de frango delicioso para o jantar.

Agradeço e me sirvo de uma generosa porção. Malvina me acompanha e logo Mary se senta ao nosso lado. Ou a tarde de trabalho nos deixou famintas, ou é simplesmente impossível resistir aos preparos de Ava.

— Então, fale-me logo sobre esse jardim — Mal pede de boca cheia.

— Certo, isso. — Tomo um gole de água e corto mais uma fatia de pão, levando apenas um momento para decidir qual iria experimentar desta vez. — Conversei com Elisa e decidimos tirar mamãe daquele quarto. Ela precisa sentir o ar puro, encontrar outras pessoas e, não sei, esquecer por alguns instantes as limitações geradas pela doença.

— Mas já que não sabemos como o corpo dela reagirá aos movimentos, optamos pela segurança do jardim anexo ao antigo quarto de brinquedos. A maior dificuldade será descer as escadas. — Elisa diz ao se acomodar na cadeira ao lado de Malvina e lhe oferecer uma xícara de café. — Não vai ser fácil convencer a duquesa a nos deixar carregá-la.

— Tem certeza de que não é perigoso? E se a machucarmos? — Mal parece genuinamente preocupada e, por mais tolo que pareça, meu coração bombeia reforçado por mais uma dose de esperança.

— É uma possibilidade. Desistimos da ideia milhares de vezes. Avaliamos os prós e os contras e listamos inúmeros motivos para deixá-la exatamente onde está. O problema é que tanto eu quanto Elisa sabemos que, uma hora ou outra, aquele quarto deixará nossa mãe ainda mais doente. E pela possibilidade de ver um largo sorriso tomar conta do seu rosto, estou disposta a arriscar.

— A minha opinião conta em algo? Chegaram a considerar compartilhar a ideia comigo? — Enquanto pergunta, Malvina não parece irritada, mas o clima da cozinha muda. Todos parecem apreensivos ao aguardarem a minha resposta.

— Sinceramente? Não pensamos que se importaria. — Um silêncio absoluto reina nesse momento. — Minha intenção não é repreendê-la quando eu mesma não estive em casa nos últimos anos, Mal. O orgulho não cabe aqui, não quando o bem-estar de nossa mãe é o mais importante. Elisa e Mary conhecem mais a rotina da duquesa do que nós duas, então se elas acham uma boa ideia, eu concordo completamente com elas.

Tento ler a expressão de Malvina, mas seu rosto é uma incógnita para mim. Permanecemos nos encarando por longos minutos enquanto Alfie ajuda Ava a colocar a panela de ensopado na mesa. O cheiro faz o estômago de minha irmã roncar e, com um leve dar de ombros, ela enche seu prato com o refogado.

O clima tenso é rapidamente superado e o som da refeição sendo servida preenche a cozinha. Ava e Mary engatam uma conversa sobre os temperos usados pela cozinheira, Alfie aponta minha falta de modos no manejo dos talheres e Elisa come com tanta rapidez que todos somos obrigados a rir da sua voracidade.

— Sempre me perguntei o motivo de mamãe estar em um quarto no andar de cima. Talvez possamos aproveitar a oportunidade para mudar seus aposentos. Sem as escadas, seria muito mais fácil transportá-la. — Malvina olha para Elisa e silenciosamente serve mais uma porção de ensopado para as duas.

— Já pensei nisso, senhorita Malvina. Mas sua mãe é tão teimosa quanto as filhas. Ela prefere ficar presa naquele quarto do que perder o contato com a natureza. — Mary diz ao servir um copo de suco para Ava, que logo reclama que ela é que deve nos servir, e não o contrário.

Eles começam a discutir possibilidades; enquanto termino de comer, olho ao meu redor com atenção. Vejo o riso fácil, a conversa saudável e a camaradagem. Passamos ótimos momentos nesta cozinha e tenho certeza de que mamãe adoraria participar deles.

— Malvina, definitivamente, é o gênio da família.

— Sei que sou. Mas, desta vez, o que fiz para merecer tal título?

— Vamos reformar a sala de jantar privativa. Acha que nosso pai me mataria caso fizéssemos um pequeno arranjo no piso inferior da casa?

— Claro que não, ainda mais se for para o bem de mamãe.

— Então é isso. Nós passamos mais tempo nesta cozinha do que na sala privativa. E em caso de grandes recepções, temos o salão principal e sua enorme mesa de jantar. — Fico tão animada com a ideia que me levanto apressada da mesa. — Pensem comigo: enquanto estamos aqui, conversando e ceando juntos, mamãe está sozinha no andar de cima. Claro que ela tem horários e uma rotina especial, mas tenho certeza de que tudo seria diferente se déssemos a ela a opção de estar conosco ou não.

— E se o problema for a proximidade com a natureza, a vantagem da sala de jantar privativa é que ela também faz fundo com o jardim — Elisa diz, espelhando minha alegria.

— Posso ajudar com o novo projeto, caso precisem. — Malvina afasta a tigela de ensopado e abre a pasta de pintura que estava no chão. Ela pega tecido e carvão e, com uma expressão de concentração que me espanta, começa a desenhar.

A cada traço minha irmã mostra como podemos transformar o cômodo e ouve com atenção nossas sugestões. Elisa e Mary são as que conhecem melhor a rotina de nossa mãe, então elas deixam claro o que o quarto precisa ter para ser funcional. Eu e Alfie ajudamos a pensar nos detalhes que deixarão mamãe cada dia mais alegre e Malvina indica como tornar o quarto mais amplo, iluminado e arejado.

— Menina, a senhorita tem um dom peculiar. Sempre desconfiei do que fez com aquele antigo moinho. Mas, olhando o que pretende fazer com a sala, penso se talvez não deva começar a usar as telas para mais do que pintar. — Ava toca com carinho os ombros de Malvina e deposita um beijo em sua cabeça.

— Por falar em pintar, será que aceitaria criar murais para o quarto em vez de usarmos papel de parede? Pense nas paredes como telas em branco e as transforme em belas paisagens, Mal. Mamãe amaria sentir a natureza, os cardos e o talento da filha mais próximos dela. — Minha irmã foge do meu olhar e receio ter ultrapassado seu limite. — Mas temos tempo para pensar nisso. Quando estiver preparada, dê-me uma resposta.

Elas permanecem sentadas à mesa enquanto eu dou voltas pelo ambiente, criando na mente o novo quarto de mamãe. Comemos e debatemos o projeto com afinco. A cada novo passo, sinto-me mais feliz.

Horas depois, sinto que finalmente estamos prontas para recomeçar.

※

— Pare de me torturar. Irá comigo ou não?

Logo após o jantar e o longo debate que tivemos a respeito do novo quarto de mamãe, segui para o moinho com Malvina. Desde que chegamos ela não parou de falar sobre a reforma, as ideias que teve e em como espera que nossa mãe ame a novidade.

— É claro que eu vou, Brianna. Jantar com Ian e seus irmãos é quase como cear em família. — Ela pisca para mim e empurra meus ombros levemente. — Além disso, vou amar vê-la brigando com Desmond.

— Brigando? Mas nós somos um poço de cordialidade! — Acompanho sua risada com uma sonora gargalhada. Contei para minha irmã os detalhes do meu encontro na ponte com Desmond e, desde então, Malvina não para de me chatear. — Vai querer chá?

— Claro que sim, sempre quero uma xícara de chá.

Ela busca uma manta para arrumar o sofá – minha cama improvisada nas noites que passo no moinho – enquanto eu coloco a caneca de água para ferver. Mantenho o corpo virado, torcendo para que ela não veja o tremor em minhas mãos. Ainda não assimilei o que a noite de hoje significa para a minha relação com Malvina, e tenho medo de estar criando expectativas em demasia.

— Eu a vi tomando café com Elisa, por isso perguntei. — Deixo o bule descansar e me preparo para deitar. A verdade é que não preciso decifrar os acontecimentos de hoje, apenas aproveitar os momentos ao lado da minha irmã caçula. Decidida a aceitar o que ela puder me oferecer, solto os cabelos trançados e com a mão desembaraço cada um dos cachos. Tiro a capa de frio e fico apenas com o camisão de dormir.

— Tomei café da tarde com Elisa nesses dias em que esteve ocupada com o jardim. Ela me apresentou à bebida e, confesso, adorei. Mas isso não significa que abandonarei uma velha e deliciosa xícara de chá.

Também significa que ela esteve na casa Hamilton antes dessa noite. Estou chocada, mas de uma forma boa.

— Elisa também me fez provar uma dose de café, mas odiei. O gosto amargo não trouxe boas lembranças. — Levo o jogo de chá para a mesa ao lado do sofá e aguardo Malvina se ajeitar à minha frente. — Fico feliz em saber que estão conversando.

Quando cheguei, minha irmã era um fantasma para a maioria dos moradores da casa Hamilton. Ela só aparecia quando todos estavam dormindo e evitava contato com os novos funcionários. Mas, ao que parece, algo está mudando.

Mal nos serve uma xícara de chá e dobra as pernas a fim de ficar mais confortável. Imito sua posição e cubro o colo com uma manta. Apesar da brisa leve que corre pelo moinho, o fogo crepita de uma lareira na lateral da sala, aquecendo e espantando o frio.

— Elisa está me ajudando a entender a doença de mamãe. — Mal toma um gole de chá e finge não notar a minha expressão de espanto. — Na realidade, estou importunando suas horas livres com tantas perguntas que, logo, logo serei enxotada.

— Que tipo de pergunta? — sussurro, enquanto tento assimilar suas palavras.

— Todas. Quero saber mais sobre mamãe e manter-me preparada caso ela precise de mim. Não quero nunca mais ser responsável por lhe causar dor. — Minha irmã termina o chá em um único gole e segue em minha direção. Afasto-me e abro espaço para ela se sentar ao meu lado no sofá. — Anos atrás nossa mãe teve uma de suas piores crises. Papai estava na estufa e Mary havia saído para repor mantimentos. Tentei pedir ajuda, mas mamãe estava sufocando. Foi o pior dia da minha vida e não desejo passar por isso novamente.

— Foi por causa dessa crise que você decidiu sair de casa? — Deixo o chá na mesa de canto e tomo suas mãos nas minhas. Ela não refuta meu gesto e solto um suspiro de alívio, mas logo sinto o coração apertar. As parcas velas espalhadas pelo ambiente iluminam seu rosto, então vejo o olhar perdido e a ameaça de uma torrente assustadora de lágrimas. — Se preferir, não precisa dizer nada. Quero respeitar o seu tempo, Mal.

Ficamos em silêncio, observando as sombras criadas pela luz tênue. Novos cavaletes foram espalhados pelo cômodo, a maioria com cardos desenhados em carvão. Eles me lembram a Escócia e, consequentemente, as histórias contadas por nossa mãe.

— Naquele dia, os músculos do peito de mamãe contraíram até lhe roubar o fôlego. Foi assustador. Sua pele assumiu um tom acinzentado e eu só conseguia pensar que minha mãe morreria nos meus braços. — A tristeza em seu olhar aumenta minha sensação de impotência. Não existe aflição maior do que a de não poder afastar a dor daqueles que amamos. — Precisei levantá-la, improvisar uma massagem respiratória e, no processo, acabei quebrando uma de suas costelas. O barulho... nunca vou esquecer o som do osso quebrando e seus gritos de dor.

Suas mãos tremem nas minhas e lágrimas correm por nossas faces. Tento imaginar o que faria no lugar dela e como me sentiria ao machucar minha própria mãe. Finalmente sou capaz de compreender com clareza o motivo do seu afastamento.

— Sabe que não foi culpa sua, certo? Nem mesmo Elisa, ou qualquer médico contratado por papai, seria capaz de prever algo assim.

— Eu sei, Bri. Não me culpo. No fim, quebrar-lhe uma costela ajudou a liberar a sua respiração. Mesmo com a dor, salvei nossa mãe da morte.

— Não entendo. Então, qual é o motivo por trás da sua reclusão?

— Foi o olhar de mamãe após o médico dizer que eu a havia salvado. — Minha irmã coloca as mãos no rosto e se inclina para a frente, chorando de modo convulsivo. Envolvo seu corpo com meus braços e choro junto com ela. — Quando ficamos sozinhas, ela disse que por minha causa permaneceria presa àquela cama por mais alguns anos; que quando finalmente sentiu-se livre de tal tormento, eu havia aprisionado seu espírito em um corpo inválido outra vez.

Nosso abraço fica mais apertado e tudo o que posso fazer é chorar. Chorar pela crueldade de uma doença que roubou a juventude de minha irmã e a vontade de viver de nossa mãe.

— Eu sei que mamãe disse aquilo em um rompante de dor. Sei que não era ela, mas, sim, a doença falando. — Malvina respira fundo e me abraça ainda mais apertado, rodeando minhas costas com as mãos e apoiando o rosto em meu ombro. — Mas eu não conseguia mais olhar em seus olhos e fingir que não sabia que seu desejo era morrer. Não quando papai nutria esperança de curá-la e eu precisava dela em minha vida.

— Sinto muito, Mal, por não estar aqui para ajudá-la a enfrentar o lado obscuro da doença de nossa mãe. — Como nos velhos tempos, deito-me no sofá e divido meu travesseiro com Malvina. Ela está tão maior que eu, mas apertamos nossos corpos até conseguirmos ficar de frente uma para a outra.

Acaricio seus cabelos até que o choro cesse e sua respiração fique mais calma.

— Obrigada por me esperar falar. E obrigada também por não desistir de mamãe, Bri. Sinto que esse novo quarto será um recomeço para todas nós.

— Tenho certeza de que já começamos esse capítulo faz tempo. — Beijo sua testa e noto que seus olhos estão pesados de sono. — E sei que nós três estamos prontas para ele.

Malvina fecha os olhos e mergulha em um repouso profundo.

Velo o sono de minha irmã enquanto envio uma prece de agradecimento aos céus.

Não importa o que aconteceu, finalmente estamos nos curando.

Nunca mais me perguntou dele, mas vou dizer mesmo assim. Desmond não voltou para Durham. Nem uma única vez. Por algum tempo, até concluir a faculdade, fez fama entre as jogatinas de Londres. Depois de formado, dizem que foi para o continente e regressava de vez em vez, sempre com a tez marcada pelo Sol e os olhos mais duros. Existem boatos de que está noivo, mas não sei se podemos acreditar neles. Ainda assim, ouvi seu pai conversando com o barão certa vez. Receavam que ele nunca mais retornasse e viviam com medo dos negócios marítimos que passara a gerenciar. No fundo, acho que voltar traria mais sofrimento do que alegria.

(Trecho da carta de Mary para Brianna, em dezembro de 1820.)

10

1827, Durham

Malvina se olha no espelho e parece satisfeita com sua aparência. Seus cabelos caem soltos e as leves ondas lhe emolduram o rosto delicado. O vestido, em um tom sutil de rosa-claro, destaca a nuance de sua tez e aviva as sardas espalhadas por toda a pele exposta.

— Está linda, Mal.

— Eu sei — ela diz com uma piscadela — tão bela quanto minha irmã mais velha. Esse vestido é maravilhoso, Bri. E gosto quando deixa os cabelos soltos, mas... — ela se aproxima e toca alguns dos meus cachos — permite que eu prenda parte das mechas? Sinto que deve deixar o pescoço à mostra.

— Não quero parecer pomposa demais. É só um jantar do outro lado do rio. Nada com que se preocupar.

Claro que eu estava mentindo. Passei horas ajeitando o vestido para que ele parecesse perfeito. O tecido claro ressalta minhas curvas, minha cintura e meu colo, marcando-os com delicadeza, e faz com que eu me sinta uma rainha.

— Não a culpo por querer acreditar nisso, Bri. — Seu tom é irônico. Então, mesmo relutante, permito que ela prenda parte do meu cabelo com uma tiara de ferro retorcido.

Terminamos de nos arrumar e seguimos para a entrada do moinho. Depois que aceitei o convite de Ian, o jovem respondeu que nos buscaria em casa. Tentei declinar, mas ao longo dos dias recebi meia dúzia de bilhetes dizendo o quanto ele e Garret queriam estrear seu novo coche.

Do lado de fora o vento frio arrepia minha pele, lembrando-me de que preciso de um casaco. Malvina parece ler os meus pensamentos e entra para buscar o xale que esquecemos na sala. Enquanto isso, começo a listar todas as perguntas que desejo fazer essa noite. Não posso esquecer que Desmond me deve inúmeras respostas e que esse jantar não significa absolutamente nada.

Minha irmã volta cedo demais e a minha cabeça está uma confusão de emoções quando o som das vozes de Ian e Garret nos encontra.

— Seu cabeça mole, eu que deveria dirigir. Primeiro, sou o mais velho. E segundo... Garret do céu, preste atenção. Está tentando nos matar?

— Cale a boca, Ian. Se continuar reclamando dessa maneira deduzirei que está com medo. Será que ficou velho demais para um pouco de aventura?

— Ora, sou apenas um ano mais velho. Pare de falar como se eu fosse um ancião.

— Tem certeza de que não é? Pois já balbucia como um.

Não consigo deixar de rir. É bom saber que, apesar da idade, Ian e Garret continuam brigando e implicando um com o outro sem parar.

— Pelo jeito nossa carruagem está chegando, minha irmã. E com dois cavalheiros impiedosos — digo para Malvina.

— Ora, que os céus nos ajudem — ela murmura no exato momento em que os jovens param na nossa frente.

Ian e Garret nos cumprimentam e em menos de um segundo voltam a brigar para definir quem ajudará Malvina a subir no veículo.

Rindo, percebo que a noite de hoje será, no mínimo, divertida.

※※※

Giro o copo esquecido em minha mão e o aroma amadeirado me preenche. Nunca gostei de uísque, mas desde que voltei para a Inglaterra encomendei mais caixas da bebida escocesa do que seria capaz de consumir em toda a minha vida.

Na verdade, talvez eu tenha aberto uma única garrafa em todos esses anos. E não para beber, mas para mergulhar na fragrância que passou a me lembrar *ela*.

Em cada uma de suas cartas eu me afoguei no perfume de chuva, terra e carvalho. Um aroma que só depois de um tempo fui descobrir que provinha das destilarias de uísque de seu avô.

Certa vez, quando Mary me procurou para entregar mais uma das cartas de Brianna – e de novo aproveitou para lembrar o quanto estava decepcionada com meu silêncio –, descobri que minhas missivas vinham no mesmo carregamento de bebida enviado por James Duff.

Uma parte de mim sabia que Brianna escrevia as cartas em meio aos barris de uísque em maturação. A cada palavra eu conseguia vê-la sentada com os tonéis de carvalho ao redor, sorrindo, chorando e decidindo como compartilhar sua nova vida comigo.

Ah, eu amava cada uma de suas correspondências. Mas também as odiava.

Ao longo dos anos ansiava pelas palavras escritas por Brianna e pela faísca que elas geravam em meu peito. Ainda assim, ao receber suas cartas eu passava dias olhando para o lacre fechado, almejando queimá-las sem ler, na intenção de calar o eco de amor que sempre existiria entre nós.

Eu não o queria. O amor tolo e esperançoso. Mas tampouco sabia viver sem ele.

Cheiro o copo mais uma vez, inspirando o aroma amadeirado até ser atingido pelo fato de que Brianna está a poucos segundos de entrar pela porta da minha casa e bagunçar mais uma vez o meu coração.

Engulo a bebida sem pensar. O gosto forte me lembra que ela voltou, mas não por mim. Decidido a lutar contra os seus encantos, crio uma lista de coisas que não posso permitir: que ela invada minha alma, tome cada entranha do meu corpo e me abandone mais uma vez.

Existe uma faísca entre nós. Eu a senti no dia da ponte e sei que Brianna também experimentou as mesmas sensações conflitantes. Só preciso que esse jantar me ajude a entender como apagar de uma vez por todas essa centelha de amor.

— Mas é isso que vamos descobrir, não é, amigão? — Pie levanta a cabeça apenas o suficiente para voltar os olhos na direção da porta, ansioso pela chegada de nossos convidados. Quando percebe que ainda estamos sozinhos, ele solta um gemido de frustração e volta a se deitar aos meus pés.

Eu o entendo. A impressão é de que estamos nesta sala há horas, esperando por algo que não sabemos como dominar. Deixo o copo vazio na mesa de canto e afago o pelo do cão.

Levanto-me apressado assim que o barulho dos cascos interrompe meus pensamentos. Corro os olhos pelo espelho na lateral do cômodo e tento, sem sucesso, ajeitar meus cabelos. Cortei-os um tanto desde que eu e Brianna nos encontramos, mas eles já cresceram o suficiente para cair em meus olhos.

Penso se ela vai gostar do corte, se vai apreciar o conjunto azul-marinho que escolhi para o jantar esta noite e se não vai se incomodar com minha decisão de manter a barba.

Pare de agir como um palerma, praguejo.

Em dois passos abro a porta de entrada e olho ansioso na direção do som. Preciso conter a decepção quando vejo Ian sozinho.

— Posso dizer, querido irmão, o quanto está bonito? Ainda o preferia sem barba, mas não é a mim que pretende agradar, não é mesmo? Depois me conte como foi a experiência de beijá-la com essa aparência. Quem sabe eu também adira à moda.

— Cale a maldita boca — digo, falhando na tentativa de controlar o mau humor. — Onde elas estão?

— Vamos dizer que tivemos um pequeno imprevisto com a carruagem. Mas elas estão seguras e logo chegarão.

— O que quer dizer com imprevisto? E pelos céus, de onde vem esse cheiro?

— Talvez eu tenha escorregado do veículo e caído em uma poça de estrume. Mas só talvez... — Seguro a repreenda quando Ian desmonta e corre apressado até o interior da casa. — Preciso me lavar, então deixe a bronca para depois. Ou melhor, peça para Garret explicar sua maravilhosa teoria sobre o melhor modo de fazer curvas em alta velocidade.

— Quando é que vão tomar juízo? Podiam ter se machucado. E pior, machucado as ladies.

— Ah, pare de agir como um velho resmungão. Eu faria tudo novamente só para vê-la sorrir.

— Quem? Lady Brianna?

— Não, mas tenho que dizer para se preparar. Ela está de tirar o fôlego. — Antes de subir as escadas que levam a seu aposento, Ian para, aponta para Pie e depois para mim. — Comportem-se, os dois. Elogiem as moças e, por favor, contenham a expressão babona.

—Até parece que olho para Brianna da mesma forma que Pie. Na ponte, ele parecia estar prestes a agarrá-la e não soltar mais.

— É exatamente sobre essa expressão que estou falando, meu irmão.

Droga, penso, *e eu achando que estava escondendo bem meus sentimentos*.

— E não deixe Garret sentar-se ao lado de Malvina. — Emenda Ian. — Esse lugar é meu.

Volto meu olhar para a estrada e de longe vejo o veículo se aproximar.

Pelos céus se a noite de hoje não acabar com meus nervos.

❈❈❈

— Estão entregues, miladies. Espero que tenham aproveitado o passeio — Garret diz ao saltar para a lateral do veículo.

— Ora, nós amamos. — Malvina toma a mão que ele oferece para ajudá-la a descer do veículo. — Mas, da próxima vez, eu mesma virei dirigindo.

— Se isso significa que virá me visitar novamente, então não vejo problema algum.

— Não seja presunçoso, Garret. Talvez eu venha, mas só para ensiná-lo como conduzir uma carruagem propriamente.

Eles continuam brigando como sempre fizeram desde que aprenderam a falar. Senti falta de Ian e Garret. E fiquei mais feliz do que posso expressar ao ver minha irmã sair do casulo criado pelo amadurecimento precoce, mesmo que para ralhar com esses dois garotos.

Os músculos do meu rosto doem de tanto rir com os rompantes de briga entre os três, mas já não noto mais os espasmos.

Desmond sorri para Malvina quando ela entra na casa de braço dado com Garret. Em seguida, contornando a carruagem, para na minha frente e estende a mão. Ele não usa luvas, assim como eu, então o simples toque faz que o calor de seu corpo me atinja por completo.

— Vejo que cortou o cabelo. — Os fios longos deram lugar a um corte tradicional, talvez só um pouco mais comprido do que dita a moda. Apoio-me nele para descer e noto que Desmond também fez a barba, que continua preenchendo seu rosto, mas agora de uma maneira mais ordenada.

— Disseram-me que eu precisava de uma aparência menos desgrenhada para convencê-la. — Toco o chão, mas suas mãos continuam me segurando pela cintura.

— Convencer do que, exatamente?

— De vir até a minha casa, de me ouvir e, quem sabe, de que merecerei um beijo de despedida no fim da noite — ele diz, quase tocando meu ouvido com os lábios. — Não vamos pensar demais, Brianna. É apenas um jantar, nada mais.

Desmond não me dá tempo de respondê-lo, pois engancha o braço no meu e nos conduz para dentro da casa.

O terreno é muito parecido com o dos meus pais, amplo e cercado de natureza. Mas assim que piso no vestíbulo noto que a construção desta casa seguiu um estilo completamente diferente.

Um tapete vermelho foi estendido da entrada até o que imagino ser uma sala de jogos. Algumas bebidas estão espalhadas pelo ambiente, assim como cartas e dados. A iluminação é feita por castiçais de ferro e todos os móveis possuem tons amadeirados. Ao redor, colorindo as paredes, vejo uma variedade surpreendente de estantes.

Nas prateleiras laterais observo uma infinidade de objetos decorativos: livros, espelhos, vasos, quadros e até barcos em miniatura. São todos coloridos e brilhantes, diferente de tudo o que já vi. Sem conter minha curiosidade, caminho até eles.

— Gostou? — Desmond pergunta atrás de mim. Tão perto que consigo sentir sua respiração em meu pescoço.

Tento fugir do contato, mas estou encurralada entre a estante e seu corpo. Procuro desesperadamente por uma distração, fingindo que não sinto suas mãos respaldando minhas costas.

— São lindos. O que significam? — Sinto-me atraída por uma caixa em especial. Ela é de madeira, decorada com flores douradas e exala um perfume floral que não consigo reconhecer.

— Lembranças das minhas viagens. — Ele toca meu ombro direito, que agora exibe uma pequena cicatriz arroxeada. — Ainda dói?

— Não mais.

— Graças aos céus, se não teria uma séria conversa com Pie. — Desmond me surpreende ao beijar a pele exposta. Assustada, olho ao redor para ver onde estão nossos irmãos, mas ao que tudo indica estamos sozinhos. — Abra, acho que vai gostar.

Ele me oferece a pequena caixa de madeira. Pego-a com as duas mãos, sentindo sua leveza e traçando os contornos brilhantes com os dedos.

Faço o que Desmond diz e não consigo conter um arfar de alegria quando uma bailarina de madeira surge do meio da caixa. Imediatamente um som doce invade o ambiente e a boneca começa a girar na pequena plataforma.

Em poucos minutos a música para e a bailarina cessa a sua dança. Olho para Desmond com curiosidade; ele sorri ao dar corda no objeto, fazendo-o ganhar vida novamente em minhas mãos.

— É uma caixa de música. Consegui com um mercador que voltava da Suíça.

— Ela é linda, Desmond. Difícil acreditar que a música sai de uma caixinha tão pequena como esta.

Aproximo o objeto do rosto e toco a boneca com delicadeza. Apesar da música alegre e da dança contagiante, seu semblante é triste. E o mais engraçado é que não consigo afastar a sensação de que ela sofre com a solidão.

Perco-me em meio aos rodopios da bailarina e dou corda na pequena caixa mais algumas vezes.

— Sabia que ia gostar. — Os olhos dele brilham para mim, dando um vislumbre do menino por quem me apaixonei anos atrás.

— O que tem de mais valioso nessa coleção? — Balanço a cabeça para desanuviar os pensamentos e deposito o objeto na estante.

— Mais caro ou mais especial?

— Quando perguntei queria saber o mais especial, mas agora quero saber as duas coisas. — Desmond ri e caminha até o outro lado do aposento.

— O mais caro é esse quadro. — Ele aponta para a figura acima da lareira. Trata-se do retrato de uma jovem de cabelos loiros cacheados, com uma expressão delicada e curiosa e trajada com um vestido vermelho. — É o trabalho de um pintor italiano chamado Antonio Franchi. Vi a tela em um leilão, apaixonei-me por seus traços e acabei esquecendo de barganhar por ela.

— Mas o que esse quadro tem de tão valioso, além de ser de um artista famoso?

— Não notou as semelhanças? A jovem me recorda alguém que um dia amei, então decidi que queria tê-la. — Desmond passa alguns segundos encarando a pintura. Quando volta os olhos para os meus, a força que vejo neles me faz dar um passo para trás.

Consigo sentir o peso de suas palavras diretamente no meu coração. Minha respiração acelera e o peito parece estar prestes a explodir em um retumbar que, para mim, ressoa estrondosamente por toda a sala. Mas são seus olhos que me roubam o fôlego.

Ele me encara como se enxergasse meus pensamentos e estivesse pronto para se perder neles. Mais que isso. Desmond me olha como se desejasse minha essência e todas as suas limitações, medos e rancores. Naquele momento, era como se eu fosse tudo o que ele quisesse em sua vida. Não a menina que fui um dia, mas a mulher cheia de marcas em que me transformei.

Eu pisco e a sensação evapora.

Covarde, engulo as emoções que me dominam e fujo do seu olhar hipnotizante. E na ânsia por alterar o rumo da nossa conversa, corro os olhos pela sala em busca de uma distração.

Do meu lado esquerdo vejo um espelho que toma toda a parede. Caminho até ele e observo a moldura de madeira. Minha intuição diz que Desmond é o autor do trabalho. Noto com atenção o entalhe espiralado que passei a assimilar como uma característica sua; o desenho parece formar um emaranhado de rosas e espinhos, tão lindo quanto uma roseira na vida real.

Como se tivesse sido evocado, meu anfitrião se aproxima e permanece um passo atrás de mim, Desmond, buscando meus olhos no espelho, deposita uma pequena peça de madeira em minha mão.

Observo o objeto, tentando entender o que é. A forma é um pouco vaga, mas depois de um tempo consigo distinguir as pontas.

— É uma estrela?

— Sim, o primeiro trabalho que fiz com madeira.

— E quando foi isso? — pergunto, apertando o objeto em minha mão. Consigo imaginar Desmond lapidando um tronco até dar vida a esse pequeno e deformado astro.

— Eu estava voltando de uma expedição às Índias particularmente desastrosa. Na viagem de ida, os casos de meningite cresceram de forma desesperadora, e acabamos perdendo muitos homens. Ao retornar, o clima no navio era de pura tristeza. Então o capitão, que também fazia trabalhos com madeira, ensinou-me o ofício na tentativa de desanuviar nossas mentes. — Ele fecha sua mão na minha, a mesma que segura a estrela. — Ela significa tudo para mim. Uma vida nova e a oportunidade de descobrir a minha verdadeira paixão.

— Eu vi o gazebo. — Não pretendia falar sobre ele agora, mas não consegui resistir. A verdade é que, independentemente do significado por trás dele, a construção é belíssima. — Diria que o que tem não é uma paixão, mas sim um dom.

— Se o viu, então também desvendou uma parte da minha alma. — Desmond leva nossas mãos unidas a boca e deposita um beijo suave no meu pulso.

Busco nossos olhos unidos pelo espelho. No reflexo, noto que as vestes que escolhemos combinam completamente. Seu conjunto azul-marinho harmoniza com o meu vestido cor de gelo. Os cristais bordados no tecido do meu corpete brilham como o seu sorriso. E o decote canoa exibe meus ombros, silenciosamente implorando por seu toque.

Não me surpreendo quando Desmond, aparentemente lendo meus pensamentos mais uma vez, separa nossas mãos unidas e corre os dedos por minha pele exposta. Solto um suspiro enquanto ele afasta alguns cachos que escapam do coque baixo e toca a lateral do meu pescoço.

— Sabe que aquele gazebo é da senhorita, pois não? Ele foi feito para celebrar o seu retorno para casa. Pena que demorou tanto para vê-lo. — Cada palavra é pontuada com um beijo. Minha pele arrepia com o contato de seus lábios e o leve raspar de sua barba.

Lembro-me do teto do gazebo e das palavras escritas em dourado. Talvez ele tenha sido feito para mim, mas nem por um momento acredito que fora na intenção de comemorar. Como fruto da raiva ou da esperança pelo meu retorno provavelmente, mas não um presente.

Ora, se o desejo de Desmond é me confundir, ele já pode ser considerado o grande vencedor da noite.

— Eu sei o que vi. Mas isso não significa que tenha compreendido tudo o que aquela construção representa, Desmond — digo com a mente confusa. Ele continua beijando meu pescoço, fazendo que meus joelhos fraquejem e os pensamentos coerentes evaporarem.

— Então, terei que me esforçar mais para fazê-la compreender. Darei o meu melhor. — Ele apoia o corpo no meu e uma de suas mãos rodeia minha cintura, mantendo-me no lugar. — Mas prepare-se, Brianna, para a possibilidade de acabarmos provando minhas teorias em meio aos meus lençóis.

— Obrigada pelo jantar, senhora Bennet. Estava tudo uma delícia — agradeço à cozinheira com um sorriso. Tenho que admitir, ela é tão talentosa quanto Ava. Só não aproveitei mais a refeição porque minha concentração foi roubada pela mão de Desmond em minha perna, no meu pulso e disfarçadamente em meu ombro. Ele passou o jantar todo rindo para mim, com aquela covinha sedutora, e encontrando maneiras de me tocar.

— Imagina, milady. Foi um prazer recebê-las. Alegraria meus dias se pudessem vir mais vezes.

— Por favor, querida Bennet. Conte para elas sobre o seu delicioso bolo de chocolate. Quem sabe assim convencemos Malvina a vir para um chá? — Garret diz do outro lado da mesa e minha irmã rola os olhos. Ela está sentada entre os dois irmãos, que passaram a noite toda tentando chamar a sua atenção.

— Se eu não vir, envie-me um pedaço, por favor, senhora Bennet.

— Eu lhe levarei um bolo todo, Malvina — Ian intervém animado.

— Não, eu o farei — Garret resmunga do outro lado da mesa.

— Parem com isso, meninos, vão deixar a jovem traumatizada. Os dois podem levar o bolo; tenho certeza de que doce nunca é demais — a senhora Bennet diz com um piscar de olhos e Malvina sorri para ela, sem conseguir disfarçar o alívio.

— Acho melhor nós irmos, não é Malvina? Não quero que fique muito tarde para podermos voltar caminhando — digo me preparando para sair da mesa.

— Ora, pare com isso, eu vou levá-las. — Desmond puxa a minha cadeira e aguarda enquanto me levanto. Entrelaçando minha mão na sua, ele segue para a saída. Seu toque chama a atenção de Malvina, que me encara com olhos questionadores, e sem sucesso tento quebrar o contato entre nossas peles. — Nem pensem em me questionar, irmãozinhos. Caso contrário, as ladies farão questão de nunca mais nos visitar.

Ian e Garret ficam vermelhos com a reprimenda. Eles parecem verdadeiramente arrependidos e, diante do silêncio que nos acompanha até a porta, Malvina resolve intervir.

— Prometo que venho para um chá. — Assim que minha irmã termina de falar, Ian e Garret abandonam o semblante triste. Sorrindo, eles dão o braço para Mal, um de cada lado. Ela suspira quando passam a caminhar juntos e os dois irmãos engatam uma discussão sobre qual dia seria melhor para o encontro. — Fiquem quietos e não me façam mudar de ideia, por favor.

Seu tom é sério demais para a ocasião. Seja por causa da leveza no ar ou pela noite alegre que tivemos, o grupo segue para a porta de saída aos risos.

— Obrigada pelo jantar, fazia dias que não me divertia tanto — digo, enquanto me despeço de Ian e Garret com um abraço. Do lado de fora, a Lua banha os jardins que circundam a casa e o vento frio faz que eu aperte o xale de lã ao redor do corpo.

— Ao seu dispor, milady. Venha nos visitar sempre que quiser. — Garret beija minha mão e faz uma leve reverência. Sem perder tempo, Ian repete o gesto do irmão.

— Sabe, nós duas podemos ir caminhando — falo, enquanto sigo na direção de Desmond, que nos aguarda. — Não precisa se preocupar. O moinho não é tão distante.

— Acha mesmo que vou deixá-las atravessar o bosque sozinhas? Não custa acompanhá-las. Juro que sou melhor condutor que meus irmãos.

Malvina ri e sobe no veículo que um cocheiro traz dos fundos da propriedade. Sigo-a e, antes que Desmond ameace me ajudar, pulo para o banco de trás.

Com um sorriso sonolento, Malvina apoia a cabeça no encosto almofadado do banco da condução e fecha os olhos. Do assento destinado ao condutor, ouço Desmond guiando os cavalos com tranquilidade e, enquanto o bosque passa pela minha janela, luto para compreender a noite de hoje.

Nem uma das minhas perguntas foi satisfatoriamente respondida. Não descobri os motivos que o mantiveram afastado e muito menos entendi o porquê de não ter respondido às minhas cartas.

Em vez de encontrar explicações, novas dúvidas surgiram.

Conversamos sobre os últimos anos, a respeito das expedições dele pelo mundo e os rumos que suas empresas de transporte seguiram. Senti orgulho do homem que Desmond se tornou e de todas as vitórias que conquistou sem o suporte do título que um dia herdará do pai.

Em contrapartida, contei sobre meu avô, nossas atividades na Escócia e o estado atual de minha mãe.

O jantar, tirando seus toques e olhares perturbadores, foi leve e simples. Parecíamos dois velhos amigos, sem mágoas ou pendências do passado, compartilhando experiências de vida.

A carruagem para em frente ao moinho, acordando Malvina, que desce do veículo com um salto. Sigo o mesmo caminho, detendo-me apenas para ajeitar os cachos que soltaram do penteado.

— Obrigada, Desmond. Adorei nosso jantar. — Malvina dá um beijo em seu rosto e entra no antigo moinho, piscando para mim ao fazê-lo.

— Vamos dar uma volta? — Desmond prende os cavalos, que logo começam a pastar, em um dos pinheiros ao nosso redor. Enquanto espera minha resposta, ele tira o terno e caminha até mim, depositando o casaco em meus ombros.

— Claro — digo, aspirando disfarçadamente o aroma da veste.

Seguimos pelos arredores do moinho, ocasionalmente olhando as estrelas no céu. O silêncio à nossa volta é confortável e deixo-me levar pela sensação libertadora de caminhar sem direção.

— Tenho uma pergunta. — Olho para ele e aguardo. — O que achou da casa?

— É linda, Desmond. Malvina comentou que o projeto dos cômodos é seu e o parabenizo por isso. De tudo o que vi, não sei dizer o que é mais incrível, se os móveis personalizados ou os cômodos arejados.

— Obrigado, um dia desses a levarei para conhecer minha oficina. Tenho algumas peças de madeira que gostaria de lhe mostrar.

— Eu adoraria. — Inspiro profundamente e, sem tirar os olhos dos dele, reúno coragem para fazer a pergunta que ensaiei a noite inteira. — Minha vez de fazer uma pergunta... por que nossa clareira ganhou um gazebo? E quero a resposta sincera dessa vez, Desmond.

Ele trava no lugar, obrigando-me a parar também. Com um gesto brusco, Desmond desfaz o nó da gravata e amassa o tecido com as mãos. Encaro a pele exposta do seu peito pelo que parecem horas, tanto esperando quanto temendo uma resposta.

— Ao contrário do que pensa, eu li cada uma de suas cartas. — Volto os olhos para os seus, buscando a verdade em suas palavras. — Quando voltei e comprei essas terras, passava dias explorando a região e descobrindo novas coisas para construir. Gastei mais tempo do que deveria naquela clareira, Brianna. Então, quando contou sobre o gazebo do seu avô, quis erguer um exatamente ali.

— Quer dizer que lia todas as minhas missivas, mas ainda assim não foi capaz de responder ao menos uma delas? — Sinto a raiva espreitar e respiro fundo na tentativa de acalmar meus nervos. Mas a verdade é que não consigo, não sou mais capaz de fingir que Desmond não destroçou meu peito ao escolher desaparecer da minha vida. — Como pôde?

— Será que consegue me ouvir por um segundo? — Ele segura meus braços com força e me obriga a encará-lo. — Construí um gazebo almejando o dia em que valsaríamos por uma noite toda. Enquanto trabalhava, eu só pensava em seu sorriso, em suas mãos nas minhas e no calor emanando de nossos corpos. Então pare de ser cabeça-dura e me escute.

— Eu, cabeça-dura? — Com as mãos livres bato em seu peito. A cada soco sinto minha raiva inflamar. — Era só ter escrito uma carta. Só uma, Desmond Hunter. Tenho certeza de que construir aquele gazebo lhe tomou mais tempo do que levaria para responder todas as minhas missivas.

— É o que me faltava! Além de teimosa, deve ser surda. — Ele prende minhas mãos em seu peito. Ao tocá-lo, sinto a pulsação descontrolada de seu coração. — Será que não ouviu nada do que eu disse?

— Uma palavra, Desmond — digo ao empurrá-lo com a força do meu corpo. Ele desequilibra, mas não solta minhas mãos. — Por acaso sabe o que é remoer por anos a certeza de que uma das pessoas mais importantes da sua vida havia mentido? Lembro-me de quando disse que nunca iríamos nos separar, mas, ainda assim, olhe onde estamos.

Emocionalmente longe, mas fisicamente perto. Era perigoso estar tão próxima de Desmond. Apesar da mágoa, meu corpo ansiava por seu toque. Se quisesse, seria fácil abafar os ruídos e simplesmente entregar-me à tentação de tê-lo. Mas eu não queria estar perto dele, não quando doía tanto relembrar o passado.

— Quer mesmo falar sobre mentiras, Brianna? — Desmond corre as mãos por meus cabelos e aproxima nossos rostos. Sua boca está a milímetros de distância da minha. — Olhe nos meus olhos e diga que voltou por mim, que iria me procurar se não tivéssemos nos encontrado naquela ponte e prometo que lhe deixarei em paz.

Eu não tinha uma resposta simples para oferecer a Desmond. Após anos sofrendo com seu silêncio, parei de acreditar nas promessas que fizemos. Não queria mais pensar nesse amor corroendo minhas entranhas, então decidi guardá-lo no fundo do meu coração, onde a dor não seria capaz de me sufocar nunca mais.

Posso dizer o que ele deseja ouvir, mas a verdade é que não iria procurá-lo. Ao voltar para Durham, tudo o que queria era rever minha família e abafar as lembranças do passado do qual ele fazia parte.

— Sou um tolo por acreditar em suas palavras, não é mesmo? Anos atrás, quando disse que me amava, só precisava de alguém para ajudá-la a fugir?

Balanço a cabeça na tentativa de colocar meus pensamentos em ordem. Não faço a menor ideia do que Desmond quer dizer. Quando parti, e muitos anos depois, eu o amava com todo o meu coração. E ele sabe disso!

Minha mudez o atinge e com os olhos injetados de raiva, Desmond cola os lábios nos meus.

É um beijo cruel, que arranca lágrimas e me faz vislumbrar tudo o que poderíamos ter sido.

— Não se preocupe, vou deixá-la em paz. — Ele diz ao interromper o beijo. Tento pensar em algo para falar, mas a razão continua a me escapar. — Boa noite, lady Brianna.

Desmond se afasta e meu corpo protesta quando sinto a brisa da noite. Percebo que estou tremendo não pelo frio, mas sim pela dor que vi em seus olhos antes de partir.

Fico ali, respirando com dificuldade, olhando-o seguir em frente. Por um breve momento, pergunto-me se acabei de perdê-lo de vez.

11

Maio de 1816, Londres

Não era a minha primeira vez em Londres. Quando o recesso de verão terminava, papai precisava assumir seu papel no Parlamento e participar das principais reuniões da corte. Ocasionalmente viajávamos com ele – eu, mamãe e Malvina – e ficávamos na capital cerca de duas semanas, sempre hospedados em uma casa modesta perto do Hyde Park.

Mamãe gostava de dizer que nesses momentos nós éramos o escudo do duque. Quando as obrigações do título estavam perto de sufocá-lo, recorríamos à família, fazendo programas que o lembrassem de quem éramos e do quanto o amávamos.

Só que dessa vez *tudo* seria diferente. E provavelmente eu é que precisaria de um escudo.

Havíamos viajado durante duas semanas, parando em alguns arrendatários que papai precisava visitar. Aproveitamos cada segundo do percurso. Malvina estava mais velha, então conseguimos viajar todos no mesmo veículo e rir de suas expressões de espanto ao adentrar em novas cidades e hospedarias. Tudo para ela era novo e eu amava ver a pureza em seus olhos deslumbrados.

Ainda assim, meu coração ficava mais apertado cada vez que percebia que nos aproximávamos de Londres e do meu temido *début*.

Entendia minhas obrigações como filha de um duque e sabia que precisava ser apresentada para a sociedade. Meus pais não esperavam que eu assumisse o papel de perfeita lady – ao que eu era infinitamente grata –, mas nunca esconderam o quanto achavam importante que suas filhas ao menos aprendessem os traquejos sociais. Portanto, mesmo depois de tentar persuadi-los de que não precisávamos que meu *début* fosse em Londres, fui convencida a ceder. Eles me pediram tão pouco – apenas quatro meses de jantares, bailes e apresentações – que não fui capaz de criar novas desculpas para adiar minha temporada.

Temia o *début* tanto quanto receava desapontar minha família. Então, mesmo assustada, iria dar o meu melhor para que todos ficassem orgulhosos do duque e da duquesa de Hamilton.

— Já chegamos, mamãe? — Mal perguntou olhando pela janela da carruagem. Acompanhei seu olhar e observei a rua lá fora.

Por mais que eu quisesse negar, a verdade é que Londres era encantadora. As mulheres sempre estavam meticulosamente arrumadas, com trajes belíssimos e penteados charmosos. O comércio pulsava vida, as pessoas falavam animadamente sobre tudo e as atrações, como livrarias e teatros, eram um grande chamariz. Nem mesmo o céu nublado era capaz de diminuir o clima de alegria que parecia dominar todos os moradores da capital.

Ainda assim, a agitação constante parecia demais para alguém que, como eu, estava acostumada ao incessante farfalhar das árvores e ao canto dos pássaros.

— Sim, minha pequena. Adentramos a Trafalgar Square — papai disse, chamando a atenção de Malvina. — Está vendo aquela casa à sua direita? O nome dela é Carlton House e seu dono é um banqueiro que também adora arte. Existe um projeto em segredo no Parlamento que pretende transformá-la em um dos primeiros museus abertos ao público. Não seria maravilhoso um lugar com vários quadros expostos para que toda a população os aprecie?

— É sério, papai? Londres me parece um sonho! Por favor, diga-me que crianças poderão entrar. Já quero ver uma exposição. Brianna, promete que irá comigo? — ela disse, virando-se em minha direção com seus olhos pidões.

— Todos nós iremos, minha filha — papai respondeu, sorrindo. — E fique tranquila, usarei toda a minha influência para que crianças possam visitar a galeria. Afinal, de que adianta ser um duque se não posso realizar os desejos das mulheres mais importantes da minha vida?

— Ora, muito perigosa essa afirmação, meu querido marido. Tenho certeza de que podemos montar uma lista de desejos para que Vossa Graça os conceda. Não é mesmo, meninas?

Estávamos rindo quando a carruagem encostou. Desci primeiro, parando apenas para ajudar Malvina a saltar os degraus – o cavalariço, acostumado com a impaciência de nossa família, não pareceu surpreso com a minha rapidez. Naquele momento, tudo o que eu queria era conhecer a casa que seria nosso lar durante os próximos meses.

Dessa vez iríamos ficar na residência atrelada ao título do duque de Hamilton. Um belo casarão que permaneceu fechado por décadas desde que vovô decidiu fixar moradia em Durham. Tudo o que eu sabia era que a casa reunia inúmeras histórias trágicas sobre aqueles que moraram nela: duques que morreram endividados, assassinados ou abandonados pelas mulheres de suas vidas. Talvez seja por isso que meu avô tenha decidido viver longe da capital. Apesar de morrer cedo, ao menos ele teve a oportunidade de construir um futuro diferente.

— Essa casa me dá arrepios — Mal sussurrou ao meu lado, apertando minhas mãos com força.

— Pense pelo lado bom, a casa dos Hunter está — olhei ao redor para medir a pequena distância — a menos de cinco minutos de caminhada. Pelo tempo que estivermos aqui, poderemos visitá-los o quanto quisermos.

Satisfeita, minha irmã sorriu para mim e seguiu girando pela entrada, brincando com o vento suave que fazia suas saias rodarem. Criados apressados passavam ao nosso lado, correndo para reunir a parca bagagem que trouxemos. Enquanto isso, eu caminhava rumo à entrada, absorvendo os detalhes grandiosos da construção.

O gramado era amplo e verde, suprindo parte da nossa necessidade de estar perto da natureza, e o jardim, que se estendia por toda a entrada, continha uma variedade surpreendente de flores. Reconheci algumas espécies e, sem me conter, segurei minhas saias e puxei Malvina pela mão enquanto corríamos em direção a elas. Rindo, encarávamos as rosas, as peônias, os cravos, os lírios e os cardos recém-plantados. Virei para os meus pais, que desciam da carruagem, e abri um sorriso que esperava ser capaz de mostrar o quanto os amava. Papai devia ter pedido para que plantassem as flores preferidas de mamãe ao redor da propriedade, provavelmente na intenção de afastar a sensação de que estávamos longe de casa.

Contemplando o jardim, tão belo quanto o que tínhamos em Durham, eu quase era capaz de esquecer que estávamos em Londres.

— Veja, mamãe, são cardos! — disse Mal, assim que nossos pais nos alcançaram.

Mamãe se abaixou para abraçá-la. Com Malvina no colo, elas giraram pelo jardim, admirando cada detalhe com os olhos brilhando de felicidade.

— Obrigada, Brandon. Foi muito gentil de sua parte trazer um pedaço de casa para Londres.

— Ora, Rowena, precisávamos de alguns cardos para transformar este casarão em um verdadeiro lar — respondeu papai, dando um beijo suave em sua testa e depois na de Malvina.

Estar perto da natureza sempre foi importante para nós. Mas, para minha mãe, era fundamental. Os bosques e a infinidade de flores faziam que ela se sentisse próxima do meu avô.

— Imaginem que estão abandonando seu lar e as terras que tanto amam para se casar com um estranho — Papai disse, abraçando mamãe com uma das mãos e com a outra afagando meu cabelo. Pensei em dizer que eu vinha temendo os males de um casamento arranjado por mais tempo do que gostaria, mas preferi não preocupá-los com o medo que sentia do *début*. — Não é nada fácil dizer adeus, não é mesmo? Mas sua mãe me escolheu, optando construir uma família comigo e vir para a Inglaterra. E como a felicidade dela é o mais importante para mim, jurei que sempre iríamos honrar seu amor pela Escócia. Por isso temos cardos espalhados pela casa toda; porque, além de essa ser a flor preferida de Rowena, ela também é a preferida de toda a região das Terras Altas.

— Por que essa é a flor preferida da Escócia? Mamãe nunca nos contou essa história — disse, mais emburrada do que curiosa. Em minha mente, era uma afronta não saber tudo sobre as crenças e tradições escocesas.

Sem deixar de sorrir, meu pai pegou Malvina dos braços de mamãe. Com ela no colo e com a mão livre na minha, ele nos guiou até a entrada do casarão. Mamãe seguia-nos com o braço enlaçado em minha cintura.

— Porque, além de belas, os escoceses acreditam que elas são ótimas ferramentas de proteção — ele disse, por fim. — Reza a lenda que conquistadores ambiciosos tentaram invadir e tomar o controle da Escócia. Eles entraram sorrateiramente, vindo descalços para evitar barulhos indesejados, ansiando encontrar os guerreiros escoceses despreparados. Entretanto, acabaram pisando nas lindas e espinhentas plantações de cardos. Os espinhos perfuraram a pele dos invasores que, chorando de dor, bateram em retirada. A Escócia foi então salva por essas flores que são belas e, ao mesmo tempo, perigosas.

— Sabe, papai, quem o ouve falar imagina que o senhor é o escocês, e não a mamãe. Arrisco que além de se apaixonar por ela, acabou apaixonando-se também pelas terras escocesas — Malvina disse.

Ela tinha razão. Meu pai não foi o único que acabou encantado. Todos nós aprendemos a amar as histórias contadas por mamãe.

— Ah, minha pequena, essa é uma grande verdade. Fomos para a Escócia algumas vezes depois do casamento. E, assim como sua mãe, aprendi a amar os prados verdes e o tempo raivoso. Só não voltamos depois que nasceram porque a viagem é perigosa para crianças pequenas. Mesmo agora, em razão das obrigações do ducado que não param de crescer, está cada dia mais difícil sair da Inglaterra. Mas sinto falta daquelas terras. — Ele virou o rosto na minha direção e cravou o olhar no meu. — Sei que amaria a Escócia, meu anjo.

— Eu também quero amar a Escócia, papai — disse Mal. — Estou crescida e gostaria de ir. Promete que nos levará? O senhor é um duque, pode pedir que outras pessoas assumam suas responsabilidades ou seja lá o que for que um duque faz!

Sentia no tom de voz de Malvina a curiosidade crescente de conhecer a região que nossos pais tanto amavam. Eles enchiam nossos dias com lembranças e histórias especiais sobre a Escócia, de forma que era quase impossível não ansiar por conhecer as terras de nosso avô.

Fazia anos que eu sonhava com essa viagem. Ainda assim, mesmo depois de súplicas e apelos, a resposta era sempre negativa; a mesma desculpa que, sem dúvida, Malvina receberia.

— Um dia as levarei, minhas meninas. E antes do que imaginam, estaremos todos juntos nas belas terras da Escócia.

Olhando para mamãe com um olhar triste, papai bagunçou os cabelos de Malvina enquanto seguíamos para o interior da casa.

Quando o assunto era a Escócia, já estava me acostumando com as respostas evasivas.

— A senhora só pode estar brincando! — exclamei, indignada. Do outro lado do salão, Desmond tentava controlar o riso.

Desde que nos acomodamos em Londres, os Hunter vinham jantar conosco quase todos os dias. Papai e o barão conversavam sobre os assuntos do Parlamento, mamãe e a baronesa planejavam meu *début*, eu e Desmond explorávamos os cômodos da casa e Malvina fugia das perseguições de Ian e Garret.

Só que, nessa noite, mamãe decidiu que nossas atividades seriam completamente diferentes.

— Claro que não, minha querida. Quem melhor para lhe ensinar alguns passos de dança do que seu melhor amigo? Ao menos imagino que ele não ficará incomodado com seus ocasionais deslizes.

Logo após o jantar havíamos seguido para o salão principal – menos as crianças, que, na companhia de Mary, foram para o quarto de brinquedos.

O cômodo era amplo o suficiente para acomodar centenas de pessoas. Somando-se isso à decoração suntuosa, causava uma impressão e tanto. Toda vez que eu entrava no recinto precisava conter o fôlego.

O chão de mármore resplandecia e os lustres agigantavam-se e iluminavam todo o hall. Na lateral ficavam aparadores de madeira, lotados de jogos de chá, e um delicado palco decorado em dourado, onde um piano e alguns instrumentos de corda descansavam. Não iria admitir, mas ao caminhar em passos contidos por aquele salão imaginei as belas festas de que teria o prazer de participar durante a temporada.

— Ora, Bri, não me diga que está com medo? Espero que saiba ao menos os passos da quadrilha, caso contrário, preocupo-me com os pobres lordes que a tirarão para dançar nessa temporada.

Eu queria atirar algo em Desmond. Aposto que ele não continuaria com esse sorriso zombador após ser pisado por mim dezenas de vezes. Talvez a ideia de dançarmos não fosse tão ruim assim, afinal.

— Saiba que aprendi todos os passos. Não é minha culpa se meus pés apenas não entendem como fazê-los ao mesmo tempo.

— Vamos, Brianna, Desmond é um ótimo parceiro. — Margaret me empurrou levemente na direção do filho. — Agora, fiquem a postos que vou tocar uma quadrilha para ajudá-los. Assim que dominarmos os passos básicos, evoluiremos para outros tipos de dança, pois não?

Girei os olhos pelo salão e percebi que todos estavam aproveitando a noite, menos eu e meus dois pés esquerdos. Papai e o barão haviam encontrado um conjunto de sofá na lateral do cômodo e conversavam animadamente. Mamãe permanecia no palco, ao lado da baronesa, rindo com a amiga e tentando demonstrar os passos que eu devia copiar. Olhei para Desmond que, exatamente quando a música ressoou no salão fazendo meu estômago afundar de nervosismo, fez uma graciosa reverência. Enquanto ele caminhava na minha direção, a ordem dos passos passava apressada pela minha mente e eu tentava, desesperadamente, lembrar-me dela.

— Contar em voz alta pode ajudar, Bri — ele disse quando paramos um em frente ao outro. — No um, deve oferecer a mão ao parceiro; no dois, dar um passo lateral; no três, seguir em frente e fazer um giro completo; no quatro, reencontrar seu parceiro; no cinco, finalizar a série com um aceno de cabeça e, então, recomeçar a sequência.

Eu tentava contar e repetidamente esbarrava, tropeçava e sem querer pisava nos pés de Desmond. A cada novo deslize sua risada ganhava força e na mesma medida meu humor despencava. Em meu *début*, sem dúvida, ficaria conhecida como a lady desgraciosa.

— Feche os olhos, Bri.

— Ora, Des. Se com os olhos abertos não consigo controlar meus pés, imagine com eles fechados — disse com um gracejo.

— Por favor, vamos tentar só mais esta vez. Desconfio que seus olhos tentam antecipar os movimentos, fazendo que sua mente acabe acelerando os passos. — Tocando meus ombros, ele incitou-me a relaxar. — Vamos, feche esses olhos teimosos e confie em mim.

Inspirei devagar na tentativa de acalmar os nervos. Senti o perfume que exalava dele e percebi o quão próximos estávamos. Dei-me conta de que meus ombros queimavam onde suas mãos me tocavam e que meu coração brandia em um ritmo enlouquecedor.

Estava rodeada por seus braços, seu calor, seu cheiro; de repente percebi que desejava mergulhar na sensação que essa proximidade causava. Uma parte de mim queria descobrir a emoção de ser completamente envolvida por Desmond.

Fechei os olhos e ordenei que meu corpo freasse tamanha confusão de sentimentos. Afinal, era apenas Desmond, meu melhor amigo desde sempre! Mas, teimoso, meu cérebro não dava ouvidos aos meus apelos silenciosos.

— Agora ouça a música, sinta o ritmo avançar. — Eu queria prestar atenção ao que ele dizia ou à música que a baronesa tocava, mas o único ritmo ao qual conseguia me ater era o do meu coração. — Vamos repetir a sequência enquanto eu lhe conduzo, pois bem? Mantenha os olhos fechados. Vou contar em voz alta e, a cada repetição, deve seguir minha voz ao desempenhar o passo esperado.

No *um* lhe dei a mão.

No *dois* me distanciei de sua voz.

No *três* girei ao redor do calor de seu corpo e ainda senti as notas amadeiradas que exalavam de sua pele.

No *quatro* aproximei-me dele, tropeçando ligeiramente e espalmando seu peito com minhas mãos.

E no *cinco* balancei a cabeça na tentativa de compreender o rumo dos meus pensamentos. Eu não queria mais abandonar o refúgio dos seus braços.

Estava com medo de abrir os olhos e encarar Desmond. Minha respiração saía em lufadas descontroladas e minha mente vagava por caminhos perigosos.

Ele tomou minha mão para recomeçarmos os passos e meus sentidos ficaram imediatamente alertas. Não precisava vê-lo para saber que seu corpo estava próximo, que seus cabelos caíam teimosamente em seus olhos, que seu sorriso revelava a covinha na bochecha.

Percebi então, ainda de olhos fechados, que havia memorizado cada detalhe dele.

— Não disse que o problema estava em seus olhos e não nos seus pés? Conseguiu completar uma quadrilha inteira, Bri! Mas vamos tentar mais uma vez, ou até que consiga determinar a contagem de cada passo sozinha.

Sentia que estávamos dançando havia horas. A cada repetição eu estava mais consciente da presença de Des, da curta distância que nos separava e, para meu completo espanto, de como era fácil manter os olhos fechados e deixar que meus sentidos me guiassem até ele. Meu amigo estava em êxtase com meus avanços, mas não me sentia pronta para comemorar. No fundo eu sabia que não havia dominado os passos da quadrilha, mas que havia permitido que meu corpo me levasse até Desmond ao ritmo da música.

— Abra os olhos, Bri. Vamos dançar juntos.

— Receio que não posso — murmurei para mim mesma. Estava confusa, mas não por causa da contagem de passos. — Acho que chega de dança por hoje.

— Vai desistir assim tão fácil? — Ele segurou meu braço e me puxou para perto. Abandonando o passo da quadrilha, Desmond passou a me guiar pelo salão em uma valsa nada comum. A música era rápida demais, então ele me girava mais e mais, muitas vezes tirando-me do chão.

A leveza do momento me fez jogar a cabeça para trás e rir. Esqueci-me das emoções conflitantes que há pouco ameaçavam me dominar e aproveitei a liberdade proporcionada por aquela valsa. Éramos apenas Desmond e eu, exatamente como sempre.

Aos poucos a música foi acalmando e assumimos os passos de uma valsa tradicional. Mamãe exclamava do pequeno palco que eu precisava manter a cabeça erguida, e lady Margaret pedia para Desmond segurar em minha cintura. Papai sorria do outro lado do salão, encorajando-me a não desistir.

— Desde que deixei Durham passei um bom tempo querendo lhe fazer uma proposta. — Seu tom de voz era tão baixo que precisei me aproximar mais.

— Meteu-se em alguma confusão, Des? Já disse que não acobertarei suas escapulidas caso deseje enganar algum professor. Tem ideia do quanto é sortudo por poder ir à faculdade quando mulheres como eu precisam contentar-se com as anotações do seu melhor amigo?

— Pelos céus, Bri. Espere eu falar antes de me dar uma reprimenda. Já prometi que não irei mais perder nem uma aula sequer. — Ele sorriu para mim, sussurrando em minha direção. — Talvez apenas uma ou outra escapulida, mas apenas para pescar com meus amigos.

Já que uma reprimenda não iria funcionar, pisei propositalmente em seu pé esquerdo. Ele conteve um arquejo. E antes que pudesse vir com mais uma de suas respostas engraçadinhas, pisei-lhe no direito.

— Vejam só, pelo jeito continuo desastrada. Sinto muito, Des. Juro que não quis esmagar nenhum dos seus pés.

— Vou deixá-la impune desta vez apenas porque quero lhe perguntar algo importante. — Sua expressão de dor era impagável. Senti um pouco de pena, mas precisei me controlar para não rir do esforço tremendo que ele fazia para não revidar. — Agora me escute com atenção. A senhorita deseja conhecer as terras McDuff comigo?

O susto foi tão grande que acabei tropeçando em seus pés – e dessa vez de forma sincera. Desmond precisou me segurar pela cintura para que eu não caísse. Aos poucos, voltamos a seguir o ritmo da música, mas dançar já não fazia mais sentido. Permiti que ele continuasse me guiando pelo salão sem conseguir de fato me concentrar em mais nada além de suas palavras.

— São sinceras suas palavras? Sua proposta consiste em nós dois viajando para a Escócia?

— Sim. Como disse, ando pensando muito nisso. Eu adoraria levá-la até lá, assim como amaria conhecer seu avô e saber mais sobre seus ancestrais. — Ele me encarava com um sorriso largo, aquele com covinhas que eu tanto amava. Sentia que Des estava realmente animado com a ideia. — Podíamos conversar com nossos pais e programar uns dias de férias. O barão está mesmo devendo uma expedição ao seu filho mais velho. Faz anos que ele me prometeu uma viagem ao exterior e, se meus pais aceitarem, tenho certeza de que será fácil convencer o duque e a duquesa.

Abandonando de vez a valsa, fechei os olhos e criei a cena em minha mente. Imaginei-nos rindo pelos campos, correndo pela propriedade, conhecendo as famosas destilarias Duff e, por fim, eu e Desmond de mãos dadas caminhando pela margem do rio Forth.

Conhecer a Escócia seria incrível, ainda mais se pudesse contar com a presença de Desmond.

— Faria isso por mim? — sussurrei, ainda com os olhos fechados.

— Não entendeu ainda que eu faria qualquer coisa em nome da sua felicidade? — Abri os olhos e mergulhei no mar que eram os dele. — Estar ao seu lado, seja onde for, é tudo o que eu desejo, Bri.

— Eu amaria, Des. Amaria fazer essa viagem ao seu lado! — Sem resistir, rodeei meus braços em seu pescoço e o abracei apertado. Estava tão feliz.

— Pois bem, vou hoje mesmo conversar com os nossos pais. Tenho certeza de que eles apoiarão a ideia.

— Essa viagem é muito importante para mim, Des. Ela significa tudo e lhe sou infinitamente grata por ao menos tentar realizar esse sonho antigo comigo — disse, afastando-o. — No fundo do meu coração, sinto que depois dela estarei preparada para construir meu futuro. Seja em Durham, em Londres ou para onde meu coração mandar.

— Até mesmo em Londres? — Desmond pegou minha mão e a colocou sob o seu coração, que batia tão acelerado quanto o meu.

— Não percebeu? Eu também iria para qualquer lugar, desde que fosse para estar ao seu lado.

Desmond passou a mão pelos meus cachos e tocou-me levemente a lateral da face. Sua respiração saía fora de ritmo e seus olhos vagavam pelo meu rosto, ocasionalmente parando em meus lábios.

Ouvia a risada de minha mãe a distância e as notas do piano que ainda vagavam pelo salão. Para mim, estávamos em um mundo paralelo, só nós dois, e não em um salão ducal rodeado por nossos pais.

— Gosto de acreditar que essa viagem é um pequeno passo para a construção do nosso futuro, Bri. — Ele abriu seu sorriso amplo, mostrando-me sua covinha mais uma vez. — Um futuro juntos, se assim decidir.

— Leve-me para a Escócia antes e meu futuro será seu — disse sem ao menos parar para pensar.

— Não se arrependa depois, quando eu resolver cobrar essa promessa.

Seu sorriso resplandecia. Naquele momento tive certeza de que algo havia mudado entre nós. E, sem dúvida, para melhor.

Estou implorando, Desmond, implorando para que me responda. Não consigo deixar de remoer nossa despedida; comecei a pensar que entendi suas palavras de forma errada. Tenho certeza de que disse que esperaria por mim, mas é isso que esse silêncio significa? Eu o amo mais a cada dia. Nesse momento, tudo o que preciso é que diga que ainda vai esperar por mim.

(Trecho da carta de Brianna para Desmond, em janeiro de 1817.)

12

1827, Durham

Sinto o hálito quente sussurrar em meu rosto. Não quero acordar, mas a língua insistente deixa rastros pela minha bochecha e pelo pescoço, fazendo meu corpo estremecer.

Quero despertar, tomá-la nos braços e torturá-la com a *minha* língua por todo o seu corpo. Mas sinto dor de cabeça só de pensar em abrir os olhos.

Provavelmente eu não deveria ter bebido tanto uísque na noite passada. Mas não resisti, não depois de perceber que Brianna nunca seria minha. Ao menos a bebida forte me fez esquecer a dor de não ter seus beijos, toques e sorrisos.

Sua respiração quente faz os pelos do meu pescoço arrepiarem. Pelo jeito bebi tanto que fui parar no céu, pois apenas um milagre traria minha amada direto para os meus braços.

Viro o rosto em sua direção e meu pescoço estala com o movimento, mas não me importo. Só quero senti-la mais perto. Sua língua volta a tocar a minha bochecha e não consigo resistir a passar a mão por seus cabelos.

Meu corpo reage em expectativa, mas ainda não consigo forçar meus olhos a abrirem sem que minha cabeça pareça prestes a explodir. Mesmo que doa, sinto que preciso tocá-la. Então, ainda sentado na cadeira e com o rosto apoiado na mesa, me atrevo a correr os dedos por seus... pelos?

Abro um único olho e suspiro desanimado. Nada de sardas na ponta do nariz, do sorriso de canto de boca e dos cachos dourados que tanto amo. Pie sorri com a língua rosa para fora e volta a me lamber.

Murmuro e encosto a cabeça mais uma vez na mesa. Dez dias e Brianna já está enlouquecendo a minha mente.

— Acaba de perder vinte libras, irmãozinho. — A risada de Garret interrompe meus pensamentos.

Fecho os olhos com força, torcendo para que seja um pesadelo. Caso contrário, passarei o dia todo de ressaca e dolorido. Ao que parece, dormi sentado na cadeira do escritório.

Depois de alguns minutos de silêncio, me obrigo a abrir os olhos e a encarar meus irmãos do outro lado do cômodo. A expressão de deboche que vejo em seus rostos não faz eu me sentir melhor, muito pelo contrário.

— Estávamos apostando quanto tempo levaria para descobrir que a língua na sua orelha não era de Brianna — Ian disse, caminhando na minha direção com um copo de água. — Sua aparência está horrível, Desmond. Bebeu tanto que esqueceu o caminho do quarto?

— E esse cheiro? — inquiriu Garret. — Por acaso bebeu o lote todo de uísque e não teve a consideração de chamar seu irmão mais novo para a festa? Sinto-me profundamente magoado.

— Calem a boca! — Meus músculos protestam quando me ajeito na cadeira. As cortinas estão fechadas, mas alguns raios de sol escapam pelas frestas. — Que horas são?

— Hora de levantar, tomar um banho e fazer algo da vida.

Tomo a água que Ian me oferece sentindo minha cabeça girar com o movimento.

— Diga-nos, a bebida é para comemorar o sucesso do jantar? — ele pergunta.

— Depende do que costuma considerar como sucesso — murmuro antes de beber mais um copo de água.

Seguro a cabeça com as mãos e respiro fundo para acalmar a agitação do meu estômago. Lembro-me de cada detalhe do jantar de ontem: as risadas irônicas de Brianna, a pele sedosa de seu pescoço e de como seu interesse sincero pelo meu passado fez meu coração palpitar.

Mas lembro-me também da nossa despedida e de cada uma das palavras que não foram ditas. Eu sabia que ela não havia voltado por mim, desde aquela noite que descobri que Brianna havia partido para cair nos braços de outro homem, mas ainda doía ver a verdade em seus olhos.

Pie late e lambe minhas mãos. Ian parece preocupado e puxa uma cadeira para sentar-se ao meu lado. Sinto-me patético por eles estarem vendo o sofrimento tomar conta de mim.

— Não importa o que aconteceu, Desmond — Garret diz ao se sentar na ponta da minha mesa —, mas o que vai fazer para mudar a situação.

— O que quer dizer? — Ian pergunta, sem tirar os olhos de mim. Dou tapinhas em suas costas na tentativa de dizer que estou bem.

De nós três, Ian sempre foi o favorito de minha mãe. Provavelmente por causa dos seus olhos constantemente atentos e preocupados. Ele faz de tudo, até o que não está ao seu alcance, para nos ver felizes. E não só a família, mas qualquer pessoa que precise de ajuda. Nem mesmo Pie, que foi encontrado abandonado nas ruas de Londres, conseguiu escapar do seu amor.

— Se isso tudo é por uma mulher — Garret aponta a garrafa de uísque abandonada perto do sofá, meu cabelo desgrenhado e a roupa amarrotada —, passou da hora de parar de se lamentar e lutar, meu irmão. Ficar bêbado não vai ajudá-lo a reconquistá-la.

— Ela já escolheu outro, muitos anos atrás. — Minha voz sai embargada e sinto-me um completo estúpido.

— Como pode ter tanta certeza? — Garret pergunta sem tirar os olhos dos meus. — E não me venha com respostas vagas, quero a verdade. Somos sua família, Desmond. Pode confiar em nós para ajudá-lo.

Não queria ter essa conversa agora, quando minha boca está seca e minha cabeça doendo. Fecho os olhos por um segundo e me lembro da manhã após a fuga de Brianna, quando fui confrontado por seus pais e descobri que ela me enganara ao partir.

— Para resumir as coisas, em nossa despedida, Brianna deixou claro que voltaria para mim, para que pudéssemos nos casar. — Tomo fôlego e luto contra as lembranças daquele dia. Mais doloroso do que descobrir que a perdi foi perceber que minha melhor amiga mentira para mim. — Mas poucas horas depois descobri que nosso noivado não era mais viável, pois ela aceitara o compromisso que o avô escocês havia arranjado para ela.

— Mas lady Brianna ainda está solteira, pois não? — Ian abandona a expressão tensa e me encara com um sorriso esperançoso.

— Ao que tudo indica, sim. — Ainda me lembro do choque de ouvi-la falar, naquela maldita ponte, que ainda era uma senhorita. Não queria, mas naquele momento senti o coração pular de alegria.

— Então ainda temos tempo. — Ian diz para Garret em um tom conspirador.

Ao meu redor, Pie balança o rabo animado, Ian sorri e Garret... bem, meu irmão mais novo parece um predador prestes a dar o bote. Mas essa é sua expressão de todo dia, então não consigo deixar de ficar confuso.

Eles estão maquinando algo, mas ainda não descobri o que é.

— O que estão tentando me dizer? — Fecho os olhos só por um instante, torcendo para adormecer e acordar em um dia novo e tranquilo.

— Seu palerma! — Garret bufa e bate na madeira. O som me acorda, mas também faz minha cabeça retumbar de dor. — Preste atenção, Desmond. Lady Brianna está solteira. Então, seja lá a escolha que acredita ter sido feita anos atrás, ela ainda não se concretizou. Talvez Brianna precisasse voltar para ter certeza de que a vida dela estaria para sempre na Escócia. Ou talvez que o coração ainda estava aqui, em Durham.

— E o nosso ponto é: vai deixá-la acreditar nisso sem lutar? Vai deixar que lady Brianna volte para as terras do avô, quando todos nós sabemos que o lugar dela é aqui? — Ian parece tão esperançoso. Talvez seja a bebida, mas sinto-me um pouco contagiado por eles.

Quem sabe meus irmãos estejam certos, e tudo o que preciso é mostrar a Brianna que ela nunca deveria ter cogitado escolher outra vida que não fosse ao meu lado.

Quero ter esperança, quero lutar pela faísca de amor que ainda vive em mim. Mas a verdade que não quero assumir é que tenho medo de me machucar. Se abrir meu coração e mais uma vez for abandonado, não sei se serei capaz de recomeçar.

— Mostre para ela que é, e sempre será, sua melhor opção. Convença-a a ficar. Faça-a escolhê-lo, Des! — Levanto-me apressado e Ian ri com o meu entusiasmo. — Um Hunter nunca é vencido sem lutar, não é mesmo?

Ao mesmo tempo que não quero forçar Brianna a tomar uma decisão, vejo a lógica por trás das palavras de meus irmãos. Ela pode tê-lo escolhido, mas, se ainda não se casou, é porque existe uma chance, mesmo que mínima, de que uma parte dela ainda me ame.

Eu sei que anos atrás, se não houvéssemos encontrado aquelas cartas e descoberto as mentiras de seus pais, teríamos ficado juntos. Porque nos amávamos e éramos perfeitos um para o outro.

Decido naquele momento que estou disposto a lutar por essa faísca, a fazer Brianna se lembrar de como éramos bons juntos. Vou cercá-la, cortejá-la e amá-la como nunca me permiti.

Eu sou dela. E vou lutar até ela entender que sempre foi minha.

— Vou precisar de ajuda — digo fitando meus irmãos. Eles me olham ansiosos e até Pie me encara atento. — Peguem papel e penas. Quero que toda Durham participe do baile mais suntuoso de toda a temporada de verão.

— E posso saber de qual baile estamos falando? Tem certeza de que não está com febre, está? — Ian pergunta confuso, tocando minha testa.

— Eu estou bem — digo ao afastar sua mão. — Estou falando do baile de inauguração da casa Hunter.

O silêncio no escritório é ensurdecedor. Eles me olham como se eu estivesse louco. Mas a verdade é que nunca me senti tão lúcido.

— O quê? — continuo. — Não preciso de um título para dar meu sobrenome à casa que resido. A partir de hoje — levanto-me, abro os braços e giro pelo cômodo — esta será a casa Hunter. A casa atrelada ao legado que construirei para a minha família. E nós vamos ter um baile de inauguração inesquecível.

Espero que tenha aprendido a dançar, Brianna. Porque não vou deixá-la escapar uma segunda vez.

Eu cheguei e estou bem. Desculpe-me por tê-la deixado dessa forma, mamãe. Mas o que mais eu poderia fazer? Era aqui que eu deveria estar agora. E por mais que doa ter agido como agi, não me arrependo de ter vindo. A Escócia é exatamente como imaginei; ao mesmo tempo, tudo é diferente: mais verde, mais frio, mais aconchegante. Vovô diz que eu o faço se lembrar da senhora. Surpreende-me, assim como me alegra, saber que carrego o seu espírito. No momento, esta é a certeza que me consola: saber que os levarei comigo para onde quer que eu vá.

(Trecho da carta de Brianna para a mãe Rowena, em maio de 1816.)

13

1827, Durham

— Em casa tão cedo, Brianna? Não irá pintar com sua irmã esta manhã? — Piso os pés no quarto e mamãe dispara uma enxurrada de perguntas em minha direção. Nos últimos dias percebi seu esforço em respeitar os momentos que passei ao lado de Malvina. Mas sabia que logo, logo sua paciência se esgotaria. — Ao menos ela está bem? Está se alimentando corretamente? E não me diga que agora minhas duas filhas passarão as noites naquele moinho.

Na última semana mantive minha promessa e acompanhei Malvina em suas manhãs de pintura, a cada dia me surpreendendo um pouco mais com a profundidade do seu talento. Passei a levar livros em nossas expedições pelo bosque e, enquanto ela pincela e eu leio, reaprendemos a arte de ser irmãs.

Também passamos a jantar juntas. Na maioria das vezes Malvina vem até a casa Hamilton e ceia conosco na cozinha, o que torna o sorriso de Ava ainda mais contagiante. Mas, quando minha irmã parece perdida em meio aos pensamentos que guarda, peço para Ava preparar uma cesta de mantimentos e caminho até o moinho, onde eu e Malvina jantamos em silêncio. Nessas noites ela permite que eu durma no moinho e, no outro dia, vejo o bom humor voltar aos seus olhos.

— Bom dia para a senhora também, mamãe.

Caminho em sua direção e deixo um beijo leve em sua fronte. Ela me saúda com um sorriso enorme e sinto a pressão em meu coração aliviar. Aprendi que dias assim, nos quais a encontro falante e animada, são os melhores – sem dores, sem rigidez muscular nem dolorosos momentos de silêncio em que precisamos nos esforçar ao máximo para espantar as sombras da solidão de seu olhar.

— Hoje não vamos pintar — prossigo —, pois Malvina está ocupada. E pode ficar tranquila que não pretendo morar no moinho. Apesar de a construção ser aconchegante, quero passar um tempo com Malvina, não invadir seu espaço. Receio que, se a forçar, logo ela me botará para correr.

— Bom dia, minha menina. Não me culpe por parecer indelicada. Em minha defesa, estou preocupada com minhas filhas. Além disso, importunei Elisa e Mary para que me mantivessem a par dos detalhes. Mas, sinceramente, elas parecem saber menos do que eu. — Ela respira fundo ao me encarar com expectativa. — Ela contou o que aconteceu? Minha filhinha também pretende voltar para casa?

Sua voz carrega tantas emoções conflitantes. Pergunto-me o que mamãe faria se não estivesse presa a essa cama; se já teria buscado Malvina e feito que retornasse à força. Não deve ser fácil ter que se contentar com as notícias que trazemos para este quarto, em vez de poder ver e sentir o mundo lá fora com seus próprios olhos.

— Não voltei para forçá-la, mãe. A única coisa que almejo é ter minha irmã de volta em minha vida. Estou preparada para aceitar o que Malvina estiver disposta a compartilhar. — Ela assente em um movimento frágil e beijo sua testa mais uma vez, tentando confortá-la da maneira que posso. — E não se preocupe, sua filha mais nova está se virando muito bem. A senhora ficaria surpresa com a reforma que ela fez no antigo moinho. Gostaria de levá-la até lá. Na realidade, planejo tirá-la dessa cama o mais rápido possível, mamãe.

— Mesmo que eu consiga sair desta cama, acha mesmo que sua irmã aceitaria minha presença? Não acredito que Malvina queira me ver. Sou incapaz de lembrar com exatidão a última vez que a encontrei ou ao menos ouvi o som de sua voz.

— E se prepararmos um piquenique? Posso convidar Malvina e verificar se ela está disposta a se juntar a nós. — A esperança em seus olhos dá-me o ânimo necessário para seguir em frente com minha ideia. — Alfie está certo de que conseguimos carregá-la com segurança até o pequeno jardim na parte de trás da casa.

Não quero estragar a surpresa que estamos preparando para ela, mas pretendo deixar tudo encaminhado para que minha mãe se sinta confortável com a mudança quando o momento chegar.

Mamãe concorda com um aceno de cabeça e Elisa sorri ao massagear as pernas da duquesa. Ao que parece, o creme à base de hortelã é capaz de aliviar seus espasmos musculares. Pego uma porção da pomada e começo a massagear delicadamente seus braços. Sua pele está corada hoje, talvez pelos raios de sol que entram pela janela, mas o tom não consegue disfarçar sua magreza. Os dedos são longos e finos, as omoplatas, salientes, e os ossos dos braços e pernas estão visíveis mesmo quando escondidos pelo tecido pesado de sua camisola.

Não demorei a perceber que, quando o assunto é a doença de minha mãe, nada é exato. O unguento e a massagem diária ajudam, assim como mantê-la distraída e bem-humorada. Mas mesmo sob as melhores circunstâncias, o quadro pode mudar de uma hora para outra, gerando crises de febre e dor.

— Obrigada, mamãe. Vou conversar com Malvina assim que possível.

— Mas, enquanto nosso encontro não chega, será que posso saber mais sobre ela? Estou curiosa, Brianna. E não pense que sairá deste quarto antes de contar como foi o jantar na casa dos Hunter.

Levando em conta que Alfie só falava sobre isso, até que mamãe demorou para me interrogar. Como ainda não me sinto preparada para falar sobre Desmond, mato sua curiosidade sobre Malvina.

— Ela está tão bem quanto qualquer um de nós. Seguimos lutando para enfrentar os medos e as dores do passado, pois não? E é exatamente isso que Malvina tem feito, mamãe. Ela descobriu como expressar seus sentimentos por meio da arte e encontrou um lugar onde se sente protegida.

— Sinto falta de vê-la pintar. Quando suas cartas chegavam, Malvina criava quadros lindos. Cheios de cor e que, segundo sua irmã, lembravam a Escócia que ela aprendera a amar. Apesar da saudade, seu refúgio era ao meu lado. E não posso deixar de me culpar e sofrer por saber que afastei minha filha.

Vejo a dor nublar seus olhos. As paredes desta casa escondem uma culpa sem tamanho. Para todos os lados que olho encontro alguém, até meu próprio reflexo, martirizando-se pelos erros que mudaram a história de nossa família.

Puxo a poltrona encostada na lateral do cômodo e sento-me o mais próximo possível de mamãe. Aperto sua mão na minha e aproveito o momento para servi-la com algumas fatias de frutas.

— Vamos fazer um acordo, mamãe? A partir de hoje não seremos mais consumidas pelo remorso. A senhora é a maior vítima dessa história. Então, não se culpe pelo que está fora do alcance de suas mãos. — As lágrimas correm por meu rosto, mas não são lágrimas de dor. Finalmente sinto que somos capazes de enterrar o passado e recomeçar. — Com a graça de sermos felizes juntos, por que nos deixaríamos guiar pelo passado? Vamos nos perdoar. Perdoar sua doença, nosso afastamento, as palavras ditas que possam ter marcado seu coração e, juntas, vamos seguir em frente.

— Eu me perdoo por ter fugido — continuo a dizer. — Por ter escolhido ouvir meu coração em vez da razão. Por ter permanecido afastada durante tanto tempo. E, principalmente, por não estar ao lado da minha família quando eles mais precisaram de mim.

Sempre acreditei no poder das palavras. Elas são capazes de curar, construir pontes entre a realidade e os nossos sonhos. Mas ainda assim vejo-me surpreendida pela força do golpe que me atinge quando falo em voz alta e me liberto do sentimento de culpa que por vezes tenta me sufocar.

Eu me perdoo. Não me culparei mais pelas tristes consequências de minhas escolhas; cada caminho me trouxe até aqui. Não me arrependo de ter sido egoísta e de ter colocado o meu futuro como prioridade. Sinto-me vitoriosa por ter me permitido viver tudo o que sempre sonhei.

Perdoo meu passado. As mentiras que me contaram. E as dores que me causaram. Não importa mais o que foi dito ou feito, só o que construirei a partir do meu presente. E isso vale para Desmond também, estou cansada de carregar tanta mágoa.

— Eu me perdoo por não ter lutado por minhas filhas quando elas precisaram de mim. Por ter deixado que a doença ganhasse algumas batalhas. Por não agradecer o dom de estar viva. E, principalmente, por não dizer todos os dias o quanto amo minha família.

Acabamos chorando, rindo e livrando nosso coração da culpa que nos corroía. Até Elisa entrou na conversa e se libertou da saudade que sentia do falecido pai.

Todos carregamos culpas e ressentimentos. Quando alimentamos a dor, ela cresce, nubla nossa visão e torna nossos dias mais e mais solitários. Mas, quando aliviamos o fardo, seja perdoando o passado ou compartilhando nossos medos com alguém que amamos, a vida fica mais leve. Os problemas, as dores e as mágoas sempre existirão. Assim como nossa capacidade de superar as dificuldades da vida e seguir em frente.

Tudo depende de uma única escolha: prender-se ao passado ou lutar por um novo futuro.

Passa das dez horas quando termino de ajudar Elisa em suas tarefas. Mamãe está quase adormecendo, então me despeço com um beijo e sigo para a porta, prometendo voltar antes do fim da tarde.

— Trouxe-lhe um recado — Malvina sussurra, encostada no batente da porta.

O susto interrompe minhas divagações e faz que eu trombe com seu corpo esguio. Ela me entrega uma caixa do tamanho da minha mão enquanto tenta disfarçar o choro em sua voz.

— Faz tempo que está à minha espera? — digo, na tentativa de esconder o choque.

— O suficiente. — Ela olha de relance para o quarto de mamãe e segue rumo às escadas, parando apenas para confirmar se estou acompanhando seus passos. Chego a me beliscar para ter certeza de que a ver sob este teto não é um sonho. — Fui procurar Desmond para conversarmos sobre o projeto da cadeira para nossa mãe. Ele tem algumas ideias interessantes e gostaria de vê-la para conversarem a respeito.

— Foi ele que enviou esta caixa? — Ordeno que meus pés a sigam, mas minha mente demora para aceitar o fato de que Malvina está a poucos metros de nossa mãe. Gostaria tanto que ela entrasse, que perdoasse o passado e decidisse recomeçar.

— Sim. E está à sua espera no jardim dos fundos. — Não sei o que dizer, então corro os olhos da caixa em minhas mãos até os olhos de minha irmã.

— Não me olhe assim, Brianna — ela diz, ao parar no primeiro degrau da escada principal. — Acha que eu não sinto saudade? Que parti para o moinho e deixei de me importar com suas crises? Todas as noites oro para que mamãe não seja consumida pela dor. Se pudesse trocar de lugar com ela, não pensaria duas vezes.

Suas palavras saem como um sussurro, mas consigo compreendê-las claramente. Diante de mim seu corpo estremece e corro em sua direção, temendo que ela caia. Acabamos as duas sentadas na escada; Malvina chorando no meu ombro e eu a abraçando com toda a força possível. Gostaria de saber o que dizer, como curar ou afastar sua dor, mas, nesse momento, tudo o que posso fazer é envolvê-la em meus braços e deixar meu amor fluir.

— Por que não diz isso para ela? Por que não permite que mamãe veja seu coração da mesma forma que fez comigo? Sabe tanto quanto eu que ela precisa, e espera, por uma nova chance.

— Todos merecemos uma nova chance, Bri. E não apenas uma, mas milhares de novas oportunidades de encontrar a felicidade. A vida só é plena quando descobrimos que o amor perdoa, cura e reaviva quaisquer laços, até os mais partidos.

— Então, por qual motivo continuam afastadas?

Mal agarra as mangas do meu vestido enquanto deixa as lágrimas fluírem. Apesar da nossa diferença de altura ainda sinto que estou abraçando a minha menininha. Acaricio seus cabelos e choro com ela – por não saber como ajudá-la, por vê-la triste e por entender a profundidade do sofrimento que carrega no peito.

— Eu não sei como — ela diz, por fim. Nossas lágrimas diminuem, mas o abraço continua apertado. — Eu quero vê-la, tocar suas mãos, ajudar Elisa em suas tarefas diárias e abandonar as sombras que um dia nos afastaram. Mas eu simplesmente não sei como fazê-lo. Me diga, como posso fechar essa ferida aberta em meu coração?

— Eu também não sei, Mal. Vou estar aqui para ajudá-la. Mas precisa iniciar e concluir essa jornada sozinha. — Interrompo nosso abraço e limpo de seu rosto as marcas feitas pelas lágrimas. — Um passo de cada vez. Juntas. Todas nós vamos conseguir recomeçar.

Ficamos abraçadas pelo que pareceram horas. A cada respiração sinto que eu e minha irmã estamos prontas para recomeçar. Sem reservas ou medos, apenas o amor e a amizade que sempre existiu entre nós. Nesse momento de dor e lágrimas, recuperei minha melhor amiga.

— O amor tudo sofre, tudo crê, tudo espera — ela diz, sorrindo para mim. — Eu amo a minha família. E sei que esse é o passo mais importante de todos para quem quer recomeçar.

Desmond está olhando para o céu quando o encontro no jardim que estamos reformando para mamãe. Sinto orgulho ao ver que o lugar está completamente transformado. As ervas daninhas não tomam mais conta do terreno, as flores foram divididas por espécie e o solo está quase todo preenchido por grama nova.

O próximo passo é terminar a reforma do quarto e abrir a parede que fará fundo com esse jardim especial.

Enquanto me aproximo de Desmond, permaneço abraçada à pequena caixa de madeira que Malvina me entregou. Abri o presente enquanto descia as escadas e não consegui conter a surpresa quando deparei com uma pequena caixa de música, exatamente como a que vi em sua casa, no jantar de algumas noites atrás.

A madeira da caixa fora decorada com pequenas estrelas e, ao abri-la, a música preencheu o ar para um casal de bonecos valsarem.

Ela é linda, um dos presentes mais especiais que já recebi.

Acabei de falar para minha mãe que iria recomeçar e deixar o passado para trás. Então percebo que preciso conversar com Desmond, colocar em pratos limpos o que sentimos, o que passamos e o que desejamos para o nosso futuro.

Mas, antes disso, decido que quero meu amigo de volta. Sem medos e rancores, apenas o laço especial e fraterno que tínhamos.

Desmond não parece notar minha aproximação, então, silenciosamente, envolvo sua cintura com os braços e encosto a cabeça em suas costas. Sinto-o respirar, como que aliviado, sob minhas mãos.

— Obrigada pelo presente, Desmond. Eu amei.

— Que bom que gostou. — Ele segura minhas mãos enlaçadas ao redor de seu corpo. Ficamos assim por um momento, fingindo que o presente é a única coisa que importa.

Em seu tom de voz, assim como no gesto de me presentear, percebo que ele resolveu esquecer a maneira como terminamos a noite do jantar. Sinto-me grata, pois não quero mais brigar.

Sinto falta do calor do seu corpo assim que me afasto e luto contra o desejo de abraçá-lo novamente. Desmond se vira para mim e me encara com um sorriso no rosto.

Sua barba está um pouco maior desde a última vez em que nos vimos e uma mecha teimosa cai em seus olhos. A camisa de linho está, como sempre, arregaçada até os ombros. E a bota preta, suja de barro.

— Senti saudades, Brianna. Até parece que não nos vemos há meses... — Ele ri e prende uma mecha do meu cabelo atrás da minha orelha. — Acho que fiquei mal-acostumado com sua presença, depois de tantos anos afastados.

— Também senti sua falta. Não só aqui, mas nos meus dias de Escócia. Às vezes, eu precisava frear a vontade de correr de volta para casa só para contar ao meu melhor amigo tudo o que havia visto ou aprendido.

Apesar das promessas que fizemos um ao outro, era de sua amizade que mais sentia falta. Era difícil para mim não o ter ao meu lado para compartilhar as viagens que fiz com vovô, os contratos comerciais que fechei com a ajuda do meu primo, as pequenas coisas que descobri sobre mim.

Na Escócia descobri que amava dias ensolarados; que caminhar e manter-me em movimento fazia que eu pensasse melhor; que sentir-me útil e ver os frutos do meu trabalho era um presente; e que eu seria feliz em qualquer lugar desde que fosse rodeado pela natureza – pelo jeito, eu era exatamente como meus pais.

Também descobri, sobretudo nos últimos anos, que eu não queria ser a duquesa de Hamilton ou a senhora das terras de Duff. A verdade é que eu já era um pouco de ambas. O que eu almejava mesmo era encontrar uma maneira de unir os dois mundos.

— Na primeira vez que subi no convés de um navio, não parei de desejar que estivesse comigo. Foi maravilhoso, Brianna. Sentir não só o caminho que se abria para mim, mas também o peso da responsabilidade de estar construindo algo para o meu nome. — Ele tira um papel amassado do bolso e sorri para mim. — Por falar em construir, veja isso.

Desmond coloca o documento na minha mão e noto uma série de riscos, cálculos e, no canto, um par de rodas. Tento entender o que ele está querendo me dizer, mas não consigo juntar as informações.

— E o que é isso exatamente?

— Malvina me procurou para que eu fizesse a poltrona da duquesa, mas tive uma ideia melhor — ele diz, rindo da minha expressão confusa. — Em vez de uma poltrona para a área externa, que as obrigaria a carregar a duquesa da cama até o assento, pensei em colocar rodas em uma cadeira. Assim vamos poder mover sua mãe com facilidade e empurrá-la até a área externa.

Absorvo suas palavras e o desenho à minha frente por fim faz sentido. Uma cadeira simples de madeira, algumas almofadas no encosto e no assento, montada sobre rodas.

— Isso é realmente possível? — Começo a pensar na facilidade que algo assim traria para a locomoção de nossa mãe e meu coração se enche de esperança. Com tal cadeira poderíamos levá-la não só ao jardim, mas à sala de jantar e até por algumas áreas do bosque. — Por favor, Desmond, diga que isso não é um sonho.

— Infelizmente não posso dar certeza de que conseguirei fazê-la. Ainda preciso descobrir a melhor forma de encaixar as rodas na cadeira. O que me preocupa é que, sem o encaixe perfeito, elas podem soltar com facilidade. Ou até mesmo ser pesadas demais e travarem, em vez de deslizarem com facilidade.

Ele corre as mãos pelo rosto e começa a andar em círculos ao meu redor. Consigo notar as emoções transformando sua face: expectativa, esperança e medo de não conseguir.

Eu estava enganada no nosso primeiro encontro. Apesar da raiva que vi em seus olhos e das palavras grosseiras com as quais me atacou, Des ainda manteve o espírito iluminado que me fez amá-lo tanto no passado.

— Sei que vai conseguir, Desmond — digo segurando em seu braço, incitando-o a parar. — Posso ajudá-lo; na verdade, posso reunir toda uma equipe para pensarmos juntos. Vamos tentar. E se não conseguirmos na primeira vez, vamos seguir em frente até descobrir como fazê-lo.

Ele assente ao guardar o papel no bolso da calça.

— Pretendo começar agora mesmo. Talvez eu fique alguns dias sem aparecer, mas se precisar me encontrar é só pedir para Ian ou Garret a levarem até a minha oficina. — Desmond se aproxima e envolve meu rosto com as duas mãos. O toque me faz lembrar a sensação de seus lábios nos meus.

Amigos. Nós precisamos nos manter no terreno da amizade. Tento me afastar, mas ele sorri como um lobo. Um sorriso novo, cheio de expectativa.

— E não pense que esqueci as promessas que fiz algumas noites atrás, Brianna. Eu me lembro de cada palavra... — Ele dá um passo e nossos corpos estão colados. Seu coração bate com o meu, seu cheiro inebria minha mente e sua barba arranha meu rosto enquanto sussurra em meu ouvido: — E não se preocupe, encontrarei uma forma para que, nos próximos dias, também seja obrigada a lembrar de cada uma delas.

Ele morde o nódulo da minha orelha, roubando-me a respiração.

— Logo irá perceber que ainda estamos em tempo de recomeçar, Brianna. — Ele afasta meu cabelo e sinto sua respiração na minha nuca, no meu colo e em meus lábios. — Tempo para compartilhar tudo o que conquistamos, perdemos e sofremos nesses últimos anos. E mais. Tempo para descobrirmos o quanto podemos ser incríveis juntos.

Não digo em voz alta, mas isso é o que mais desejo: a oportunidade de recomeçarmos.

— Lembre-se de minhas palavras. Farei que veja estrelas... — Um gemido rouco escapa dos meus lábios e ele se afasta com um riso predador. — Enquanto essa noite não chega, espere por um convite meu. Teremos um baile na casa Hunter para que possamos ter aquela valsa que adiamos por tanto tempo.

Infinitas perguntas giram pela minha mente, mas fico sem palavras quando ele toca os lábios nos meus. Docemente, mas rápido demais.

Com uma piscadela, Desmond se afasta e segue na direção do bosque. E eu fico ali, sentindo o calor de sua boca enquanto admito que amizade já não é suficiente. Quero mais, mas não sei se estou preparada para superar a dor do passado e lutar por esse sentimento.

Hoje participei de meu primeiro baile escocês. Ah, foi incrível! Gostaria que estivesse aqui, Malvina. Sei que ia amar as músicas animadas e contagiantes. E as danças? É tão fácil acompanhá-las. Eles giram, batem os pés e giram de novo. Neil dança tão bem que às vezes esqueço que tenho fobia de bailes. Talvez seja porque aqui eu não preciso me preocupar com valsas nem lidar com o que elas me lembram.

(Trecho da carta de Brianna para a irmã Malvina, em dezembro de 1817.)

14

1827, Durham

— Uau — minha irmã diz ao meu lado.

Avanço pelo jardim e entendo Malvina. O lugar está incrível. Em vez de receber os convidados no salão interno, Desmond resolveu criar um ambiente rústico e aconchegante do lado de fora da propriedade.

Por todo o campo foram espalhados mesas e bancos para acomodar uma quantidade surpreendente de convidados. Olho ao redor e imagino que ao menos metade da população de Durham deva estar aqui.

Aparadores de madeira, sem dúvida feitos por Desmond, foram colocados no canto esquerdo do jardim. Sobre eles vejo bebidas e uma variedade de bolos e sanduíches. Sigo para lá com Malvina, que engancha o braço no meu, e sirvo para nós uma limonada.

A noite está fresca, mas o jardim lotado me faz agradecer a bebida gelada.

Começamos a caminhar, parando apenas para cumprimentar um ou outro conhecido, mas logo reparo que poucos convidados fazem questão da minha companhia. Tento engatar algumas conversas triviais, mas só recebo respostas desinteressadas. Malvina parece não entender o motivo de as pessoas nos evitarem, mas para mim é óbvio que não sou vista com bons olhos.

Não me importo com o que pensam ou falam sobre mim. Mas sinto por Malvina que, mais do que ninguém, merecia uma noite de diversão. Por ela, rolo os olhos pelo jardim e tento encontrar um conhecido. Não obtenho sucesso, mas em contrapartida encontro o piano mais lindo que já vi na vida.

Do lado direito do jardim, exatamente onde estou, em cima de um palco de madeira improvisado, o piano de cauda me seduz. Ele é branco com teclas decoradas em dourado. Pego a mão de Malvina e, sem resistir, me aproximo até ser capaz de tocar rapidamente a sua superfície fria. Ele é tão belo que não consigo deixar de pensar se é mais um dos achados de Desmond em suas viagens.

Mas o charme da peça também se deve à luz que a ilumina. Além do céu cheio de estrelas, o jardim foi decorado com centenas de pequenas lanternas abastecidas com velas.

Magia seria uma boa palavra para descrever o que Desmond criou nesse ambiente.

— Finalmente as senhoritas chegaram! Já estava indo buscá-las eu mesmo — Garret diz, ao se aproximar. Ele beija nossas mãos em um cumprimento e avalia Malvina com um sorriso ligeiro.

— Ainda viria a pé, caso precisasse — Malvina responde. Olho para minha irmã e noto a diversão no seu olhar. Eles adoram importuná-la, mas ela também ama provocá-los. — Ainda não esqueci a nossa última viagem.

— Ora, Malvina. Vai dizer que ficou assustada?

Eles engatam uma conversa – ou discussão, não sei definir – e continuo contemplando o jardim. Alguns instantes depois sinto uma mão enluvada no meu ombro e me viro com um sorriso, imaginando ser Desmond.

— Henry? — ele continua o mesmo. Cabelos pretos que brilham como ébano e olhos acinzentados que sempre me deixaram encabulada. — Não sabia que ainda estava em Durham.

A última vez que nos vimos foi no verão anterior ao meu *début*. Na época eu adorava provocar Desmond com a beleza de Henry. Filho de lorde Bourbon, um dos grandes fazendeiros da região, ele era um dos partidos mais cobiçados da cidade.

— Vim visitar meus pais, mas logo volto para Londres. — Ele sorri e beija minha mão. Sinto meu rosto corar. Henry sempre foi bonito demais. De uma forma que até parece irreal. — E a senhorita, realmente voltou?

— Sim. — É só o que digo. Ele não se dá por satisfeito e engancha o braço no meu, incitando-nos a caminhar pelo jardim. As pessoas ao redor nos olham assustadas, mas finjo que seus olhos curiosos acompanhando cada passo meu não me incomodam.

— Sorria a noite toda e, ocasionalmente, deixe o riso fluir em uma conversa sincera. Ao verem que está feliz, logo procurarão outra pessoa para incomodar.

— E o que sabe sobre isso? Até onde me recordo, sua presença sempre era disputada entre os bailes da cidade. — Apesar do que digo, estampo um sorriso gigante no rosto. Henry espelha o gesto e escuto o suspiro abafado de algumas damas solteiras que caminham ao nosso lado.

— Durham me ama, é fato, mas Londres pode ser um pouco mais difícil de agradar. — Caminhamos até pararmos em frente a um dos aparadores de madeira onde a comida foi servida. Henry pega um petisco enquanto eu tento não atacar a bandeja de doces. — Conte-me, como foi na Escócia?

Comemos e engatamos uma conversa amigável sobre os anos que se passaram. Ele me contou sobre o título de visconde que recebeu de um tio distante, e eu falei sobre meu avô e a doença de minha mãe. E com o passar dos minutos, enquanto compartilhávamos histórias sobre coisas rotineiras, senti meu coração inquieto se acalmar.

A verdade é que estava preocupada com esse baile. Meus sentimentos a respeito de Desmond continuavam me confundindo. Fora que, desde a última vez que nos encontramos, dei-me conta de que a cada dia sentia mais a falta de conversar, e até mesmo brigar, com ele. Passei a caminhar pelo bosque na esperança de vê-lo e ameacei visitá-lo por mais vezes do que sou capaz de contar.

— Minha cara, se olhares pudessem ferir, estaríamos os dois mortos agora — Henry diz rindo e interrompe meus pensamentos.

— O quê? — Corro os olhos pelo jardim e, do outro lado de uma pista de dança improvisada, encontro os olhos de Desmond.

Seu conjunto verde faz seus olhos parecerem ainda mais claros. E ao notar a mecha loira que lhe cai nos olhos, minhas mãos coçam de vontade de correr os dedos por seu cabelo.

Ele me olha com um misto de fúria e desejo que fazem as palmas das minhas mãos suarem.

— Sei que possuem uma história — diz Henry, que me dá uma piscadela quando volto meus olhos para ele —, mas isso não significa que não podemos provocá-lo um pouco, não é? Gostaria de dançar, milady?

Em frente ao palco, Desmond e seus irmãos criaram um círculo de madeira decorado com flores e velas. O chão é irregular para os passos de uma quadrilha, por isso a pista está tomada com casais dançando o que deveria ser uma valsa. Ao contrário de anos atrás, não me assusto mais com a possibilidade de dançar em público, então aceito seu convite.

Henry faz uma reverência tão profunda que não consigo deixar de rir. Tomo sua mão na minha e caminhamos até a pista de dança, completamente conscientes de todos os olhos que nos acompanham.

Ele apoia uma das mãos em minha cintura e inicia uma repetição simples de passos. Fecho os olhos por um instante e conto os passos na mente, marcando o ritmo para não esquecer como acompanhar meu parceiro. Instantes depois, estamos dançando, conversando e rindo como dois bobos.

O peso no meu estômago diminui e quase esqueço o olhar de Desmond, apesar de ainda o sentir às minhas costas.

A música fica mais lenta e meu coração acelera ao lembrar quanto tempo eu não danço uma valsa completa.

Tínhamos bailes na Escócia. Jantares animados regados a muita música e quadrilhas tão divertidas quanto as que meus pais costumavam dançar em nossos jantares de família. Mas nada de valsas.

Dou um passo para trás, prestes a interromper nossa dança, quando sinto uma mão em meu ombro. Seu perfume me acerta em cheio e, mesmo sem virar, sei que Desmond está a poucos centímetros de mim.

— Sinto muito, Henry — ele diz para o visconde. — Mas a dama me prometeu esta dança.

— Acho que minha missão foi cumprida, milady — Henry diz ao se afastar com uma piscadela charmosa.

— O que ele quer dizer? — Desmond pergunta ao pegar minha mão e nos prepara para a dança.

— Nada demais, só Henry sendo ele mesmo. — Apesar do tom de voz controlado, sei que Desmond está com ciúmes. Uma ruga de preocupação marca seu rosto e os olhos estão mais escuros que o normal. Pelo visto, o visconde sabia exatamente o que estávamos fazendo.

Des une nossos corpos tanto quanto a dança permite, fazendo-me suspirar cada vez que esbarro em seu casaco ou sinto sua barba em meu rosto. Gostaria que ele não mexesse tanto assim com meus hormônios. Toda vez que se aproxima é como uma explosão de emoções conflitantes e contagiantes.

Começamos a rodar pela pista. As luzes giram ao nosso redor, meu corpo queima onde as mãos dele tocam, e seu sorriso convencido me deixa sem ar.

Desconfio que Desmond sabe o que faz comigo, porque não trocamos nem uma palavra durante a dança e ainda assim me sinto bombardeada por ele.

Ele me pega desprevenida quando leva meus braços até o seu pescoço, pedindo-me silenciosamente para que o rodeie. Eu não deveria, mas o faço mesmo assim, aproveitando para tocar algumas das ondas de seu cabelo. Quando envolvo seu pescoço, Desmond começa a girar-nos pelo jardim com rapidez. Percebo que ele está improvisando uma valsa, girando e me conduzindo com maestria em meio ao gramado irregular. As pessoas aplaudem e gritam, animadas com a pequena exibição, provavelmente vendo nada mais do que dois exímios dançarinos.

Desconfio que ficariam chocados se soubessem os pensamentos indecorosos que dominam minha mente. Enquanto dançamos, Desmond parece tocar cada ponto do meu corpo que clama seu nome. Sinto as mãos em minha cintura, o peito colocado ao meu, os cabelos sedosos em minhas mãos, a respiração na pele exposta do meu pescoço. A cada giro seus olhos azuis esverdeados me devoram.

Quando a música termina, minhas mãos tremem e minha respiração sai entrecortada.

Eu o odeio. Odeio o que ele faz comigo.

— Espere por mim, Brianna — Desmond diz a um centímetro do meu ouvido, antes de soltar minha cintura. — Logo vou lhe mostrar o quanto podemos ser perfeitos juntos.

Ele não diz, mas por meio de seus olhos sei com exatidão o que tem em mente.

E pelos céus se não estou pensando a mesma coisa.

❦

Ele voltou das Américas. Ao que parece está bem e saudável – não que tenha vindo nos visitar, tudo o que sei é o que ouço em minhas parcas visitas ao vilarejo. Mas como havia pedido que a avisássemos, então sinto-me na obrigação de dizer que ele retornou acompanhado por uma noiva americana. Aqueles que a viram usaram palavras como radiante e encantadora para descrevê-la. Disseram também que Desmond fez uma grande fortuna trabalhando no mar e que parece feliz com o casamento. Imagino que queira vê-lo feliz, minha filha, mas não nego que meu coração de mãe se entristece. No fundo, sempre imaginei que os veria juntos.

❦

(Trecho da carta de Rowena para Brianna, em setembro de 1822.)

15

1827, Durham

Estou deitada encarando o teto pelo que parecem horas. O quarto se revela para mim abafado e as cobertas, uma prisão. Estou em combustão e a culpa é toda de Desmond e de sua boca atrevida. Desde aquele jantar que não consigo controlar a vontade de bagunçar seu cabelo, colar meus lábios nos dele e descobrir cada parte do seu corpo. E o baile só fez piorar as coisas, inflamando ainda mais o desejo que corre em minhas veias.

Fecho os olhos e tento desligar a mente, mas suas palavras me incendeiam.

"Se para tê-la eu precisasse esculpir uma maldita estrela em cada móvel da casa, eu o faria, Brianna." – Minha pele arrepia ao ler o bilhete. – "Mas não esqueça, uma noite em meus lençóis e lhe mostrarei uma constelação inteira."

Diabos, como conseguiria dormir agora?

Assim como prometido, Des estava trabalhando na cadeira com rodas para minha mãe. E ao mesmo tempo resolveu me enlouquecer.

Todo dia eu recebia um presente ou um pequeno bilhete pronto para mexer com meus nervos. Ele enviara esboços da cadeira, mudas de flores lilases, estrelas de madeira com o meu nome esculpido e até um delicioso bolo de chocolate feito pela senhora Bennet. Mas os bilhetes indecorosos, devidamente selados e entregues por seus irmãos, eram os presentes que mais mexiam comigo. Eu ansiava por eles, tanto quanto morria de medo pelo que me fariam sentir.

A verdade é que a presença de Desmond estava cada vez mais viva em meus dias e era difícil lidar com o fato de que meu coração ansiava por ele. Eu o queria, mas não apenas fisicamente; queria conversar e ouvir de sua boca todas as respostas de que preciso para seguir em frente, e até para perguntas que ainda não sou capaz de fazer.

Toda vez que penso em seus lábios, uma dor queima em meu peito. Tento afastá-la e dizer que é injusto pensar nisso. Mas como eu me esqueceria daquela maldita carta enviada por Mary?

Anos atrás ela me disse que ele estivera noivo e eu não conseguia calar a parte da minha mente que ansiava por descobrir a verdade por trás disso.

Será que ele havia se apaixonado por outra mulher? Será que seus lábios tinham tocado outros que não os meus?

Quero confrontá-lo, mas tenho medo de acabarmos brigando e nos afastando mais uma vez. Sei que é melhor manter um relacionamento cauteloso e sincero do que construir algo aparentemente perfeito que pode ruir a qualquer instante. Mas ainda prefiro tê-lo por mais um tempo e fingir que nada sei sobre seu passado.

Amasso o bilhete em minhas mãos e com um bufo levanto-me da cama, desistindo de vez da ideia de acalmar minha mente. Sigo até a penteadeira e despejo um pouco de água fresca em um recipiente de metal. Molho o rosto até sentir a pele fria, mas não me deixo enganar; pelo reflexo ainda vejo a tez enrubescida e os olhos desesperados.

Gostaria de atribuir meu estado a suas palavras acaloradas, mas sei que é mais que isso. Estar tão próxima de Desmond reviveu memórias que tentei manter guardadas por anos. E em alguns dias seus toques, mãos respaldando e acariciando preguiçosamente meu rosto ao prender uma mecha solta, me fazem desejar nunca o ter deixado para trás.

Estou procurando um livro para passar o tempo quando escuto um barulho na janela. Espero alguns segundos, pensando ser uma peça da minha imaginação febril, mas o som continua ecoando pelo quarto.

Pedras, estão jogando pedras na minha janela. No momento em que me dou conta de que Desmond está do lado de fora, chamando-me com seu sorriso amplo, sei que ele está ali porque também não consegue dormir.

Mas não deveríamos nos encontrar. Não em meio às sombras, não quando meu coração tolo anseia por descobrir – da forma errada – se sou a única em sua vida.

— Insônia, milorde? — sussurro no beiral da janela.

— Talvez. — Em vez da camisa despojada que ele geralmente usa, Des veste um traje formal. O terno está aberto e revela uma gravata de seda, mas fora isso sua aparência permanece impecável. Imagino que tenha se arrumado para vir me encontrar e, mesmo sem querer, deixo meus olhos absorverem cada detalhe do seu corpo que consigo ver à luz da lua. — Gostaria de dançar comigo?

— Dançar? Está louco, Desmond?

— Ah, existem muitas maneiras de um homem enlouquecer, minha cara. Por que não desce para que eu possa lhe mostrar algumas?

Mais uma vez meu corpo queima com a insinuação. Mesmo distante tenho certeza de que ele sabe disso.

Eu não deveria descer. Sei exatamente o que ambos estamos pensando, e sei também que esse não é o melhor caminho para resolvermos nossas diferenças. Temos tanto o que conversar e curar. Mas suas mãos nos meus cabelos e em minha pele é tudo em que consigo pensar no momento.

Calço uma sapatilha esquecida na lateral da cama e desço pela escada de serviço, tomando o máximo cuidado para não acordar ninguém na casa. Quando abro a porta, Desmond está à minha espera. Com um riso sincero, ele pega minha mão na sua e saímos correndo pelos jardins da casa.

A Lua brilha tão forte que sinto que ela aprova a minha escolha. Seguimos apressados até entrarmos no bosque que une as duas propriedades, a dos meus pais e a dele. O vento toca meus braços e bagunça meu cabelo, mas não me importo.

Só paramos quando chegamos ao ponto mais elevado da propriedade. Ali vejo um banco de madeira, sem dúvida esculpido por Desmond, repleto de pequenas estrelas que margeiam toda a lateral do assento.

— Ele é lindo — digo, tocando seus relevos. Ainda me surpreendo com o talento de Des e em como me sinto parte de cada uma de suas criações.

Sem responder, ele pega minha mão e me roda em um passo de valsa. Rio, giro e vou ao encontro de seu corpo.

— Não temos música, Des. Como é que iremos dançar?

— Improvisaremos, Bri. — Uma de suas mãos entrelaça a minha e a outra desce até a minha cintura. Ele une nossos corpos como se fôssemos um só e sinto cada parte de seu corpo tocar minha pele.

Giramos em meio ao bosque, rindo, colados um ao outro, deixando a Lua nos banhar.

Simplesmente evito pensar demais; não deixo meus medos e as perguntas não respondidas tomarem conta de mim, apenas me permito ceder ao calor de seus braços.

Só paramos depois de longos minutos. Sinto-me ofegante e os músculos das minhas pernas fraquejam, mas não me importo. Estar com Desmond, neste momento, é tudo o que mais quero.

Que o amanhã traga os medos; hoje, só irei sentir.

— Está com frio? — ele pergunta ao nos sentarmos no banco.

À nossa frente está um braço do rio Wear. Os altos carvalhos se refletem na água e a Lua parece tocá-los, criando um cenário que daria uma ótima obra de arte. Talvez Malvina pudesse pintá-lo, assim me lembraria desse momento para sempre.

— Frio? Não, nem um pouco. — Jogo a cabeça para trás e deixo a brisa da noite me tocar. Sinto quando Desmond se aproxima e seguro a respiração em antecipação.

Suas mãos tocam meus braços, a lateral do meu pescoço e mergulham em meus cabelos. Um ronronar indecoroso escapa da minha garganta e Desmond ri.

— Adoro a oportunidade de dar vida à madeira, de transformar uma necessidade em algo bonito. Quando comprei estas terras eu sabia que queria um banco neste exato lugar. — Sua respiração toca a pele do meu pescoço e me faz arfar. — Mas não queria um banco qualquer. Queria um banco que fosse tão belo quanto o céu que nos cobre hoje... ou quanto as sardas que salpicam seu rosto como uma constelação de estrelas.

Viro a cabeça em sua direção e, sem tirar os olhos dos meus, ele emoldura meu rosto com as mãos. Estamos sentados tão próximos que me sinto embriagada por seu perfume e pelas palavras maliciosas com as quais tem me provocado por dias.

Copio-lhe os movimentos e toco suas mechas, sentindo-as macias em minhas mãos. Corro os dedos pela pele do seu rosto e toco a barba que continua maior do que dita a moda, mas que me atrai mais do que gostaria de admitir.

Abro a boca para dizer o que ele está fazendo comigo, mas sou interrompida pelo toque suave de sua boca na minha.

Suas mãos em meus cabelos me trazem mais para perto e o leve roçar de lábios se transforma em um beijo completo e incrivelmente perigoso. Mergulho em sua boca sentindo nossa respiração se fundir e nosso coração bater como um só.

— Sabe o quanto esperei por isso? O quanto sonhei em tê-la por todos esses anos? — ele diz sem tirar os lábios dos meus, afagando meu rosto com sua respiração. — Não quero mais joguinhos, Brianna. Entende o que isso significa? Que a noite de hoje é mais do que beijos e toques?

— Está dizendo que precisamos conversar, não é? — Tento desanuviar meus pensamentos e pensar claramente, mas não consigo, não com suas mãos passeando pelo meu corpo.

— Sim. Vamos nos sentar e conversar até que tudo... — ele vira meu rosto e beija delicadamente um ponto abaixo da minha orelha — passado, presente e futuro, esteja superado e decidido. De acordo?

— Por favor. — Estremeço com o toque de seus lábios e a carícia de sua respiração.

— Isto é um sim? — A cada palavra um beijo desce pelo meu pescoço, enlouquecendo-me.

— Sim, Desmond. Vamos conversar até pararmos de agir como dois cabeças-duras. Era isso que queria ouvir? — Afasto-me dos seus beijos e o encaro.

A luz ilumina seus olhos e o que vejo neles é exatamente o que sinto: confusão, medo, desejo e amor. Não tem como negar que ainda estamos ligados um ao outro. Esse tipo de sentimento não morre, nem quando o destino o força a fazê-lo.

— Que bom que estamos de acordo porque agora vou cumprir minha promessa. — Ele me puxa para o seu colo e quase explodo quando nossas peles se tocam.

— Qual delas? — digo, correndo os dedos por seus cabelos, seus ombros e suas costas.

— Beijá-la até que veja estrelas. — Ele ri da minha expressão de assombro e me beija com sofreguidão. Sinto as emoções contidas por anos escaparem desse toque. A solidão, as mentiras, a saudade, as brigas tolas... Felicidade irrompe em meu peito. Pela primeira vez desde que voltei sinto que estamos seguindo em frente.

Só que desta vez juntos e para o mesmo caminho.

Suas mãos passeiam pelo meu corpo, tocando, explorando e enlouquecendo-me completamente. E tudo piora quando seus lábios interrompem nosso beijo para descer pelo meu rosto, pescoço e colo.

Estou por um fio de me perder quando ele desliza a barba na pele sensível. É inexplicável o que Desmond me faz sentir.

— Por favor — odeio que estou parecendo uma tola, repetindo o pedido sem parar, mas não me sinto no controle do meu próprio corpo.

— É isso que deseja? — Ele acaricia minha pele com a barba, ocasionalmente depositando mordidas em meu pescoço e deixando que a língua toque o lóbulo da minha orelha.

Estremeço em seu colo e jogo a cabeça para trás, ansiando por seu toque, queimando de vontade de tê-lo por toda parte.

Desmond segue explorando a pele exposta com lábios, dentes e barba. Suas mãos deixam minhas costas e param no primeiro botão da minha camisa de dormir, mas cessam o movimento quando minha corrente prende na abotoadura de seu paletó.

— Maldição! — ele reclama como um marinheiro e intervenho na intenção de soltá-lo. Não consigo deixar de rir da sua expressão.

— Não me olhe com esse bico, Desmond. Está parecendo uma criança privada da sua sobremesa preferida.

— Sobremesa? — Agora é ele quem ri. Como se fosse possível, sua gargalhada atinge meu coração com ainda mais força do que seus beijos. É tão bom vê-lo feliz e relaxado. — Ora, segure essa língua, Brianna. Alguém pode achar que está tentando me seduzir.

Estamos caçoando um do outro quando libero minha corrente. A luz da lua reflete na prata e sinto o corpo de Desmond estremecer. E não de uma maneira boa.

— O que é isto? — Ele toca a ponta do cordão, que alcança a altura dos meus seios, e fica sem fôlego ao ver o anel de Neil.

Merda, merda, merda... Esqueci completamente dele.

— Podemos deixar essa explicação para a conversa que teremos? Passado, presente e futuro, lembra? — digo, na esperança de apagar a dor que vejo em seus olhos. Testemunho as peças se encaixando em sua mente e seus pensamentos vagando para meias verdades, aceitando acreditar em teorias capazes de nos magoar ainda mais. — Por favor, Desmond. Não é o que parece, deixe-me explicar.

— Acho que este anel já fala por si mesmo, não concorda? — Sinto que ele está transbordando raiva, mas mesmo assim Des me retira delicadamente de seu colo e me envolve com seu paletó.

Sem dizer uma única palavra, ele segue pelo caminho que viemos, esperando que eu o siga. Sinto as lágrimas correrem por minha face ao perceber que Desmond nem me dá a chance de explicar.

— Por favor — apelo uma última vez.

Desmond segue seu caminho, mas alguns passos à frente muda de ideia e volta o corpo na minha direção, encarando-me com um olhar repleto de mágoa e dor. Fraquejo diante de sua tristeza. Tenho centenas de coisas para dizer, mas guardo as explicações para depois. Não importa o que eu fale, nesse momento, Des não irá me ouvir.

— Esse é o anel dele, em seu pescoço, o anel que não deixa sua pele nem quando se prepara para dormir. — Desmond chuta uma pedra no caminho e solta uma torrente de maldições. — Peço perdão por ter me precipitado. Em algum momento durante o último mês cheguei a pensar que tivesse voltado para ficar. Erro meu, não vai se repetir.

— Espere, acredita mesmo que este anel significa que vou voltar para a Escócia? Que estava aqui, trocando beijos e carícias com um homem, mas que, assim que pudesse, voltaria para outro? — A raiva me faz gritar.

— É exatamente isso que parece, milady.

Caminho até ele, retiro seu paletó e o jogo em sua cara. Pelo jeito, demoraríamos para ter aquela conversa calma e civilizada que ambos almejavam.

— Não preciso que me acompanhe, Desmond. Sei muito bem o caminho para casa.

— Tem certeza? — ele diz quando já estou quase ultrapassando os limites do bosque. — Tenho a impressão de que ainda não descobriu onde está a sua verdadeira casa, lady Brianna. E muito menos o homem com quem deseja compartilhar sua cama.

Suas palavras me ferem. Estaco no lugar, segurando as lágrimas e lutando contra a vontade de confrontá-lo.

— Quem pensa que é para me acusar de tal maneira? Em minhas cartas sempre deixei claro que meu relacionamento com Neil baseava-se em amizade. Então não me venha com acusações tolas, não quando foi o senhor que voltou noivo de uma de suas expedições para as Américas.

— Noivo? Está delirando?

Ele caminha até onde estou e crava os olhos nos meus. Sinto-me esgotada. Cansei de brigar e de sempre precisar justificar meu passado e minhas escolhas. Ainda mais para alguém que parece incapaz de me ouvir.

— Pare de encontrar desculpas para as suas atitudes. Não invente mentiras para se sentir melhor com suas próprias escolhas. — Desmond desabafa quando fica a centímetros de distância de mim.

— Mentiras? Então não é verdade que voltou da América com uma linda e estonteante americana? A mesma que o acompanhou em vários eventos da temporada? A jovem que conquistou corações e que saiu nas manchetes de fofoca como a noiva conquistadora? — Ele parece surpreso e percebo que finalmente deu-se conta de que eu sei de sua história com ela.

— Por acaso está falando de Isabelle?

Preferia não saber o nome dela. Preferia que ele não confirmasse minhas suspeitas e não fizesse meu coração sangrar.

Estamos os dois nos enganando. Lutando para reviver algo que morreu anos atrás. O que ainda existe entre nós não passa de desejo físico, uma resposta àquela paixão arrebatadora que um dia vivemos.

— Sim, Desmond. Isabelle... — O nome desliza da minha boca como aço. — Achou que não me contariam sobre suas aventuras? Enquanto eu chorava a cada carta não respondida, aquele que achei que seria o homem da minha vida estava aproveitando seus dias ao lado de uma bela e carismática noiva.

— Eu nunca fiquei noivo! — Ele agarra meus ombros, mas fujo do seu toque. Lágrimas teimosas deslizam pelo meu rosto. Sinto-me estúpida por estar chorando por causa dele mais uma vez.

— Então quem ela é? — Vejo as emoções conflitantes tomarem conta do seu rosto. Desmond busca minhas mãos e eu rio com escárnio. — Não lhe faltaram palavras quando precisou julgar meu relacionamento com Neil, mas quando o assunto é Isabelle não é capaz de ao menos tentar explicar o seus laços com ela?

Afasto-me, seguindo na direção de casa. Conto minha respiração na tentativa de me acalmar. Uma parte de mim, uma parte pequena e ridícula, espera que Desmond grite meu nome, corra até mim e explique que tudo foi um mal-entendido.

Mas ele não o faz. Então ergo a cabeça e sigo em frente.

Cansei das brigas e acusações.

Eu finalmente sei onde é minha casa. Não vou deixar que ele, nem ninguém, faça eu me sentir culpada por quem sou e pelas escolhas que me trouxeram até aqui.

16

1816, Londres

— Tem certeza de que é isso que deseja? — Desmond sussurrou antes de abrir a porta.

Havíamos esperado nossos pais seguirem para a sala de jogos e se perderem entre conversas e pequenas doses de conhaque antes de subirmos para o corredor principal. Algo me dizia que eu precisava ler a última carta enviada por meu avô. E mesmo com a culpa pesando em meus ombros, invadir o escritório de meus pais parecia a única forma de fazê-lo.

— Desejo que eles sejam francos e respondam às minhas perguntas — disse, empurrando-o escritório adentro. — Mas como isso parece fora de cogitação, contentar-me-ei com os meios ilícitos.

Entrei no aposento e fechei a porta com delicadeza. A madeira rangeu em meio ao silêncio e, colando a orelha na porta de carvalho, atentei-me aos ruídos que vinham do lado de fora. Por alguns instantes tive certeza de que seríamos pegos, mas os únicos sons que me alcançavam eram o eco distante dos risos de lady Margaret e o leve tintilar da prataria sendo retirada.

— Precisamos nos apressar. Logo mamãe sentirá nossa falta. — Varri os olhos pela sala e busquei um castiçal. Um pequeno feixe de luz atravessava o beiral da porta, mas eu mal conseguia enxergar Desmond na penumbra.

Tateamos pelo cômodo, trombando um com o outro de vez em quando, até encontrarmos um antigo candelabro. Não queríamos chamar a atenção dos criados, então acendi uma única vela.

— Céus, como é lindo — Desmond disse assim que a luz amarelada nos banhou.

Olhei para o cômodo com atenção e precisei concordar com meu amigo. O escritório do antigo duque, usado por meus pais enquanto permanecíamos em Londres, era magnífico. Os móveis de madeira brilhavam mesmo diante da parca luz, as paredes possuíam estantes que iam do chão ao teto, lotadas de livros com a lombada dourada, e por toda a borda da lareira pequenas rosas haviam sido pintadas e decoradas com pedras vermelhas.

— Aquilo ali na lareira, por acaso são rubis? — perguntei curiosa.

Desmond caminhou até o outro lado do cômodo e tocou as pedras com delicadeza. Enquanto ele encarava as joias, segui para a mesa principal, iluminando e remexendo os papéis espalhados pela superfície. Convites, cadernos de controle financeiro – mamãe sempre fora melhor com números do que papai – e listas de compras. Seria esperar demais que o que eu procurava estivesse visível ao alcance dos olhos.

Horas atrás vi mamãe recebendo uma carta. Inicialmente imaginei que seria mais um convite para a temporada, mas seus olhos inchados de chorar a denunciaram. Precisei perguntar três vezes antes que ela confirmasse que a carta era de vovô. Pedi para lê-la, mas, como sempre, mamãe disse que ainda não estava pronta para que eu conhecesse meu avô.

— Pelo jeito o antigo duque gostava de algumas regalias. Essas gemas são enormes! — Desmond disse do outro lado do escritório, tocando as pedras vermelhas que refletiam a luz da vela em minhas mãos.

— São mesmo, mas será que podemos voltar ao que interessa? Precisamos encontrar a carta logo, Des. — Queria encontrar a carta e sair do aposento o mais rápido possível. Estava apavorada com a possibilidade de ser pega por meus pais.

Minhas palavras pareceram tirá-lo do transe causado pelos rubis e, com o mesmo senso de urgência que eu, meu amigo começou a caminhar pelo aposento, tateando por gavetas e baús de madeira.

Abri as gavetas da escrivaninha e encontrei penas, tinteiros, carimbos e inúmeros tipos de papel, mas nenhuma carta. Estava perdendo as esperanças quando Desmond chamou minha atenção para uma caixa de prata guardada em meio aos livros em uma das estantes.

— Já vi mamãe com essa caixa. — Animada, me aproximei de Desmond e toquei o metal frio. A tampa era decorada com flores tracejadas por pequenas pedras verdes que me lembravam esmeraldas. Segurei o fecho, mas não tive coragem de desatá-lo. — Vamos, abra para mim. Assim não me sentirei tão mal.

— Ora, e eu posso carregar o peso de invadir a privacidade de lady Rowena?

— Esqueça que a conhece há anos e tente vê-la apenas como uma duquesa. — Mesmo com a luz tênue eu conseguia ver a indignação em seu olhar. — Por favor, Des. Estamos falando da mulher que sempre me apoiou. Não quero decepcioná-la.

— Então não devíamos estar aqui. — Desmond retirou a caixa prateada da estante e sentou-se em um dos sofás espalhados pelo cômodo. Ele apoiou o objeto no colo sem desviar o olhar do meu. Não gostava do que via em seus olhos; queria fingir que estar ali não significava nada. — Mexer nas coisas pessoais de alguém é um grande ato de quebra de confiança, Bri. Além disso, invadir o escritório dos seus pais não é a melhor forma de deixá-los orgulhosos.

— Tentei confrontá-los dezenas de vezes, Des. Mas, quando o assunto é ir para a Escócia, minhas perguntas sempre são respondidas com longos silêncios. E eu não suporto mais a sensação incômoda de que estão escondendo algo de mim.

— Já parou para pensar que talvez eles queiram protegê-la? Que pode não estar preparada para as respostas que tanto deseja?

— Deveria caber a mim decidir se estou pronta ou não. Eu só... preciso sentir que estou no controle do meu futuro, entende?

A verdade é que eu não compreendia como mamãe podia falar da Escócia com tanto amor e não fazer questão de visitar suas terras. Como ela era capaz de dizer que amaríamos nosso avô, chorar de saudade toda vez que falava dele e ao mesmo tempo refutar minhas súplicas para conhecê-lo. E como nos últimos anos meus pais pareciam determinados a me afastar de tudo que estivesse relacionado ao passado de nossa família.

Com um leve aceno, Desmond abriu a caixa de metal. A primeira coisa que notei foi o perfume adocicado e floral que emanava dela. De relance vi uma pilha de papel envolta por uma fita dourada e duas pequenas caixas de veludo, uma verde e outra vermelha.

Com uma expressão de surpresa, meu amigo mudou a posição do candelabro a fim de iluminar melhor o conteúdo do pequeno baú. Não consegui desviar os olhos dos dele, que pareciam tão inquietos e magoados. Desmond tocou os papéis com delicadeza, contou-os e retirou do topo o que parecia um bilhete. Enquanto ele lia em silêncio, meu coração batia acelerado.

— Ao que tudo indica, não precisamos nos preocupar com privacidade, Bri. Esta caixa é sua.

Minhas mãos tremiam quando peguei o papel de suas mãos. Não estranhei ao perceber que ele fora escrito por minha mãe – o cheiro de flores já a havia denunciado. Tracei os círculos de sua assinatura na base do bilhete enquanto criava coragem para lê-lo.

Desmond tinha razão, eu não me sentia pronta para as respostas que procurava. Mas isso não significava que iria voltar atrás.

Este é um dos nossos presentes: a oportunidade de escolher entre ser uma Hamilton ou uma Duff – no sobrenome, porque sei que em seu coração sempre será ambas. Aos dezesseis anos a sociedade a vê como uma mulher pronta para os desafios da vida adulta, mas ainda enxergo em seu sorriso a pureza da infância. Então não nos culpe por adiar esse momento, ou por esperarmos tanto do seu futuro. Apenas leia as cartas, os documentos e o pequeno diário da antiga duquesa. Procure-me quando terminar. Iremos apoiá-la seja qual for a sua decisão. Amo-a cada dia mais. Feliz aniversário.

Com carinho,
Mamãe.

(Bilhete de lady Rowena para a filha Brianna.)

※

Os anéis reluziam em minha direção. Um círculo de ouro com um único rubi que brilhava ainda mais à luz da vela e um aro de prata decorado com pequenas pérolas negras levemente esverdeadas. Joias lindas que representavam minhas duas metades: vermelho como o sangue da herdeira de um duque e verde como o tartã da neta de um lorde escocês.

Levamos mais de uma hora para avaliar o conteúdo da caixa. Além do bilhete, explicando que o objeto de metal seria entregue como presente assim que eu completasse dezesseis anos, encontramos inúmeras cartas vindas da Escócia (a última delas recebida por mamãe hoje), pequenas pinturas em tecido com meus avós paternos sorrindo para papai, o diário da antiga duquesa, tratados sobre terras e títulos e esses dois anéis.

A surpresa era tamanha que abandonamos o medo de sermos pegos, acendemos meia dúzia de velas e lemos o máximo que conseguimos. A cada documento o choque dava lugar à raiva. A sensação é de que eu estava sendo roubada de mim mesma.

— Não entendo. Isso significa que precisará escolher entre as duas famílias? — Desmond tentava esconder a dor por trás de suas palavras, mas eu conseguia ler cada uma de suas emoções com extrema facilidade. Talvez porque elas espelhassem as minhas.

Era difícil acreditar que meus pais esconderam de mim o fato de que eu havia sido prometida aos meus avós, cada um deles se assegurando de que meu futuro significasse a continuidade de seus nomes, títulos e propriedades. Um acordo simples fora assinado: o primogênito, fosse homem ou mulher, receberia diretamente como herança os bens de seus avós. Caberia a ele escolher apenas um título e renegar o outro.

— Significa que eu preciso escolher um país, um nome e um desses estúpidos anéis. — Deixei a raiva fluir junto com as lágrimas de indignação. Mamãe estava repleta de razão. Era desapontador pensar que eu poderia decidir qual futuro desejava, desde que fosse uma das duas opções oferecidas: aceitar o título de duquesa ou mudar-me para a Escócia e assumir o posto de lady Duff.

—Aparentemente deverá escolher um noivo também. — Des terminou de ler a última carta e afundou na cadeira. Seus cabelos loiros caíam em uma confusão de mechas; a manga da camisa havia sido dobrada de forma desleixada e o paletó, esquecido na lateral da mesa.

— Não diga que meus avôs cometeram a injustiça de escolher um noivo adequado para a sua neta? Ora, eis um ótimo motivo para dar fim ao temido *début*. — Tentei soar divertida, mas a voz saiu embargada pelas lágrimas não derramadas. Nós dois sabíamos que eu estava apavorada.

— Escolher um noivo inglês lhe concederá o título de duquesa, ao passo que um lorde escocês a tornará a nova senhora das terras de Duff. Pelo que entendi, é por meio do casamento que o contrato será oficializado. — Ele relia a carta enquanto eu me perdia no tempo ao encarar as rugas ao redor dos seus olhos. — Em sua última carta, seu avô diz que passou da hora de a neta escolher Neil McDuff.

— McDuff? Como o antigo clã de *Hamlet*? — Havíamos conversado sobre a possibilidade de os McDuff serem antepassados de minha mãe, mas não pensei que eles ainda existissem. — Mas o que esse senhor tem a ver comigo?

— Ao que tudo indica ele será seu noivo, caso o aceite. O que tornaria não apenas a senhora das terras do seu avô como a mais nova lady McDuff, um título antigo e esquecido. — Ele me olhava sem me ver. Seus olhos atravessavam os meus e pareciam perdidos em pensamentos. — Conseguiria o que sempre quis com esse casamento, Bri. Uma história marcada por batalhas, guerras e conquistas.

— Eu não desejo um título velho e corrompido, Desmond. — Levantei-me e comecei a andar pelo aposento. Os anéis ainda me encaravam, brilhando cada vez mais, como se soubessem o quanto me atraíam com sua beleza. — Não desejei nada disso. Tudo o que queria era conhecer meu avô, as terras das quais mamãe tanto fala e... Só queria construir um futuro do qual pudesse me orgulhar. Sempre achei que pudesse escolher onde e como, mas a verdade é que essa opção jamais existiu.

— Pare com isso, Brianna. Sua mãe deixou a escolha em suas mãos. Se não quiser nenhuma dessas opções, apenas fale isso para eles. Seus pais a amam por quem é e não pelo título que um dia terá.

— Isso não o incomoda? Saber que sempre serei a duquesa de Hamilton antes de ao menos poder ser a lady Hunter? — Passei tempo demais com medo de aceitar que meus sentimentos por Desmond haviam mudado. Agi como tola ao temer o palpitar do coração, o leve tremor das mãos e o frio no estômago. Fui tão estúpida que precisei ver ruir o futuro que planejei para nós dois para perceber que meu coração já havia escolhido o dele há muito tempo.

— Eu sou apenas filho de um barão, Bri. Não fui criado para esperar demais da vida. Ainda assim nos apaixonamos. E esse sentimento sempre será o sol que guia meus passos. — Ele caminhou em minha direção e limpou com as costas das mãos as lágrimas que manchavam meu rosto. — O que me incomoda é saber que casar comigo deixou de significar a celebração do nosso amor para representar a escolha do nome que minha mulher precisará carregar. E por mais que deseje nossa união perante Deus, eu não quero que precise decidir isso agora — ele disse, beijando a minha testa.

— E o que isso significa, Des?

— Que precisa decidir sozinha o que quer fazer, Bri. Se quer ficar ou ir, se quer correr ou lutar, se quer se casar ou esperar. — Fechei os olhos e as lágrimas correram com força. Eu não devia ficar feliz por ele permitir que eu escolhesse o futuro que desejo. Esse deveria ser meu direito. Mas entre tantas mentiras e cobranças, não conseguia deixar de ficar aliviada por saber que Des entendia o quanto era importante, para mim, poder decidir. — Só saiba que irei apoiá-la. E que a esperarei, pelo tempo que precisar, até decidir quem quer ser.

— Promete que entenderá e esperará por mim? — disse, ainda de olhos fechados.

— Eu te esperaria minha vida toda, Brianna. Não a futura duquesa ou a lady McDuff, apenas a menina que roubou meu coração. — Ele beijou minhas pálpebras fechadas e selou os lábios nos meus.

Naquele beijo eu encontrei a certeza de que seria corajosa o suficiente para construir meu próprio destino. E que descobriria a melhor maneira de Desmond fazer parte dele.

※

Tomei coragem e bati na porta do quarto dos meus pais. O corredor estava escuro e quieto, fazendo que o som descompassado da minha respiração ecoasse por todo o ambiente.

Só de pensar nas escolhas que precisava fazer, e nas consequências que elas trariam, minhas mãos suavam e o corpo tremia. Uma pequena parte de mim desejava não ter encontrado aquela caixa repleta de cartas. Mesmo que isso significasse viver na escuridão, ao menos eu poderia fingir que era dona do meu destino

Fosse princesa, pirata, escritora, ou ainda uma mistura de cada um dos meus sonhos, eu só desejava ter o poder de escolher. Mas isso foi tirado de mim quando meus pais concordaram com aquele acordo estúpido.

Eu seria a duquesa de Hamilton ou a senhora das terras Duff. Já estava decidido muito antes do meu nascimento. Mas e se eu não quisesse ser nenhuma delas?

Depois que saímos do escritório de minha mãe, Desmond e eu nos refugiamos nos jardins da propriedade. Passeamos de mãos dadas e em completo silêncio. Minha cabeça fervilhava, então apreciei cada minuto de quietude ao seu lado.

Quando meu amigo se despediu, eu ainda não sabia qual caminho seguir, mas nutria a certeza de que acordo nenhum determinaria que tipo de mulher eu seria. Independentemente de quantos tratados foram assinados, eu sempre ouviria primeiro os apelos do meu coração.

— Brianna? — Mamãe abriu a porta com o semblante preocupado. Ao ver seu cabelo despenteado, quase me senti culpada pelo horário da visita. — Está tudo bem, querida?

— Papai está dormindo? — Ela negou com a cabeça e abriu a porta para que eu entrasse. — Podem me receber? Nós precisamos conversar.

— Não importa o horário ou momento, sempre estaremos aqui quando precisar conversar, meu anjo. — Entrei no aposento e minha mãe fechou a porta do quarto com delicadeza. Suas mãos vieram para os meus ombros e me guiaram até a enorme cama do casal.

Sentado na cama, papai me aguardava com um sorriso sonolento. Seus cabelos estavam amassados e o rosto, marcado pelo tecido do travesseiro.

Acomodei-me ao seu lado e ele instantaneamente entrelaçou minha mão na sua. Mamãe puxou uma poltrona, sentou-se na nossa frente e segurou minha outra mão. De repente, sentia-me sem coragem para confrontá-los. Então fiquei um bom tempo apenas encarando nossas mãos unidas.

— Isto tem a ver com o Desmond e as horas durante as quais sumiram esta noite? — papai disse, quebrando o silêncio que nos envolvia.

Claro que eles haviam percebido nosso sumiço; surpreende-me apenas o fato de não terem falado nada antes.

— Talvez... — Levantei o rosto e encontrei os olhos de minha mãe. Ela me observava com um misto de pavor e preocupação, e, naquele momento, tudo o que desejei foi confortá-la. — Não me olhe assim, mãe. Prometo que não me meti em confusão.

— Mas algo aconteceu e é sério. Fale comigo, minha filha, por favor.

Abri a boca para expulsar meus medos, mas as palavras pareciam escorregadias. Não fazia a menor ideia de como começar.

Meus olhos se encheram de lágrimas. Queria pedir desculpas por invadir seu escritório, tanto quanto desejava gritar de raiva por terem mentido para mim. Eles alimentaram meus sonhos e esperanças, criaram-me para almejar mais do que o aceitável, só para depois tirar minha única e mais importante chance de escolher.

— Vamos, meu amor — papai disse com um sorriso de canto no rosto. Mamãe parecia prestes a explodir em lágrimas enquanto ele continha a alegria. — Se Desmond a pediu em casamento antes de falar comigo ficarei extremamente desapontado. Apesar de que eu, no lugar dele, já teria feito o pedido há muito tempo. Não podemos negar que o jovem é paciente.

Pensei em Desmond e nos sonhos que desejávamos compartilhar. Não teríamos mais a vida toda para descobrir que tipo de futuro construiríamos juntos, não enquanto casar significasse assumir a posição de duquesa.

Eu o amava, tinha certeza. Mas como poderia aceitá-lo sabendo o que o gesto significaria? Ao me casar com Desmond eu não seria Brianna Hunter, mas a duquesa de Hamilton.

— Pelos céus, Brandon. Deixe a menina falar! Não combinamos de conversar sobre o noivado após o *début*?

— Noivado? Do que estão falando? — Minha voz saiu alta demais, revelando parte da minha inquietação e fazendo que os dois me olhassem com preocupação.

— Desculpe-me, Brianna. — Papai liberou nossas mãos e me puxou para um abraço apertado. — Achei que a esta altura Desmond já teria se declarado. Eu pensei... quando os vi juntos na noite passada, valsando e rindo pelo salão, pensei que estavam considerando a opção de se casar.

— Sempre desconfiei que Desmond a queria mais do que como uma amiga, mas não sabia se também o amava dessa maneira... — Mamãe tocou meus cabelos e olhou para meu pai. — Vê-los dançando me fez lembrar quando me apaixonei por seu pai e, confesso, eu e Margaret quase começamos a planejar o casamento.

— Eu o amo — disse com lágrimas nublando os olhos. — Amei-o como amigo e agora mais que isso. Mas não posso tê-lo e sabem tanto quanto eu que são culpados por isso.

As palavras saíram cortantes e atingiram meus pais como uma bofetada. Nós três nos afastamos e, em um rompante, levantei-me da cama e comecei a andar pelo aposento. Meus olhos corriam pelas janelas abertas, pela penteadeira extremamente organizada e pelos livros de botânica espalhados por todos os lados. Mas a única coisa que minha mente processava é que eu já havia perdido essa guerra.

Se ficasse, nunca descobriria o significado de fazer minhas próprias escolhas; se partisse, deixaria meu lar, minha família e um futuro ao lado de Desmond.

— O que quer dizer, Brianna? Acha que não o aprovamos? — Papai seguiu meus passos e tentou me abraçar, mas me afastei do seu toque. — Não precisa se preocupar com o casamento, eu e o barão já adiantamos os papéis da união. Quando estiver pronta, apoiaremos sua decisão.

— Como podem olhar nos meus olhos e dizer que apoiarão minhas escolhas quando todos nós sabemos que só tenho duas opções? — Retirei a carta de vovô do bolso do camisão de dormir e li as palavras que assombravam minha mente. — "O herdeiro dessa união será um Duff ou um Hamilton. Em suas mãos estará a responsabilidade de dar continuidade a uma das famílias. Só posso torcer para que, quando chegar a hora, ele escolha com a razão".

— Como conseguiu essa carta, Brianna? — Papai tomou a missiva das minhas mãos e começou a lê-la. — Isto foi escrito anos antes do seu nascimento. Onde a encontrou?

— São as cartas que planejava lhe dar como presente de *début* — mamãe murmurou. — Pelo jeito invadiu meu escritório particular, pois não?

— E que importância tem isso agora? — Não conseguia mais conter a dor e minhas frases saíram em meio a gritos. — Dói saber que fui enganada por meus pais durante anos. Eu tinha o direito de saber o que esperavam de mim.

Mamãe abandonou a poltrona e caminhou até onde eu estava. Papai a encontrou no meio do caminho e segurou suas mãos em um gesto de conforto. Eles me rodearam e forçaram um abraço. Eu não o queria, mas não tinha forças para brigar.

— Nós só queremos o seu melhor, Brianna. E eu sei, assim como seu pai, que seu lugar é aqui em Durham, ao lado da família. — As lágrimas derramadas por minha mãe tocavam minha pele. — Poderá visitar a Escócia quando quiser e abandonar a ideia de se casar, caso prefira. Mas vou lutar para que fique ao nosso lado.

— E se eu quiser ir para a Escócia agora? E se ao chegar lá, descobrir que desejo assumir o legado de meu avô James? — disse em meio ao nosso abraço.

— Pare de bobagem, meu anjo. Seu lugar não é lá. É aqui conosco! — As palavras proferidas por papai partiram meu coração.

Dei-me conta de que para eles eu não possuía duas opções. A minha única escolha era ficar. E talvez exatamente por isso eu decidi que iria partir.

Não, eu não seria uma Duff ou uma Hamilton. Eu me tornaria uma mulher sem título, se fosse o caso, mas com histórias, experiências e escolhas das quais sentiria orgulho.

Deixei que eles me abraçassem, sentindo suas lágrimas caírem e tocarem meu rosto, enquanto traçava um plano.

Eu iria fugir.

Sei que não irá responder a esta carta, mas eis-me aqui, enviando-lhe uma nova missiva. Estou pensando em voltar, meu pai. Para uma curta visita, provavelmente. Espero convencer vovô a me acompanhar, acredito que mamãe apreciaria a oportunidade de revê-lo. Então o que quero mesmo saber, caso decida voltar: seria bem-vinda? E a presença de James seria vista com bons olhos? Sei que o senhor e meu avô possuem assuntos pendentes, assim como sei que ele - apesar de não dar o braço a torcer e ser mais teimoso do que qualquer Duff que tive o prazer de conhecer - sonha em vê-los de novo. Acho que Malvina o amaria. Mas entendo caso não estejam prontos para esse passo. Eu mesma desconfio de que não estou. Só sei que sinto saudade da minha família, todos os dias.

(Carta de Brianna para o pai, Brandon, em março de 1823.)

17

1827, Durham

Não consigo dormir desde a noite em que corri pelos bosques com Desmond. Toda vez que fecho os olhos repasso nossa última conversa e sinto o peito apertar de dor. Gostaria que pudéssemos superar de uma vez o passado, mas não vejo como fazê-lo. Ao que parece, a cada passo que damos para a frente, voltamos dois para trás com nossas brigas sem sentido.

Mas dessa vez passamos dos limites. A forma como ele me olhou, as palavras que usou para me acusar e repreender foram tão cruéis quanto seus anos de distanciamento.

Sinto o corpo tremer e o choro engasgar em minha garganta, então abafo os sons com o travesseiro. Não quero acordar ninguém, por isso mantenho meu sofrimento escondido o máximo que consigo.

Não sou tola, depois de nossa discussão finalmente entendi que Desmond passou anos afastado por causa de ciúmes. Mas isso não o redime; não quando sempre deixei claro que o amei e que o levaria em meu coração para sempre.

Escrevi tantas cartas e em todas terminei com um eu te amo. Será que isso não era mais do que suficiente para que ele deixasse o orgulho de lado? Ele devia saber que Neil sempre seria só um amigo.

Com raiva, enxugo as lágrimas e levanto da cama. Caminho até a poltrona em frente à lareira e, em meio à pilha de livros espalhados ao seu redor, tento encontrar algo que me interesse.

Na última semana, por conta da insônia, terminei todas as obras que havia reunido em meu quarto; então decido ir à biblioteca procurar por novas histórias e, quem sabe, afastar a tristeza do meu coração.

Desço as escadas com cuidado redobrado para não acordar ninguém. Quando meus passos não fazem barulho algum, decido parar na cozinha e preparar um bule de chá.

As noites estão começando a ficar mais frias, então agradeço quando o bule quente aquece minhas mãos. Com a bebida pronta, sigo pelo corredor com cuidado e, ao chegar à biblioteca, abro a porta do aposento com o quadril.

Coloco o chá em uma mesa de canto e sigo até a lareira, atiçando o fogo para aquecer e iluminar o cômodo. Dou-me por satisfeita quando o fogo crepita e caminho até a estante do outro lado do corredor, parando apenas para acender uma ou outra vela. Olho as centenas de histórias à minha frente e corro os dedos por suas lombadas. Alguns livros são tão antigos que tenho medo de estragá-los com meu toque.

A estante toma a parede inteira e conta com uma escada de madeira que ajuda na tarefa de pegar os volumes das prateleiras mais altas. Subo os primeiros degraus, fugindo dos livros de botânica tanto quanto dos romances. Preciso de algo que não traga lembranças dolorosas, então sigo para a seção das obras de terror.

Subo até o topo e olho os livros com saudade. Quando era mais nova, aqueles textos eram expressamente proibidos. Às vezes, papai infringia a regra imposta por mamãe e contrabandeava um ou outro exemplar para ler comigo. Nesses momentos eu estava sempre rodeada por seus braços, então não conseguia sentir medo.

Escolho um volume ao acaso, com capa de couro preta e lombada dourada, e desço a escada. Meus pés tocam o chão e eu me acomodo na poltrona ao lado da lareira. Após servir uma xícara de chá, mergulho nas páginas do livro e transporto minha mente para longe das mágoas do presente.

Antes mesmo do terceiro capítulo já estou apavorada. Interrompo a história aberta no meu colo e olho ao redor. Nada de diferente, a não ser o leve balançar das cortinas com a brisa do vento. Volto à leitura, mas então um estalo me alcança e solto um grito de susto.

Respiro fundo e olho na direção do som.

— Mas ora se o filho pródigo não retornou para casa?

O embaraço toma conta do meu rosto, assim como a confusão, no momento que percebo que o barulho foi causado pela entrada de meu pai no aposento.

Levanto-me às presas e o encaro, sem saber como cumprimentá-lo. Vejo em seus olhos que abraços estão fora de cogitação e uma mesura seria formal demais. Fico parada, sustentando seus olhos nos meus, ciente das emoções conflitantes que transbordam de nossas almas.

— Quando chegou? — digo apenas.

— Poucos minutos atrás. — Ele encosta a porta da biblioteca e caminha na minha direção. — Faz tempo que retornou?

Observo seu semblante e atento-me às impressões deixadas pelo passar dos anos. Os cabelos loiros estão prateados nas têmporas, e os olhos castanhos, antes risonhos e brilhantes, estão sérios e rodeados pelos sinais da idade. Meu pai continua dono de um porte esguio, mas seus ombros curvam ligeiramente para a frente, como se suportassem o peso do mundo. Sinto uma pontada de culpa. As rugas de preocupação e o corpo marcado pelo cansaço lembram-me das batalhas que ele foi obrigado a travar sozinho.

— No final da primavera. — O tempo passou rápido. Em meio a reencontros e recomeços, agora estávamos quase abandonando de vez o verão, minha estação preferida do ano.

Em poucos passos meu pai se aproxima de onde estou. A vontade de abraçá-lo é tamanha que preciso cruzar as mãos nas costas. Ele passa por mim e vai direto ao bar na lateral do cômodo, servindo-se do que imagino ser uma taça de conhaque.

— Por um instante quase não a reconheci, Brianna — ele diz após beber a primeira dose. — Transformou-se em uma bela mulher e deixou para trás os traços de menina. Gostaria de ter acompanhado seu desabrochar, mas fui privado disso, pois não?

A raiva por trás de suas palavras não é uma surpresa. Gostaria de lembrá-lo de que ao fugir também abri mão de muita coisa, mas não tenho forças para discutir. Nos últimos dias parece que o passado só fez machucar as pessoas ao meu redor.

Sento-me novamente, recolhendo o livro que caiu no chão, e sirvo-me de mais uma xícara de chá. Bebo enquanto encaro o fogo da lareira, esforçando-me para descobrir uma maneira de verbalizar tudo o que sinto neste momento.

Gostaria de dizer a ele o quanto senti falta do seu sorriso, tão parecido com o meu, e de nossas longas conversas. Também desejava pedir perdão por minha ausência, pela maneira como fugi e pelos anos em que ele e Malvina enfrentaram a doença de mamãe sozinhos. Mas, mais que isso, gostaria de implorar para ficar.

Quando cheguei à casa Hamilton estava decidida a não me hospedar aqui. Mas agora que havia encontrado meu lugar ao lado das pessoas que mais amo no mundo, não queria abandoná-la.

Toco a lateral da face com os dedos e respiro fundo. Uma forte dor de cabeça faz meus olhos tremerem. A falta de sono, as preocupações e agora a presença de meu pai estavam tomando conta da minha mente e do meu espírito com uma velocidade alucinante.

— Obteve sucesso em sua última viagem? Descobriu algo sobre a doença de mamãe? — Opto por tratar de temas neutros enquanto luto para colocar meus pensamentos em ordem.

— Vejo que Alfie a colocou a par dos assuntos desta casa... — Ele se serve de mais uma dose da bebida e caminha até mim. Não consigo discernir se meu pai parece aliviado ou aborrecido por eu saber do significado por trás de suas viagens.

Papai pega uma cadeira e se senta na minha frente. Ele me encara de forma avaliadora, passando os olhos pela xícara de chá e pelo livro em meu colo. Por um instante seus olhos param na minha mão esquerda e sei o que ele vê ali.

— Nem Hamilton, nem Duff. Apenas Brianna, certo? — Vejo o começo de um sorriso despontar em seu rosto, mas não quero ter esperanças, então mantenho-me em silêncio, aguardando que continue. — Encontrei um rapaz promissor na América do Norte. Ele já viu outros casos como o de sua mãe e aceitou me acompanhar.

— Ele está aqui? — A surpresa em minha voz não é capaz de ocultar a esperança que sinto nesse momento.

— Precisou parar em Londres para resolver alguns negócios pendentes, mas deve chegar no final da semana que vem. — Meu pai olha para o líquido em sua mão antes de bebê-lo de uma só vez. — Scott deve ter no máximo vinte anos e é assustadoramente brilhante. Espero que nos ajude, porque não vejo esperança além dele.

Suas palavras revelam mais do que deveriam. Não é difícil perceber que meu pai está cansado das longas viagens, da expectativa pela recuperação da esposa e das esperanças vãs criadas por uma cura milagrosa. De certa forma, essa busca constante por um médico nada mais é do que a maneira que ele encontrou de seguir em frente. De continuar lutando quando as chances não estão ao nosso favor.

— Talvez sirva de consolo saber que mamãe está bem. Obviamente não notamos melhoria no quadro, mas ela também não apresentou piora. E seu humor está ótimo.

— Tenho certeza de que a visita da filha mais velha alegrou Rowena. Só espero que esteja preparando sua mãe, deixando-a ciente de sua partida. — Papai corre as mãos pelo cabelo e esfrega as têmporas, replicando meu movimento.

Parece que ambos estamos esgotados e precisando de uma boa e longa noite de sono.

— E quem disse que vou partir? — Minha voz sai em um sussurro. — Não pretendo deixá-la, pai. Só sairei desta casa se o senhor me expulsar. Se minha presença for um fardo, procurarei outro lugar para ficar. Mas não pense que deixarei de visitá-la todos os dias.

— Não irá partir? — Meu pai parece sinceramente confuso, e tento compreender que minha volta é recente para ele. Os demais moradores da casa, assim como mamãe e Malvina, perceberam que voltei para ficar. Mas ele só tem a minha palavra. — E para onde iria?

Olho para o fogo mais uma vez e sinto meu coração partir. Claro que meu pai preferiria que eu não ficasse sob o mesmo teto que ele.

Giro os olhos pela biblioteca e percebo o quanto sentirei falta desta casa. Já havia me habituado a fazer parte dela novamente.

— Pretendo comprar um terreno na região, mas enquanto isso não acontece, não sei... acho que posso ficar com Malvina. Já passo boa parte das noites por lá, então acredito que ela aceitaria dividir seu espaço comigo por um tempo.

— Ela... quer dizer que estão passando um tempo juntas? — O choque em suas palavras me atinge e volto a encará-lo. De tudo o que disse, minha relação com Malvina é o que mais surpreende meu pai.

— Mal refutou minha presença algumas vezes, mas sinto que finalmente me perdoou. — Percebo que lágrimas correm por seu rosto e, sem saber o que pensar, esforço-me para tranquilizá-lo. — Não precisa se preocupar, não vou magoá-la novamente. Além disso, sinto que estamos seguindo em frente. Ela até ceia conosco algumas vezes. E o moinho já não é mais um esconderijo, apenas um lugar no qual minha irmã sente-se livre para criar.

— Graças aos céus! — ele murmura e me encara com o começo de um sorriso. Sua expressão cansada se suaviza e sinto que, pela primeira vez em dias, meu coração vibra de alegria.

Em um rompante, papai levanta da cadeira e me oferece sua mão. Não faço a menor ideia do que está acontecendo, mas envolvo meus dedos nos seus e o sigo em silêncio.

Saímos da biblioteca e caminhamos até o final do corredor. Viramos à direita e paramos em uma porta próxima à saída para os jardins. Ele tira um molho de chaves do bolso, sem quebrar o contato de nossas mãos, e abre a porta.

Espirro quando a poeira toca meu rosto. Não vejo móveis espalhados pelo quarto, apenas tecidos brancos que cobrem todas as paredes.

— Onde estamos? — pergunto quando entramos no aposento.

Meu pai segue até as janelas e arrasta a pesada cortina que bloqueia a luz da lua. E, quando o cômodo se ilumina, consigo enxergar as minúsculas partículas de poeira dançando à nossa frente.

— Senti sua falta por todos os anos que esteve fora e sofri com o avanço da doença de sua mãe mais do que imaginei ser capaz de suportar... — As palavras do meu pai saem embargadas e a emoção por trás delas me alcança. — Mas de tudo o que suportei, o que mais me doía era ver sua irmã criar um muro ao redor do coração.

Ele caminha pelo aposento, acende algumas velas e tira os panos da parede. Eles vão ao chão e revelam vários quadros que reconheço como sendo criações de Malvina.

— Nossa menina tornou-se uma pintora excepcional, não é mesmo? — Assinto em silêncio, aos poucos compreendendo o que cada uma dessas telas representa. — Por alguns anos, depois de sua fuga, Rowena lia as cartas que nos enviava em voz alta. Malvina chorava de saudade, mas amava-a tanto que só conseguia torcer por sua felicidade. Mesmo demasiadamente jovem, minha pequena artista sabia que a irmã mais velha havia seguido o chamado do coração, então resolveu fazer o mesmo. Ela queria lhe escrever, mas não sabia como colocar em palavras tudo o que estava sentindo. Então, começou a pintar.

Giro o corpo pelo quarto e sinto meu peito apertar de dor. As pinturas que me encaram variam em estilos e cores, mas todas possuem algo em comum. Ao contrário das que vi pelas paredes da casa Hamilton ou das que estão espalhadas pelo moinho, essas revelam um traço cruel de solidão.

Vejo a alma de Malvina em cada uma das pinturas e não consigo segurar o choro.

— Suas primeiras telas são as minhas favoritas, tão puras e sinceras. Ela sempre gostou de desenhar paisagens, mas mesmo ao retratar um buquê de cravos, tudo o que víamos era a saudade. — Meu pai balança a cabeça e solta um riso angustiado. — Aqueles cravos eram seus. Assim como todas as telas que Malvina criou até fugir para o moinho.

Contorno o corpo com os braços e deixo o choro me consumir. As paisagens que vi pela casa Hamilton me mostravam um coração alegre, mas ao olhar as telas ao meu redor percebo o tamanho da dor que Malvina tentou esconder por todos esses anos.

Em algumas telas vejo raiva, em outras ressentimento, e nas últimas e mais dolorosamente belas, luto.

— Eu causei todo esse sofrimento? — digo em meio às lágrimas. Meu pai se aproxima e me envolve em seus braços. Inspiro o cheiro de flores e terra que emana dele e sinto-me amparada.

— Não, minha filha. Com o passar dos anos, Malvina aprendeu a amá-la ainda mais. — Ele enxuga as lágrimas que caem dos meus olhos. Sentir seu toque em meu rosto me faz chorar ainda mais. — Essas obras são culpa minha. Depois da crise de sua mãe eu me afastei, precisei de um tempo para recuperar a esperança e passei a viajar mais do que deveria, usando como desculpa a busca por um médico. Eu sabia que algo havia acontecido entre sua mãe e Malvina, mas não me julgava capaz de ajudá-las quando eu mesmo me sentia despedaçado.

Tanta culpa rodeando estas paredes, tantos erros e mágoas. Papai por precisar de um tempo para lidar com a dor, mamãe culpando-se por afastar as filhas, Malvina sofrendo por salvar mamãe quando ela não queria mais viver em agonia, e eu remoendo cada uma das escolhas que me mantiveram longe.

— Se quer saber, eu e mamãe já tivemos uma conversa sobre culpa — digo, limpando as lágrimas do rosto e abraçando-o pela cintura. No primeiro instante ele parece prestes a recuar, como se lembrasse os anos que passamos separados, mas logo muda de ideia e espelha meu gesto. — Acha que é o único que remói erros cometidos no passado? Todos fizemos isso, meu pai. Mas agora é hora de seguir em frente. Essa dor — aponto para as telas ao nosso redor — vai fazer parte da nossa vida para sempre. Mas a escolha de construir o futuro e deixar o sofrimento para trás é só nossa. Estamos em casa, mamãe está bem e Malvina está melhor a cada dia. Vamos seguir adiante, pai, por favor.

— Perdoe-me por não ter respondido às suas cartas. Eu as lia com sua mãe, mas não me sentia pronto para admitir que errei. — Ele me abraça ainda mais apertado. — Eu a amo, Brianna. Senti saudades.

— Perdoe-me por ter partido daquela maneira, papai. Hoje vejo que só desejavam me manter por perto e não limitar minhas escolhas.

Ficamos assim por um longo tempo, abraçados, chorando e abrindo nosso coração para a cura.

Após um tempo sentamos no chão empoeirado e papai me conta sobre suas expedições pelos continentes, enquanto eu falo a respeito da Escócia e dos últimos meses que passei em Durham. O Sol já desponta pelas janelas quando levantamos e seguimos até o quarto de mamãe.

Apesar do cansaço, sinto-me aliviada pelo nosso reencontro e por perceber que mais uma ferida acaba de ser fechada.

Seguimos até o quarto de mamãe abraçados, sorrindo com o som da cozinha vibrando ao nosso redor e dos comandos distantes de Ava. A casa está acordando quando chegamos no aposento.

Estaco o passo na porta. Papai coloca a mão nos meus ombros e parece tão surpreso quanto eu.

Do lado de dentro, Elisa, mamãe e Malvina conversam alegremente. Da porta, consigo ver os olhos marejados de minha mãe e o sorriso contagiante de minha irmã.

— Se alguém me dissesse que voltaria para casa e encontraria minha família reunida novamente, juro que acharia graça. — Ele beija o topo da minha cabeça e sorri com alegria. — Pelo jeito estamos todos prontos para recomeçar.

Meu pai entra no quarto e mamãe exulta. Decido permanecer de fora um pouco mais, observando a troca de sorriso, beijos e o riso contagiante que papai libera quando minha irmã corre em sua direção. O abraço deles me emociona e preciso encostar no batente da porta para manter-me em pé.

Malvina encontra meus olhos do outro lado do quarto e sorri. Minha irmã caminha até onde estou e pega minhas mãos.

— Consegue parar de pensar tanto por um momento, Brianna? Venha logo nos abraçar também — ela diz com um quê de petulância.

Tudo o que mais quero é entrar no quarto de minha mãe e deixar o passado para trás, mas sinto que preciso fazer algo antes.

— Eu a amo, sabe disso? — Seguro as duas mãos de Malvina e as beijo com delicadeza. — Quando fugi não parei para pensar nas consequências que minha ausência traria para a sua vida.

— Ora, Brianna... já superamos isso.

— Talvez, mas preciso dizê-lo ainda assim. — Papai me encara de dentro do quarto e, com seu olhar, transmite tanto amor que me sinto livre pela primeira vez em anos. Livre para errar, acertar e recomeçar. — Sei que já me perdoou, Malvina. Mas quero lembrá-la do quanto a amo. Sempre me orgulhei ao dizer que Desmond era meu melhor amigo e talvez tenha esquecido de afirmar que esse posto também é seu. Mesmo nos anos que passamos distantes seu amor me preencheu. Então conte comigo, minha irmã e amiga, e lembre que nunca mais vou abandoná-la.

Vejo seu sorriso de menina, aquele que sempre exibia quando mais nova, despontar em meio às lágrimas. Ela espelha meu gesto e beija minhas mãos entrelaçadas com as suas.

— Aprendi que o amor pode ser sentido mesmo com o mar nos separando. Então pode ir para onde quiser e passar quanto tempo desejar longe, Bri. Dessa vez não vou deixar a distância nos separar.

Com suas mãos nas minhas, entro no quarto sorrindo e envolvo minha família com os braços. Suspiro de puro contentamento e, libertando-me dos medos e dos erros, deixo a felicidade consumir meu coração.

Nesse momento, mesmo sem dormir e com a cabeça a mil, sinto-me completa.

Finalmente minha família superou o passado e escolheu seguir em frente.

Encontramos uma maneira de locomover mamãe pela casa. Desmond e Malvina idealizaram uma cadeira com rodas e, se tudo der certo mamãe poderá sair do quarto e aproveitar a natureza viva e pulsante ao seu redor. Não vejo a hora de ver a sua expressão ao encarar a cadeira. Oro todos os dias para que ela aceite o objeto como um ato de pura esperança para os próximos anos que seguirão. Só gostaria que estivesse aqui para presenciar esse momento. Deixe de ser orgulhoso, vovô. Venha visitar sua filha e tornar nossos dias ainda mais ensolarados.

(Trecho da carta de Brianna para o avô, James Duff, em agosto de 1827.)

18

1827, Durham

Desço as escadas correndo em direção à cozinha. Beijo Ava e engulo uma xícara de chá. Mas antes de sair apressada, não resisto e pego uma fatia de pão doce.

Escuto Ava rindo enquanto disparo para a antiga sala privativa.

Após dois meses de muito trabalho, o cômodo está finalmente pronto. Os antigos móveis foram realocados na área de serviço e o papel de parede arrancado e substituído por tinta branca, que logo deu lugar a uma obra de arte. Malvina usou as paredes para reproduzir o bosque ao nosso redor em tamanho ampliado, de forma que mamãe sempre se sentirá próxima da natureza.

A principal mudança é que a parede de fundo deu lugar a uma porta de madeira maciça que, assim como as novas janelas, abre para o jardim no qual trabalhei com afinco. Agora nossa mãe poderá estar conectada com os bosques da propriedade de várias maneiras, seja pelo mural pintado por minha irmã, seja pelo jardim anexo ao seu quarto.

Abro as janelas e a nova porta e, instantaneamente, o quarto é invadido pela luz do sol. Deixo-as destrancadas e fito o novo jardim com um misto de orgulho e ansiedade. As flores sorriem para mim e, para onde quer que eu olhe, vejo rosas, margaridas, peônias, cardos e, claro, as mudas de sálvia que trouxe do gazebo.

Logo iremos trazer mamãe para o novo quarto. Neste momento, Elisa e Malvina estão conversando com ela e a preparando para descer. Assim que meu pai voltar de sua caminhada matutina, iremos fazer a mudança.

Não estou apenas ansiosa, estou radiante!

Volto para dentro do quarto e gasto meu tempo ajeitando os lençóis da cama e espalhando mudas de flores pelo ambiente, ansiando perfumá-lo ainda mais.

— Bom dia, milady — Sua voz me assusta e acabo derrubando o vaso em minhas mãos. Olho para o chão e vejo a cerâmica espalhada por todo o assoalho.

Murmuro imprecações e me abaixo para recolher os estilhaços. Sem ser convidado, Desmond entra pela porta do jardim e me ajuda com a limpeza.

— Sinto muito, não quis assustá-la. — Seu tom é *tão* cordial. Quem nos vê assim não imagina todas as palavras cruéis que desferimos no nosso último encontro.

— Obrigada — agradeço quando terminamos de limpar o chão. Coloco os pedaços quebrados em um recipiente de metal e giro pelo cômodo na busca de outro vaso. Tenho certeza de que trouxe um de reserva.

— Hoje é o grande dia, pois não? Espero que a duquesa aprecie o presente e realmente se adapte a ele. — Afasto-me do calor do seu corpo e atravesso para o outro lado do quarto. Avisto uma floreira e levo mais tempo do que precisaria para finalizar meu novo arranjo.

Tento forçar uma distância amigável entre nós porque sei o que a sua presença pode fazer comigo. Perto dele, é fácil me perder em seus olhos brilhantes e na barba por fazer que, para o meu desespero, aprendi a amar. Des deixa meu corpo em chamas, ainda mais agora que conheço a sensação exata que suas mãos despertam ao passear por meu corpo. Mas nada disso anula a dor que sinto no peito ao lembrar, repetidas vezes, nossas brigas.

— Vejo que está ocupada e não quero atrapalhar... — Continuo mantendo os olhos em qualquer coisa que não seja o homem próximo de mim. — Só vim trazer a cadeira; Ian e Garret me ajudaram a colocá-la no jardim. Quer vê-la?

Claro, a cadeira! Ele não veio para me encontrar, ou para se desculpar, mas para ajudar a melhorar os dias de minha mãe.

Respiro fundo e deixo nossos assuntos particulares de lado. O dia de hoje é muito maior do que nós dois.

Saímos para o jardim em silêncio, mas logo estou dando gritinhos de alegria quando vejo a cadeira. Basta um olhar para saber que o objeto mudará completamente a vida de minha mãe.

Ian e Garret, que estão ao lado da cadeira com rodas, sorriem diante do meu entusiasmo. Cumprimento os dois com um beijo na bochecha e ajoelho em frente da peça.

Ela é perfeita!

Desmond lixou todo o assento de madeira para pintá-lo de preto. A tinta escura permite que as almofadas costuradas por Mary sejam seu grande diferencial. Espero que mamãe goste de ver que usamos o xadrez dos Duff, uma mistura única de verde e cinza.

No topo do encosto pedi que Desmond colocasse duas alças de metal, para que ficasse mais fácil conduzir a cadeira com minha mãe nela. Mas ele não só fez o que pedi, como também enfeitou o puxador com uma fileira de pequenas rosas esculpidas em madeira.

Corro as mãos pela cadeira e sinto as lágrimas rolarem pelo meu rosto.

Tão linda... e representa esperança; não apenas para mamãe, mas para todos nós que a amamos e queremos a sua felicidade.

— Não tenho palavras para agradecer, Desmond — digo sem tirar os olhos da cadeira com rodas. — Este é o melhor presente que já recebi em toda a minha vida. Queria que existisse uma forma de retribuí-lo.

Ouço seus passos, mas não tenho coragem de me virar para encará-lo. Suas mãos repousam nos meus ombros e ele deposita um beijo no topo da minha cabeça.

— Vê-las felizes é tudo o que posso desejar.

Levanto o corpo e, sem pensar demais, abraço-o. Desmond rodeia minha cintura com as duas mãos e aproveito esse raro momento de paz entre nós. Descolo o rosto do seu peito e o encaro por um único instante. A luz da manhã reflete em seus cabelos loiros e no sorriso sincero que ele me dá. Coloco-me na ponta dos pés e beijo sua bochecha, sem deixar o passado nublar meus pensamentos, apenas grata pelo hoje.

— Obrigada, Desmond. Pela cadeira e por estar sempre presente quando eu e minha família precisamos. — Ele tenta aproximar mais nossos corpos, mas quebro o abraço e me afasto.

Estou decidida a não cometer mais o erro de me deixar levar pela faísca de desejo que sempre domina nossos pensamentos. Viro na direção de Ian e Garret e com um abraço também os agradeço pela cadeira.

O clima no jardim não poderia ser mais agradável. E, por longos minutos, ficamos os quatro em silêncio, apenas sorrindo e encarando o presente que preparamos para minha mãe.

A voz do meu pai nos alcança. Respiro fundo para reunir toda a coragem de que preciso, coloco as mãos no encosto da cadeira e sigo para o quarto.

Atravesso a porta sentindo os olhos de Desmond fitando minhas costas. Seu cheiro e calor me acompanham enquanto empurro a cadeira com rodas até onde minha família está.

— Mamãe, temos mais um presente para a senhora — digo ao entrar.

Ela está sentada em uma poltrona de balanço admirando o mural nas paredes do cômodo. Malvina e papai estão ao seu lado, tocando-lhe os ombros, e meu peito acelera ao vê-los juntos.

— Desse jeito, meu pobre coração não aguenta. Já fizeram tanto por mim, minhas filhas. Muito mais do que imaginei ser possível. — A expressão em seu rosto me faz sorrir como uma garotinha.

Alegrar os dias de minha mãe já teria sido suficiente, mas seus olhos revelam muito mais. Enxergo gratidão, ansiedade pelo que está por vir e a certeza de que nada mais irá nos separar.

— Não agradeça antes de ver o que trouxemos — Malvina diz ao girar o encosto da poltrona com delicadeza, permitindo que nossa mãe me veja chegando com o objeto. — Eis que apresento a cadeira com rodas!

Mamãe libera um grito de puro horror e papai engasga com uma risada.

— Não precisa me olhar desse jeito, mãe. Desmond e Malvina passaram dias testando-a. Ao que parece, nossa nova cadeira funciona perfeitamente bem.

— Perdoem-me, mas o que *diabos* é isso? — Às vezes minha mãe usa umas expressões que me deixam morrendo de saudade da Escócia. Vovô, exatamente como a filha, adora praguejar.

— Ora, não está claro que é uma cadeira com rodas, meu amor? — meu pai diz e caminha até o objeto. Ele sorri para mim e passa as mãos pelo encosto da cadeira. E em um impulso, senta-se nela e encara nossa mãe com olhos divertidos. — Ora, mostre-nos como funciona, Brianna.

Corro com meu pai pelo quarto até meus braços tremerem com o esforço. As rodas aguentam o peso, mas preciso empregar mais força do que imaginava para fazê-la andar. Ao ver a cadeira em uso, mamãe abandona a expressão de assombro e começa a rir, pedindo-me para ir mais rápido.

— Pense dessa forma, mamãe — Malvina diz, ajudando-me a empurrar nosso pai cada vez mais rápido —, agora a senhora possui um cabriolé particular! Vamos poder levá-la para fora do quarto com muito mais facilidade.

— Só um minuto. Estão dizendo que me sentarão nessa geringonça e me conduzirão por *toda* a propriedade?

— Para onde quiser ir, meu amor! — Interrompemos a brincadeira e papai segue até nossa mãe, beijando-a na fronte. — Só teremos que tomar cuidado com a velocidade, assim não correrá o risco de cair ou se machucar.

— O que significa que a senhora não deve deixar Ian ou Garret chegarem perto dessa cadeira — Mal sussurra. — Não duvido de que a levem para o bosque na intenção de apostar uma corrida.

— Não tente me enganar, Malvina. Sei que adoraria participar dessa empreitada ao lado deles — mamãe diz com uma piscadela, e em resposta o quarto explode em gargalhadas. — Com essa cadeira nós realmente poderemos caminhar pelo bosque?

Seu tom de voz é de expectativa. Em seus olhos percebo o interesse pela cadeira e por tudo o que ela representa.

— Por enquanto, pelos cômodos inferiores da casa, pelo jardim anexo ao seu novo quarto e por algumas áreas do bosque — digo ao me ajoelhar para ficar na altura de minha mãe. Toco sua mão e sinto uma leve estranheza ao rodear os dedos finos. Acho que nunca vou me acostumar com a fragilidade do seu corpo. — Estamos criando rampas de acesso para que possa entrar pelas portas principais. E também construindo caminhos de madeira que ajudarão na hora de andarmos ao ar livre.

— Vejo que pensaram em tudo, meninas — papai diz ao se aproximar. Ele e Malvina se abraçam e se ajoelham ao meu lado. Minha irmã apoia a cabeça no colo de minha mãe e ficamos um tempo apreciando o momento.

— Crédito para Desmond — digo com o coração apertado.

— Aquele menino é um presente dos céus. Boba da mulher que o deixar escapar, não concordam?

— Isso foi uma indireta, mamãe? — respondo encarando seus olhos risonhos.

— Oh, céus! E eu achando que fui direta o suficiente, minha filha. — Malvina cai na gargalhada e papai concorda com uma piscadela de quem sabe das coisas.

Sei que eles estão certos. Desmond é incrível, e nós seríamos perfeitos juntos. Mas existe história demais entre nossos caminhos, e a cada dia sinto que é mais difícil encontrar uma forma de superar o passado e recomeçarmos.

Minha única resposta é beijar a testa de minha mãe enquanto me levanto.

— Mamãe — Malvina diz, limpando as lágrimas de riso dos olhos —, diga para Brianna agradecer a Desmond apropriadamente. Talvez com um beijo? Ou até mesmo um jantar?

Pela primeira vez desde que cheguei Mal aparenta ter a idade que tem. O olhar já não é mais duro e fechado, e o riso é tão verdadeiro quanto contagiante. Papai abraça minha irmã e me olha com os olhos nublados. Encaramo-nos por um momento, ambos absorvendo a alegria da garota ao nosso lado.

— Eu os amo, sabiam? — mamãe diz. — Agora, será que podemos testar essa cadeira logo?

Nós rimos enquanto levo a cadeira até onde minha mãe está. Meu pai rodeia o tronco de mamãe com os braços e com uma facilidade impressionante a transfere da poltrona para a cadeira com rodas. Ela apoia a cabeça no encosto do novo assento e, com um suspiro, fecha os olhos. Malvina arruma as almofadas em suas costas e ajeita a posição dos braços, e papai confere se as rodas estão bem presas.

Colocamos uma manta em suas pernas a fim de protegê-la do frio que nos aguarda do lado de fora. E, em silêncio, esperamos sua reação.

— Vamos, meus amores. Estou pronta para seguir em frente — mamãe diz depois de vários minutos.

Nós três seguramos no encosto da cadeira – papai ao centro ladeado pelas filhas – e, juntos, levamos a duquesa para o jardim.

Durante o curto percurso meu coração bate descompassado. A sensação que tenho é de que estou me afogando em um tipo de alegria que só a esperança é capaz de criar.

A verdade é que fazia tempo que não me sentia tão feliz.

❦

Atravessamos a porta do quarto e paramos no centro do jardim. Foi fácil conduzir mamãe, pois improvisamos um caminho de tábuas que permite que as rodas da cadeira deslizem com facilidade.

A pista vai da porta do quarto até um conjunto de móveis para chá: mesa redonda com várias poltronas ao redor e um lugar vago para mantermos a cadeira de mamãe.

Alfie, Mary, Elisa e Ava nos esperam do lado de fora. E mamãe chora quando todos correm em sua direção, revezando-se para beijá-la e abraçá-la. Em um canto mais afastado do jardim, vejo Desmond e os irmãos sorrindo na nossa direção. Malvina corre até eles e, quando os vê, mamãe cumprimenta os Hunter com uma expressão de deleite.

Em torno de nós as flores brilham à luz do sol e os pássaros cantam em meio às fontes dispostas pelo terreno. Além da mesa para o chá, que agora está recheada de quitutes preparados por Ava, escolhemos dispor pelo ambiente um conjunto de bancos de metal e até um cavalete de madeira para quando Malvina quiser pintar na nossa companhia.

Acomodamo-nos repletos de carinho e alegria e, imersos em um silêncio confortável, vemos mamãe absorver cada detalhe ao seu redor.

Na maior parte do tempo ela agradece. No restante, deixa os raios de sol tocarem sua face. Os cabelos caem soltos e ondulam com a brisa leve, e o sorriso estampado em sua face é o maior que já vi em toda a minha vida.

Olho para minha família reunida, passando pelo semblante daqueles que já conhecia e dos que aprendi a amar nos últimos meses. Todos estão exultantes. Eles conversam, comem e aproveitam o momento de puro júbilo.

É gratificante ver que nosso trabalho conjunto rendeu frutos e mudou a rotina da duquesa. Mas, mais que isso, é maravilhoso ver que nossa casa está voltando a ser um lar rodeado de alegria e amor.

Fecho os olhos e afasto as lágrimas. Quando abro os olhos, ansiando pelos de Desmond, vejo que ele se afasta em silêncio.

Quase corro atrás dele, mas sou freada pelas palavras não ditas que ainda nos mantêm longes um do outro.

19

1816, Londres

Fechei os olhos por um segundo e deixei que a imagem de Brianna renovasse minha coragem. Ela era linda, mas naquela noite estivera ainda mais radiante.

Com os olhos acompanhei-a girando pelo salão e absorvi cada uma de suas risadas. As pérolas nos cabelos e no tecido do vestido branco brilhavam ao refletir as luzes do lugar. Para onde quer que eu fosse, ouvia seu nome ser proferido com interesse e adoração.

De fato, o *début* de Brianna foi perfeito. Ela sorriu, dançou e conversou com muitos dos lordes e damas presentes. Seus pais exultavam de alegria e até eu, que sabia de suas verdadeiras intenções, rendi-me ao seu sorriso ensaiado.

Era estranho ver uma das ruas mais movimentadas de Londres completamente deserta. Ao contrário do esperado, a cidade pulsava ao anoitecer, revelando uma infinidade de jogatinas, bordéis e clubes para cavalheiros. Mas esta noite era diferente, o silêncio reinava absoluto. E enquanto eu conduzia a charrete, o único barulho que me alcançava era o dos cascos do cavalo tocando o calçamento.

Elaboramos o plano da fuga no começo da semana, quatro dias antes do baile de estreia da temporada. Assim que descobriu o desejo de seus pais, Brianna decidiu fugir para as terras do avô escocês. O desespero a consumia de tal modo, impulsionando-a para longe, que só Mary foi capaz de fazê-la esperar o momento mais propício para a partida.

E ela tinha razão, esta era a noite perfeita para uma fuga silenciosa.

Após um dos eventos mais esperados da temporada, quase todos os nobres hospedados em Londres estavam em suas casas – muito provavelmente sofrendo os efeitos dos excessos da noite. Enquanto eles se recuperavam dos flertes, da dança e dos exageros da bebida, eu ajudava a mulher da minha vida a seguir em frente. A ir para o outro lado do reino, ao encontro de um futuro sem mim.

Algumas noites atrás estávamos fazendo promessas de um futuro juntos, e agora teríamos que dizer adeus. Doía pensar na separação, mas machucava ainda mais vê-la sofrendo pelas imposições da família.

Meu maior desejo era ver Brianna realizar seus sonhos, mesmo quando eles a levavam para longe de mim. Além disso, acreditava na força do laço entre nós e no fato de que um dia, quando ela estivesse pronta, nosso vínculo a traria de volta. Diretamente para meus braços.

Parei o veículo na lateral da propriedade ducal e mantive-me parcialmente escondido pelos carvalhos. E, em meio às sombras, esperei que elas viessem até mim.

— Acho que ele está ali. — Assustei-me com o barulho de passos e por um momento imaginei que havíamos sido descobertos. — Vamos, ande logo!

A voz soou mais alta e a reconheci como sendo de Mary. Não conseguia enxergá-las nitidamente, mas mesmo no escuro distingui dois vultos caminhando em minha direção.

— Bri? — Conduzi o veículo para o centro da rua, saindo do esconderijo e tornando-me visível. Elas correram até onde eu as aguardava. Apesar do manto escuro que cobria o rosto e o corpo de Brianna, o movimento evidenciava o vestido claro de baile despontando pelas barras da capa preta.

— Estou aqui, Des. — A dor por trás de sua voz acertou meu peito em cheio. Minhas mãos tremiam ao segurar as rédeas do cavalo que guiava o coche. E enquanto Brianna caminhava até a lateral do veículo, eu orava aos céus para que tamanho sofrimento logo abandonasse seu coração.

Ela me cumprimentou com um leve aceno e se virou para dizer adeus à Mary. As duas se abraçaram e caíram no choro. Desviei o rosto para lhes dar privacidade, mas suas palavras ainda me alcançaram.

— Por favor, escreva assim que chegar — Mary disse, ainda com os braços em torno de Brianna. — Não conseguirei dormir enquanto não receber notícias suas. Tem certeza de que não quer que eu vá com a senhorita? Essas estradas são perigosas para uma dama desacompanhada... Ah, Deus. Preciso acompanhá-la. Está decidido!

— Nós já tivemos essa conversa, Mary. Quero que fique para cuidar de Malvina. Então faremos como o combinado; finja que não sabe de nada e amanhã entregue minha carta de despedida. E não dê um pio a mais! Não quero que a culpem por ter me ajudado.

— Mas a senhorita precisa de mim!

— Preciso. Mas também preciso que fique aqui, minha amiga. Faça mais esse favor por mim, pois não? — percebo que Brianna está chorando e, por um segundo, tento me colocar em seu lugar. Abandonar tudo que ama e recomeçar longe de casa é, sem dúvida, o ato mais corajoso que já vi alguém fazer.

— Não se preocupe, Mary. Assegurei-me de que Brianna não viajaria desacompanhada — decidi intervir na tentativa de acalmar os nervos da dama. Nem por um momento, desde a noite em que concordei ajudá-la, considerei que Bri seguisse para a Escócia sozinha.

— Nem pense nisso, não permitirei que vá comigo, Des! Seu pai precisa de sua ajuda — ela interrompeu o abraço de despedida para me olhar com seriedade.

Eu sabia que não poderia ir com Brianna. E não por causa dos negócios de minha família, mas porque minha amiga precisava embarcar nessa jornada sozinha. Entendia que o que ela almejava não era apenas conhecer as terras do avô, mas ter a oportunidade de fazer algo por si mesma.

— Eu sei disso, Brianna. Só contratei um casal para acompanhá-la durante a viagem. São velhos conhecidos de meu pai, que já fizeram alguns serviços para ele naquela região e conhecem os melhores caminhos para a Escócia.

Pegar uma diligência em Londres seria muito arriscado; a probabilidade de reconhecerem a filha de um duque era altíssima. Então Joana e Arthur seguiriam com Brianna até Yorkshire em um coche alugado e de lá comprariam uma passagem para a Escócia. Demoraria, mas seria mais seguro.

Mary e Brianna voltaram a conversar, se abraçar e chorar. Sentia meu coração apertado ao ouvi-las se despedindo. Assim como elas, minhas emoções estavam cada vez mais incontroláveis, e a verdade é que se continuássemos lamentando eu acabaria desistindo desse plano maluco.

— Precisamos ir, agora não falta muito para o amanhecer — disse, interrompendo mais uma torrente de palavras de despedida e carinho.

— Prometa que vai cuidar dela, Desmond. — Mary disse, depositando seu olhar determinado em mim.

— Sempre. E se preciso, com minha própria vida.

Mary assentiu e, após um último beijo em Brianna, nos deixou.

Ofereci a mão para que Bri subisse na pequena carruagem. Com um salto ágil ela sentou ao meu lado e, sem olhar para trás, dei um comando para que o cavalo seguisse em frente.

Ela chorava no meu ombro enquanto deixávamos Mary, a casa ducal e Londres para trás.

※

Paramos na estrada rural antes do previsto e, em silêncio, aguardamos a chegada de Arthur e Joana.

Brianna não parou de chorar desde que saímos da rua principal. Eu não sabia como confortá-la, então abracei-a por todo o caminho, seguindo pelas ruas desertas enquanto ela ensopava minha camisa com suas lágrimas.

Além do choro angustiado de Brianna, o único barulho ao nosso redor era o suave canto dos pássaros que anunciavam o nascer do sol. Afaguei seus cabelos olhando para o caminho que ela seguiria sem mim. Deixaria o veículo com eles e voltaria para casa a pé, torcendo para que meus pais não notassem meu retorno fora de hora.

— Acha que serei feliz? — Brianna perguntou com o rosto apoiado no meu peito. Sua respiração tocava meu pescoço e fazia que pensamentos completamente inapropriados invadissem minha mente.

Fechei os olhos e me lembrei mais uma vez do baile, das suas mãos nas minhas e da sensação do seu corpo tocando o meu. Nós tivemos uma única valsa, e me lembraria dela pelo resto dos meus dias.

— Está em suas mãos, sabia? A felicidade não depende de mais ninguém a não ser de nós mesmos. — Beijei sua testa e inspirei o suave cheiro de flores que emanava de sua pele. — Então lembre-se, Bri: onde estiver, lute para construir sua própria felicidade.

— E como serei capaz de fazê-lo? Sinto que estou deixando parte da minha alma para trás.

— Tenho certeza de que encontrará uma maneira de enxergar alegria nas pequenas bênçãos ao seu redor. A felicidade está escondida em um sorriso, em um raio de sol, e até em uma única gota de chuva. Basta escolhermos vê-la. — Virei-me para ela e delicadamente envolvi seu rosto com minhas mãos, obrigando-a a me encarar. — Permita-se amar a Escócia e descubra outras partes da sua alma perdidas por lá.

— Estou com medo e com meu coração apertado de saudade, Des. Como farei para viver longe de todos que amo?

Queria ser capaz de afastar seus medos, mas não sabia como. Então beijei sua bochecha, seus olhos e as sardas que conseguia enxergar na ponta do nariz arrebitado.

— Prometa que será feliz mesmo quando o coração doer de saudade; prometa que viverá, aprenderá e reunirá milhares de recordações.

— Eu tentarei e darei o meu melhor.

— Não é suficiente. Deverá sorrir a cada novo dia, Bri. E o meu coração, o de seus pais e o de todos aqueles que a amam se alegrará também. Porque saberemos que, mesmo distante, estará construindo uma vida afortunada.

— Promete que fará o mesmo? — Ela segurou as lapelas do meu paletó e me encarou com olhos decididos. Conseguia senti-los brilhando para mim, mesmo que a escuridão não me permitisse distinguir cada uma das cores que o compunham. — Vou descobrir qual futuro quero seguir, Des. Vou ser feliz durante esse processo, mas também quero faça o mesmo. Desejo que lute por sua felicidade.

— Eu o farei, prometo! — Suas mãos subiram pelo meu rosto e tocaram meus cabelos. Fechei os olhos e deixei que ela explorasse minha pele. — E nunca me esquecerei do que temos. Contarei os minutos até nosso reencontro, Bri. Vou esperá-la.

— E eu voltarei para os seus braços, Desmond.

Nossos lábios se encontraram para selar o acordo. Corri as mãos por seus cabelos enquanto ela tocava meu rosto. Brianna estava tão próxima que conseguia sentir seu coração pulsar. Não queria dizer adeus, mas sabia que ela precisava ir.

Ninguém deveria viver à sombra dos sonhos e das frustações de outras pessoas. Os pais dela deveriam saber disso. Eu precisava saber disso. Então que ela fosse, que encontrasse as respostas de que tanto precisava, e quando estivesse pronta, que voltasse para mim. Voltasse para que juntos descobríssemos quem seríamos, onde viveríamos e que tipo de futuro construiríamos.

Quando amamos alguém compreendemos que a felicidade do outro também é a nossa. Eu sabia que sofreria as consequências da separação de hoje, assim como nutria a certeza de que me alegraria com cada uma de suas conquistas. Até porque o amor é somatório, não excludente. E a felicidade de Brianna sempre seria a minha.

— Irá me escrever? — disse sem interromper ao todo o nosso beijo. — Quero saber de tudo, Brianna. Cada progresso e cada decepção, cada sorriso e cada lágrima.

— Escreverei, Des. Com quem mais eu compartilharia a minha vida senão com o meu melhor amigo? — ela beijou meus lábios mais uma vez. — Fará o mesmo? Promete que me escreverá?

— Mas é claro! Mandarei tantas missivas que lotarei o castelo do seu avô com minhas correspondências.

Ouvi um barulho seco e me virei para a estrada. Arthur e Joana se aproximavam a passos lentos, carregando uma mala simples e uma cesta que imaginava conter provisões para a viagem. Joana sorriu para mim quando interrompeu os passos do marido; eles pararam a alguns metros de distância, dando-nos mais uns minutos de privacidade.

Brianna olhou na direção deles e voltou o rosto para mim. Novas lágrimas escorrendo por sua face.

— Tenho algo para lhe entregar... — Tirei a pequena caixa do bolso. Minhas mãos tremiam e as palavras pareciam faltar. Eu iria dar um passo perigoso, sem volta, e sentia meu estômago protestar por antecipação.

Abri a caixinha e peguei o anel. A aliança da minha falecida avó brilhou na escuridão; os pequenos e delicados diamantes dando-me coragem para seguir em frente.

Tomei a mão de Brianna na minha, notando que ela também tremia, e coloquei o anel em seu dedo.

— Este anel não significa um noivado, pois nós dois sabemos o que o casamento representa para o seu futuro... — Beijei a joia em seu dedo e observei seu rosto resplandecer de alegria ao fitá-la. — Ele representa o meu compromisso com o nosso amor, Brianna. O sentimento que nos une apesar de título ou herança. Apenas nós dois e a certeza de que, juntos ou separados, logo seremos um só.

— Eu o amo, Desmond.

Suas palavras fazem meu coração convulsionar de alegria. Esperei anos para que Brianna me enxergasse como mais do que um amigo. E apesar de saber que ela está partindo, alegro-me porque tenho certeza de que nossa história não acaba aqui.

— E eu vou lhe esperar, Brianna. O tempo que precisar! — Beijei-a com tudo o que era, com meus sonhos, medos e anseios. E com a esperança de que nossos caminhos não demorassem a se cruzar.

Desci da carruagem e passei as rédeas para Arthur.

Fiquei na estrada observando o veículo se afastar. Mas minhas lágrimas cessaram quando Brianna olhou para trás e beijou a aliança, nossa aliança, e sorriu.

— Volte para mim — sussurrei ao vento, orando para que os céus abençoassem nosso amor.

Estou com saudades, Brianna. Acostumei-me com sua presença de tal forma que sinto falta até mesmo de suas reprimendas. Por falar nisso, acredito que vá gostar de saber que estamos seguindo suas ordens com afinco. Nenhuma ovelha perdida, jardim negligenciado ou contrato arruinado. Fez um bom trabalho e devia se sentir orgulhosa das mudanças que trouxe para a nossa terra. Espero que esteja enlouquecendo todos os ingleses com seus projetos de reforma e consertos. E, mais que isso, espero que a duquesa esteja bem. Lembre-se de ser feliz, minha amiga.

(Trecho da carta de Neil para Brianna, em julho de 1827.)

20

1827, Durham

Ouço o riso em sua voz e apresso o passo. Vejo um borrão loiro em meio aos carvalhos e corro até ela, ansiando pelo momento do nosso reencontro. A felicidade me consome, mas travo quando percebo que os gracejos de Brianna não são para mim.

Ele toca sua pele, seu cabelo e envolve sua cintura com as mãos. Tento ver o rosto do homem que tem nos braços meu maior tesouro, mas a névoa me cega.

Quero separá-los, mas meus pés estão presos ao chão. Brianna vira para mim, sorrindo, e exibe com orgulho o anel em sua mão. É o anel dele que está ali, não o meu.

Então de repente estamos em uma igreja, Brianna jurando amar e ser fiel a outro homem. Ao redor nossa família vibra e sorri, enquanto meu coração quebra em milhares de pedaços.

Tento alcançá-la uma última vez, dizer que está cometendo o maior erro de sua vida, mas é tarde demais.

Eles estão casados, abençoados por laço que nenhum ser humano é capaz de quebrar, e eu estou perdido sem a mulher da minha vida.

A brisa da manhã entra pela janela e toca meu rosto, mas reluto em abrir os olhos. Sei que foi um pesadelo, mas isso não diminui a força com a qual a visão me atingiu.

Não vi o rosto do homem no sonho, mas sei que essa foi a maneira que minha mente encontrou de dizer que serei um tolo ao permitir que Brianna case com o primo escocês. A lembrança do anel prateado pendendo de seu pescoço me acerta como um soco.

Em um rompante, levanto da cama, visto uma calça e uma camisa de trabalho e sigo para fora. O vento desperta à mata ao meu redor e os pássaros anunciam o amanhecer, lembrando-me de que preciso seguir em frente.

Abro a porta da oficina e penso em trabalhar em um dos bancos que projetei para o jardim da duquesa – outro presente que gostaria de lhe entregar. Projetei um gancho que permite movimentarmos o assento, inclinando-o ou endireitando o encosto de acordo com os desejos de seu ocupante.

Corro os dedos pela madeira, mas não sinto vontade de trabalhar nela. Estou nervoso demais, então opto por destruir em vez de construir.

Saio porta afora com o machado em mãos. Caminho até a área descampada e corto lenha até esquecer o pesadelo, a noite do baile em que valsei com Brianna, a sensação da sua pele na minha, e o amor que senti transbordar do peito quando entregamos a cadeira da duquesa.

Pego mais uma tora e não penso duas vezes antes de quebrá-la. Meus braços tremem com o movimento, mas não me importo, apenas sigo cortando a madeira.

O eco do machado ressoa pelo bosque e as árvores ao meu redor parecem chiar. Provavelmente a lenha acumulada em meus pés durará o ano todo. Mas ainda não é suficiente, não quando minha mente viaja para Brianna a cada instante.

Horas... faz horas que estou aqui e ainda sinto seu cheiro, a maciez do toque de seus cabelos louros e seus olhos devorando meu corpo. Algumas noites atrás eu estava pronto para seguir em frente, para superar o passado e recomeçar ao lado da mulher que percebi que ainda amava. Mas, como um tolo, deixei-me ser enganado novamente pelas mesmas mentiras.

Mais uma vez acreditei que Brianna me escolheria, só para encontrar aquele maldito anel e perceber a derradeira verdade.

Brianna havia escolhido Neil. E eu sempre soube disso.

Anos atrás, na manhã seguinte à fuga de Brianna, minha presença foi requisitada na casa Hamilton. Ela havia deixado uma carta de despedida para os pais, mas suas palavras não foram suficientes como acalento. Nunca me esquecerei da dor que vi nos olhos da duquesa. O duque parecia raivoso e decepcionado, mas lady Rowena chorava como quem se culpa pela morte de alguém.

Expliquei os motivos de Brianna repetidas vezes, contei todos os cuidados que tive para que ela fizesse a viagem em segurança e, por fim, acompanhei seus pais em um choro silencioso de saudade. Eu queria culpá-los por terem magoado a filha ao ponto de afastá-la de mim, mas não conseguia deixar de me compadecer com suas dores.

Não existia certo ou errado naquele momento, apenas uma família maculada por más escolhas. Então não tomei partido e segurei a mão da duquesa pelo tempo que ela precisou para acalmar o choro.

Mas o pior de tudo, o momento que mudou minha vida, foi quando Malvina desceu as escadas correndo, chorando abraçada a uma caixa prateada – a mesma que eu e Brianna encontramos no escritório do duque em Londres – exibindo o anel dourado do antigo duque. Em meio a soluços e tropeços a pequena leu a carta que a irmã deixou na cabeceira de sua cama, a qual explicava que Brianna já havia feito sua escolha e que o conteúdo daquela caixa – assim como o anel na mão de Malvina – agora eram dela para que a pequena decidisse o que fazer em seu futuro.

Naquele momento, não precisei de mais do que um instante para entender a verdade por trás das palavras de Brianna. Ela deixou para a irmã o anel do ducado, enquanto escolheu levar consigo a joia que representava seus antepassados escocêses.

A mulher da minha vida, aquela que prometeu voltar para mim, havia escolhido outro homem muito antes de dizer que me amava. Provavelmente, ela aceitara meu anel apenas como símbolo do que um dia tivemos, enquanto eu depositara todas as minhas esperanças no objeto.

Saí da casa Hamilton aos prantos, buscando outros significados para o gesto de Brianna. Mas, quando finalmente aceitei que eles falavam por si, deixei-a ir. Em alguns dias lutava para esquecer sua traição, em outros torcia por sua felicidade e, nos dias em que a tristeza me consumia, mergulhava no desejo proibido de tê-la nem que fosse por uma única vez.

Afasto as memórias, respiro fundo e mantenho o machado em riste até meu corpo clamar por uma pausa. Vou exauri-lo até não conseguir pensar em mais nada que não seja um banho quente. Almejo por aquele momento em que o cansaço domina nossos sentidos e apaga nossa mente porque sei que será meu único instante de paz.

Ao voltar, Brianna bagunçou a minha vida e arrancou o curativo de cada ferida antiga que lutei para cicatrizar; lembrando-me de como era tê-la por perto, de como meus nervos entravam em combustão ao vê-la sorrir e de como a amei muito antes de compreender o que essa palavra realmente significava.

Corto a madeira sem ao menos vê-la. O barulho do machado contra a lenha ajuda a silenciar os demônios do passado, mas a verdade é que esse instante de quietude não é nada perto dos gritos que preciso sufocar.

Minha vontade é de urrar de dor. Gritar com os céus por tamanha aflição, com o destino pela ironia de trazê-la de volta quando eu havia decidido seguir em frente e, sobretudo, com Brianna.

Se esbravejar fosse o caminho para o seu coração, eu o faria. Diria todas as palavras que acumulei durante esses anos, mostraria como não deixei de pensar nela por um instante sequer e como seríamos perfeitos um para o outro.

Coloco mais força no machado, repetindo o movimento até meus músculos protestarem. Suor escorre pela minha espinha, pó e lascas de madeira grudam na minha pele e, mesmo com o barulho do corte, minha mente ainda caminha até ela.

Sem conseguir me segurar por mais nem um miserável minuto, arremesso o machado o mais distante que posso, mirando uma árvore ao longe. O movimento faz meu braço arder, mas a dor ainda não é suficiente. Nada parece bastante quando o assunto é apagá-la da minha mente e do meu corpo.

Por um momento, caminhando por estas mesmas terras, pensei que iríamos nos entender. Mas então, como uma afronta, vi aquele anel estúpido pendendo de seu pescoço. Prata e esmeralda, cinza e verde, presente e passado. Uma lembrança da escolha que ela fez, com quem ela decidiu construir um novo futuro e que me percutiu por todos esses anos.

Urro de raiva mais uma vez, deixando o ciúme me consumir. Assim que o som sai de minha boca não consigo mais frear. Grito por tudo o que perdemos, pelos anos afastados e por aqueles que criei em minha mente, por cada pequeno ou grande sonho e pela certeza de que não poderei mais esperar por ela, não quando finalmente entendo que ela escolheu outro.

A verdade é que sempre soube dessa escolha, mas ainda nutria um resquício de esperança de que estava enganado.

Sou pego de surpresa quando uma mão toca meu ombro. Tento me afastar do toque, mas ele me segura com força e me abraça.

Não quero desmoronar na frente do meu irmão mais novo, mas parece que desde esta manhã não tenho controle sobre meus sentimentos. Acabo chorando como um bebê enquanto Garret me segura.

— Que amor é esse que dói tanto? — Sua voz está tão rachada quanto a minha. Sinto-me culpado por fazê-lo sofrer, por mostrar esse lado sombrio e doloroso que só o amor é capaz de ter.

—Amá-la sempre doeu, mas nada se compara à sensação de perdê-la. — Lágrimas queimam meu rosto e sinto um nó em minha garganta.

Tento me recompor e me afastar de Garret, mas ele mantém um aperto de ferro sobre meus ombros.

Mesmo agora, o que mais dói é saber que não quero desistir de amá-la. Eu deveria deixar Brianna seguir seu caminho. Sei que o correto seria aceitar que o que tivemos ficou para trás. Mas não consigo. Pois a verdade é que tudo se resume a ela.

Seu sorriso, sua alegria contagiante ao dançar, seu amor pela natureza... Minha vontade é me infiltrar em cada uma dessas coisas só para fazer parte de sua vida para todo o sempre. De novo, é para ela que meu coração e minha alma voltam.

Posso negar, mas sempre serei dela. E ela sempre será minha estrela guia.

— Vamos, vou levá-lo para dentro — Garret diz enquanto me guia pelo caminho de casa. — Hoje vamos beber até esquecer, meu irmão. Mas amanhã... ah, amanhã vamos descobrir como seguir em frente.

<hr />

Estou sentada no banco do gazebo, fitando as palavras esculpidas no teto de madeira por mais de duas horas, quando Ian me encontra.

Sorrio e levanto, na intenção de cumprimentá-lo com um abraço, mas o rapaz ergue a mão em um pedido para que eu não me aproxime. Confusa, volto a sentar, aguardando o que é que seja que a dor em seus olhos signifique.

— Por favor, não me interrompa. Só... — ele corre as mãos pelos cabelos, lembrando tanto o irmão mais velho que meu peito dói — preciso que me escute por um segundo, pois bem?

Reprimo a vontade de chorar e concordo com a cabeça. Ian corre os olhos pelo gazebo, demorando-se nas palavras em dourado, antes de me encarar com o que imagino ser um misto de raiva e pesar.

— Não pretendo agir como se tivesse o direito de interferir no seu relacionamento com meu irmão, lady Brianna. Mas não consigo mais suportar a dor que vejo em seus olhos todos os dias. Se voltou para torturá-lo, ainda mais agora que Desmond finalmente está seguindo em frente, peço que se afaste. — Ian caminha até mim e não tira os olhos dos meus. — Não permitirei que continue magoando de tal maneira. Se não o ama, simplesmente deixo-o.

Encaro minhas mãos unidas em meu colo e repasso suas palavras em minha mente. As palavras de minha briga com Desmond ainda espinham meu coração, mas a verdade é que não quero fazê-lo sofrer.

No últimos dias percebi que ainda o amo. Que é fácil mergulhar em seu sorriso divertido e no conforto de seus braços. Mas amar não parece ser suficiente, não quando mantemos tantas barreiras entre nós.

— Acha que, afastados, conseguiremos curar todas as feridas em nossos corações, Ian? — Pergunto com sinceridade.

— Estou tão cansada; de sofrer e de lutar contra o desejo de ter Desmond em minha vida.

Ian se aproxima e senta ao meu lado. Permanecemos em silêncio até ele me oferecer seu lenço. Não havia percebido que as lágrimas rolavam de meus olhos.

— A senhorita o ama?

Penso em dizer que não sei, que uma parte o ama e outra a odeia, mas essa não é a verdade.

— Sim, apaixonei-me aos quinze anos. Mas o amo desde sempre.

— Então por que não diz isso a ele? — Ian segura uma de minhas mãos e o gesto me conforta. — Sei que possuem inúmeros assuntos pendentes, mas o amor não deveria ser capaz de superar todos eles? Existem milhares de homens e mulheres ao redor do mundo que sonham encontrar um laço como o que compartilha com meu irmão. Simplesmente não me conformo em vê-los deixá-lo esvair.

— Aprendi que nem sempre o amor é suficiente, Ian.

— Um amor que se resume em palavras não o é mesmo. — Ele vira meu rosto até o dele, incitando-me a encará-lo. — Amar é viver, errar, tentar e recomeçar. Sei que sabe disso, Brianna. Apenas decidiu que está cansada demais para lutar.

Ian tem toda a razão. Sei que amar é muito mais do que um conjunto de palavras bonitas. Mas, quando o assunto é Desmond e toda a confusão que criamos nos últimos anos, simplesmente cansei de sofrer.

— Só espero que não se arrependa disso, Brianna. Meu irmão está desolado, certo de que a perdeu, mas sei que superará. — Ele beija minha mão e levanta do banco, seguindo para a saída do gazebo. — Assim como a senhorita também curará todas as feridas de seu coração. Mas, no futuro, ainda lembrará de meu irmão e do amor que poderiam ter vivido se tivessem lutado apenas um pouco mais.

Fito suas costas enquanto ele abandona o gazebo, ponderando cada uma de suas palavras.

Fecho os olhos e imagino a vida que quero ter nos próximos anos. Não me surpreendo ao perceber que, em todas as pinturas que crio para o futuro, Desmond Hunter está ao meu lado.

Sonhei com seus lábios essa noite. Acordei ansiando por seu sorriso, por seus olhos nos meus e por suas mãos correndo por todo o meu corpo. E, apesar do que pode parecer, não escrevo para lhe torturar com meus pensamentos. Desejo que sinta a força da minha raiva, Desmond. Nesse momento, estou furiosa; com seu silêncio, com meu corpo traidor e com meu coração teimoso. Quero esquecê-lo de uma vez por todas, e se pudesse ter um único desejo atendido pelos céus, gostaria de calar a esperança com a qual ainda escrevo essas malditas cartas. Mas espero que fique satisfeito ao ler que não pretendo mais enviá-las. Cansei de desejar algo que nunca poderei ter.

(Trecho da carta de Brianna para Desmond, em abril de 1825.)

21

1827, Durham

Jogo o graveto para Pie mais por reflexo do que por qualquer outra coisa. Estou há mais de uma hora sentado nos degraus da porta dos fundos, olhando a noite chegar e imaginando o que farei para esquecer Brianna.

Passei dias trancado dentro de casa, bebendo e lamentando pelo que tivemos, mas agora estou decidido a não derramar mais nenhuma lágrima. Quero colocar um ponto final na história que começamos anos atrás e, quem sabe assim, finalmente encontrar um pouco de paz.

Obviamente sei que nunca a deixarei por completo, mas nesse momento só preciso acreditar que nosso amor permanecerá para sempre no passado.

Pie volta correndo e toca minha mão com o graveto. Ameaço arremessá-lo novamente, mas antes disso o cão solta um gemido suave e lambe meus dedos.

— Estou bem, Pie. — Afago seu pelo desordenado. — Vamos ficar bem.

Enquanto ele corre pelo bosque eu olho mais uma vez para o céu. A Lua está parcialmente encoberta pelas nuvens, mas algumas estrelas brilham na minha direção com toda a força.

Deve passar das dez horas da noite, tarde demais para que eu decida alguma coisa. Então, resolvo entrar.

Assobio para chamar Pie, mas em vez de retornar ele late com toda a força para a estrada que liga a minha casa ao bosque e à cidade. Volto os olhos na direção do som e sinto todas as minhas certezas evaporarem.

Brianna está aqui, encarando-me com seus belos olhos cor de mel e tudo o que mais quero é tomá-la em meus braços. — Pensei que poderíamos tentar conversar... — Ela caminha até mim, parando apenas para acariciar Pie, que parece mais do que feliz com o agrado.

Brianna usa um vestido azul-escuro que destaca sua pele cor de leite. O cabelo, que eu não consigo negar que amo, cai solto emoldurando seu rosto. Ela se aproxima e se senta ao meu lado, só que na outra ponta do degrau, colocando uma barreira invisível entre nós.

Ficamos os dois, lado a lado e sem nos encarar, olhando Pie correr pelo bosque à nossa frente.

— A duquesa está aproveitando a cadeira? — Procuro um terreno neutro até criar coragem para perguntar o que a trouxe até minha casa. Acabei de sentenciar o término do que tínhamos, mas não levo muito tempo para perceber que, graças à sua presença, estou deixando a esperança de um novo começo tomar conta de mim.

Pare de ser um tolo, ela está noiva! Minha mente grita para o meu coração, que continua batendo descompassado.

— Isso é parte do motivo que me trouxe aqui... — Brianna tira um embrulho do bolso do vestido e me entrega, tomando cuidado para que nossas mãos não se toquem. — Mamãe pediu que eu lhe desse esta fatia de bolo. E meu pai pediu que o convidasse para um jantar. Minha família deseja agradecer formalmente por todos os pequenos milagres que tem feito.

— Deixe de bobagem, já disse que tudo o que quero é vê-los felizes. — Seguro o invólucro nas mãos e sinto cheiro de geleia de morango. Sempre amei os bolos de Ava. — Mas aceito o convite com prazer.

— Leve Ian e Garret também. Mamãe está com saudade.

— Quer dividir? — pergunto ao abrir o embrulho do bolo e dar uma mordida generosa. O sabor me lembra os verões que eu e Brianna passamos juntos. A leveza das férias e nossas risadas jovens e despreocupadas correndo pela clareira. Em momentos como este, sinto falta até de nossas noites de leitura, quando a paixão em sua voz me nocauteava.

— Já extrapolei minha cota de doces por hoje. Ava anda tão feliz que passou a transformar nossos jantares em perfeitos banquetes. Ela tem preparado uma variedade tão grande de pratos deliciosos que, receio eu, engordei quatro quilos desde que voltei. — Brianna apoia os braços nos joelhos unidos à sua frente e segura o queixo com as mãos. Com um sorriso divertido, tira um lenço do bolso interno do vestido e me entrega. Sua expressão denuncia que estou com geleia espalhada por todo o rosto. — Se continuar comendo dessa maneira, logo serei capaz de passear por Durham rolando.

— Pare com isso — digo ao terminar de devorar o pedaço de bolo. — Está cada vez mais linda, Brianna.

Diabos, as palavras escorrem da minha boca e sinto o clima entre nós mudar. Resolvo então abandonar a conversa cordial e forçá-la mais um pouco. Sei que Brianna não veio até aqui apenas para me entregar um pedaço de bolo.

— O que realmente a trouxe até aqui?

Antes de me responder, ela corre os olhos pelo jardim e assobia para chamar a atenção de Pie. O cão deita de barriga para cima e se deleita com os carinhos de Brianna.

— Ian foi me procurar, ele me disse... — Seus olhos abandonam o cão e fitam os meus. Mesmo na luz parca consigo listar cada uma das sardas em sua pele. — Digamos apenas que seu irmão é mais sensato do que nós dois juntos.

— E o que exatamente ele lhe disse? — Penso na cena que fiz cortando lenha e espero que meu irmão, ao me ver chegar carregado por Garret, não tenha contado para Brianna a extensão da minha dor.

— Nada que eu já não soubesse. O que importa é que suas palavras me trouxeram até aqui. — Brianna abandona Pie por um instante e toca meu ombro com suavidade. Mas, antes que eu possa envolver nossas mãos, ela se afasta.

— Então preciso agradecer-lhe. — Digo apenas. Seja lá o que Ian tenha dito para trazê-la até minha casa, sou grato pela oportunidade de conversar com Brianna.

— Não comemore, Desmond. Nosso histórico não é favorável e quase todos os nossos encontros terminam em briga.

Sei que discutimos porque temos muito o que superar, mas o fato é que ainda não descobrimos como dar voz às emoções que reprimimos por tanto tempo. Fora que, além das mentiras e mágoas do passado, precisamos lidar também com o desejo que faísca entre nós e com a amizade que – mesmo após tantos anos – nos cerca.

É difícil manter-me distante quando passei praticamente dezoito anos da minha vida ao lado de Brianna.

— Vamos fazer um acordo? — eu proponho. Ela volta os olhos para os meus e resisto à vontade de tocar sua pele. — Mesmo que doa, seremos sinceros. Vou responder a todas as perguntas que me fizer, e espero que faça o mesmo. Combinado?

Após alguns minutos de silêncio, Brianna assente e pega minha mão. Nossos corpos ainda continuam distantes, mas a simplicidade por trás do seu toque é reconfortante.

— Quem era ela?

Percebo que Brianna retrai ligeiramente o corpo ao disparar a pergunta. Com medo que se afaste, mantenho nossas mãos entrelaçadas. Respiro fundo e tomo um minuto para encontrar a maneira mais verdadeira de responder não apenas a essa pergunta, mas a todas as outras que estão escondidas por trás dela.

— Isabelle Garcia. Seu pai está investindo em um novo meio de transporte. Imagine isto: trilhos interligando duas cidades e um veículo que possa correr por esses trilhos sem a necessidade de cavalos.

Ainda relutava em acreditar que um dia tal sonho viraria realidade, mas reconhecia no senhor Garcia a vontade de sair de sua zona de conforto. Ele havia acumulado dinheiro suficiente para manter as próximas gerações, mas almejava mudar o mundo.

— Isso é possível? — Brianna pergunta, tirando-me dos meus devaneios.

— Ainda não sabemos, mas o fato é que quando eu estava nas Américas ele contratou minha empresa para trazer alguns protótipos a Londres. Isabelle ajudava os pais no projeto e me acompanhou na viagem... — Sinto a pele do seu pulso com o polegar. E só continuo a falar quando Brianna desvia o olhar de um ponto do bosque e me encara. — Nunca fomos mais do que amigos e companheiros de trabalho. Interessei-me por seus projetos e, quando chegamos a Londres, apresentei a cidade a ela. Apenas isso.

— Os dois ainda mantêm contato? Quero dizer, sabe como anda o projeto?

— Ela ocasionalmente me envia algumas cartas. Entre as últimas, disse que estava com Richard Trevithick, um cientista especializado em transporte de cargas. Imagino que logo obterão sucesso.

— E sempre as responde? — O tom de sua voz é cortante e deixa transparecer toda a sua raiva. Escuto a pergunta, mas não a compreendo, então permaneço calado. Ela força a mão na minha até que sou obrigado a soltar o aperto. — O que quero saber, Desmond, é se respondeu às cartas dela.

Brianna está com ciúme. Reconheço-o na maneira como seus olhos queimam e em como ela levanta apressada do degrau de madeira e começa a andar pelo bosque, indo e vindo, como sempre faz quando está nervosa. Entendo sua angústia porque sinto o mesmo toda vez que penso nos anos que compartilhou com Neil.

— E não minta para mim, Desmond Hunter! — Ela para na minha frente, mais alta, já que ainda estou sentado. — Escreveu-lhe ou não?

— Sim — murmuro. Vejo a dor em seus olhos e quase me arrependo de ter sido sincero. Sei o que parece, que escolhi outra mulher em vez dela. Mas a verdade é que responder a Isabelle equiparasse com uma conversa entre irmãos, sempre foi fácil e sem complicações – e muito menos emoções conflitantes – falar com ela.

Brianna ri com escárnio antes de me dar as costas e seguir para a estrada que a levará para casa.

— Pare onde está! Combinamos em não fugir dessa vez! — Ameaço levantar, mas ela manda que eu fiquei quieto e espere.

Observo enquanto Brianna cruza o jardim, chuta alguns galhos secos e profere maldições que eu nem ao menos conheço. Alguns minutos depois, com o rosto tão calmo que fico ligeiramente preocupado, ela volta a sentar ao meu lado.

— Não respondi a suas cartas porque não sabia o que lhe dizer.

— Ela bufa de uma maneira que aumenta minha vontade de tocá-la, mas antes que eu possa me aproximar, Brianna enrosca os braços em Pie. Esperto, ele repousa a cabeça em seu colo.

— Poderia ter me contado a respeito de sua primeira viagem, sobre a construção dessa casa, ou até mesmo narrado o dia em que encontrou esse cão tão amoroso. Não buscava declarações vãs, apenas ansiava por fazer parte da sua vida.

Penso em dizer que sabia que ela estava comprometida com outro homem e que, além de chateado, não desejava ser uma muleta em seu novo relacionamento. Quase digo que achava um absurdo que me escrevesse e proferisse juras de amor, quando logo se casaria com o primo.

A dor daquela época retorna com força total. Não me sinto preparado para enfrentar todos os demônios do passado, então chego a pensar que a conversa de hoje pode nos fazer mais mal do que bem.

— Por agora, aceite que tive os meus motivos para manter-me afastado — digo, por fim. E, antes que ela me questione, emendo uma pergunta. — Fale-me a respeito de Neil.

Brianna beija o topo da cabeça de Pie e gira o corpo até estar um de frente para o outro.

— Eu o amo. — A cada palavra sinto uma pontada no peito, mas mantenho a expressão neutra enquanto fixo meus olhos nos seus — Logo que cheguei à Escócia me senti conectada a Neil. Ele é tão parecido com minha mãe... então foi fácil fortalecer o laço que naturalmente nos unia. Mas sempre como amigos, nunca mais que isso. Achei que havia deixado isso claro em minhas cartas.

Quase rasguei as cartas em que Brianna falava de Neil. Não importa se suas narrativas davam a entender que os dois eram apenas bons amigos, principalmente quando lembrava que ela seria dele e que logo usaria o título de senhora McDuff.

— Pretende ficar quanto tempo em Durham? — digo, mas o que quero mesmo saber é quando pretende voltar e casar.

— Para sempre? — Brianna responde com um ligeiro dar de ombros. — Quero viajar e conhecer alguns novos países. Mas só depois de comprar minha própria casa. Papai vai me ajudar a escolher um terreno.

— Uma casa em Durham? — Não consegui esconder o choque. Nem em um milhão de anos pensei que ela moraria aqui. Sinto o coração quebrar só de imaginar que terei que vê-la, com ele, pelo resto da minha vida. — Neil aceitou morar na Inglaterra? Imaginei que viveriam do outro lado do reino, nas terras que um dia serão suas.

Ela para de acariciar Pie e me encara com espanto. Não sei o que passa em sua mente, mas tenho certeza de que meu rosto parece tão chocado quanto o dela.

— Agora eu entendo sua recusa em me responder. — Brianna levanta novamente, mas, em vez de fugir, se aproxima de mim a passos lentos. — Acha que me casarei com Neil?

— E me culpa por fazê-lo? — Olho para cima e sustento a raiva em seus olhos. Brianna precisa entender que não é a única magoada. — Não se trata de palavras derramadas em um papel, mas, sim, do que meus olhos veem.

— E o que exatamente eles lhe contam, Desmond?

Agora seu rosto está tão próximo que consigo sentir seu hálito em minha face. Um único movimento e a teria em meus braços.

— Voltou com o anel dele colado ao corpo, Brianna. O que mais preciso como prova de que escolheu seu destino?

— Está se comportando como um tolo. — Ela me ataca nos ombros, empurrando-os na tentativa de me desequilibrar. — Esse anel nunca foi de Neil. Ele é sim o símbolo do tratado entre meu avô e meus pais, mas antes disso, ele foi da minha avó. Encontrei os diários dela, Desmond. E mesmo sem conhecê-la a amei tanto que decidi ficar com esse anel. Não por casamentos arranjados e sobrenomes mais antigos que essas terras, mas pelo laço que fiz com a parte escocesa que corre em minhas veias.

Tento, mas falho ao assimilar suas palavras. Para mim, seu casamento com o primo era certo.

— Está vendo, seu teimoso? — Ela empurra meus ombros com mais força. Antes de cair no piso de madeira, rodeio sua cintura com minhas mãos, trazendo-a comigo.

Arfo ao sentir seu peso em cima de mim e corro as mãos por suas costas, aproximando-nos mais. O fato de Brianna não estar noiva não anula as mentiras que contou ao fugir, mas no momento, com seu corpo colado no meu, estou mais do que disposto a esquecer isso.

— Tire as mãos de mim. Agora! — Solto-a imediatamente, sentindo-me um palerma. — Era só ter escrito a droga de uma carta, perguntado se eu estava noiva ou não de Neil, e essa confusão toda teria encontrado fim. Mas seu orgulho maculou nosso amor.

Ela levanta do chão e segue para o bosque. Sei que parte do que diz tem razão; enrolei demais para perguntar sobre Neil, no fundo adiando uma resposta que já contava como certa. Mas não vou permitir que Brianna jogue toda a culpa em meus ombros.

Corro até ela e seguro seus braços. Seus olhos estão cheios de lágrimas não derramadas e meu coração aperta diante de sua dor. Desejo confortá-la tanto quanto deixá-la ir.

— Prometeu que me escutaria.

— E o que mais há para ser dito, Desmond? Onze anos e não recebi uma única palavra sua! E tudo por causa de um ciúme tolo. Ao menos tem ideia de quantas vezes chorei de saudade? Ou da culpa que me corroía por tê-lo deixado? Ou até mesmo os pesadelos que me roubavam o sono noite sim, noite não?

Vejo que uma parte dela desmancha, bem na minha frente. Seu corpo treme e as lágrimas antes reprimidas deslizam-lhe pela face. Tento abraçá-la, mas Brianna afasta meu toque, batendo os punhos no meu peito, e diz:

— A verdade é que a culpa de estar aqui é mais minha do que sua. Não deveria ter acreditado que me esperaria. — Suas palavras me ofendem mais do que tudo o que já me disse.

— E que diabos quer dizer com isso?

— Que acreditei que cumpriria com suas promessas, mas não deveria tê-lo feito. Que enquanto seguiu em frente, eu me mantive presa às cartas que escrevia com tudo o que era. E um dia esperava que fôssemos. — Seu pranto fica mais forte e sinto o desespero tomar conta de mim.— Não deveria ter escrito tantas cartas. Sei que as vê como um punhado de palavras vãs, mas para mim elas significavam o mundo. Faltou-me coragem para parar de escrevê-las e alimentar meu espírito com esperanças tolas.

Suas acusações inflamam ainda mais a minha raiva, ao mesmo tempo que acumulam lágrimas em meus olhos. Quero confortá-la, mas também desejo gritar para que me ouça.

— E tudo isso apenas porque não escrevi uma maldita carta? Não percebe que mesmo desacreditado, que mesmo certo de que havia escolhido outro homem, uma parte minha continuou a esperá-la? Será que é cega ao ponto de não entender que o gazebo e essa casa nunca foram apenas para mim?

Seus olhos se fecham e por um momento me arrependo de tudo que disse.

Jurei que vestiria meu orgulho e não imploraria mais pelo amor de Brianna, mas não consigo. Não consigo olhá-la nos olhos, vê-la sofrer tanto quanto eu, e aceitar que todos esses anos foram em vão. Que vamos acabar sem nem ao menos termos tido a chance de começar.

— Uma carta e eu não pensaria duas vezes antes de voltar para os seus braços. — Ela mantém os olhos fechados e repete as mesmas palavras inúmeras vezes, cada vez mais baixo, como se falasse consigo.

Sinto as lágrimas correndo pela minha face e a dor nublar minha mente. Sou patético. Patético por ainda amá-la e por ainda esperar que ela entenda que tudo o que fiz foi para vê-la feliz. E prossigo:

— Acha mesmo que não sofri ao me manter distante? Que eu não quis correr para a Escócia quando em uma de suas cartas me disse ter caído do cavalo e quebrado o ombro? — Ela toca levemente uma cicatriz que desponta pelo decote do vestido. — Quando percebi que seu coração sangrava ao falar do dia em que Neil quase morreu? Ou ainda quando me mandou aquela carta implorando perdão?

— E por que não o fez? — Ela se aproxima e ameaça tocar meu rosto. Afasto suas mãos, mas ela segura as minhas. Sinto as marcas em sua pele enquanto ela percorre com os dedos as minhas cicatrizes.

Por um momento ficamos olhando para as impressões que os anos deixaram em nossa pele. Elas representam as nossas histórias: a filha do duque que aprendeu a levar uma vida mais simples e o futuro barão que viajou pelos mares para construir a própria riqueza.

— Seus pais a privaram da oportunidade de escolher qual caminho seguir. Eles a criaram para ser o que quisesse só para despedaçarem uma parte sua que sonhava em ser livre. Mas eu via como sua mente mergulhava nas histórias que lia, Brianna. Ou como seus olhos brilhavam quando falávamos sobre quão grande o mundo é. Então dei-lhe a oportunidade de escolher, de descobrir quem queria ser e como gostaria de viver. Quando deixou para trás o anel do ducado, optando por levar apenas o anel de seu avô escocês, decidi me afastar e respeitar sua escolha.

— Do que está falando? — Sua voz parece tão rachada quanto a minha. Olho para cima e imploro ao céu que me ajude. Não sei mais como fazê-la entender que tudo o que eu queria era deixá-la livre para viver ao lado do homem que escolhera.

— Eu estava na casa de seus pais quando Malvina encontrou a caixa com o anel do ducado — digo sem deixar de fitar as estrelas no céu. Brianna tenta me tocar novamente e dessa vez eu permito. Talvez para senti-la uma última vez. — Ouvi quando ela leu seu bilhete... Deveria ter me dito que optara pelo legado escocês. Por anos, senti-me um idiota ao lembrar que lhe ofereci meu anel.

Vejo o entendimento atingir seus olhos. Um soluço irrompe de seus lábios lindos e novas lágrimas rolam por sua face. Somos dois tolos chorando pelo passado.

— Não escolhi levar o anel porque pretendia assumir meu posto nas terras de meu avô, Desmond. Muito pelo contrário, eu queria que cada anel estivesse em posse de um braço de minha família. Por isso, deixei o do ducado com Malvina e levei o de vovô comigo.

— Mas... — ela silencia meus lábios com as mãos. Então aproveito o momento para compreender o que ela acabou de dizer.

— O que mais me dói é saber que acreditou, por todos esses anos, que diminuí o significado do momento em que me entregou a aliança, Des. Que sequer ousou questionar as armadilhas criadas por sua mente. Eu cumpri com todas as minhas promessas. Parti, mas voltei. Escrevi sempre que pude e o levei em meu coração.

— Peço perdão por minha estupidez e por ter me mantido afastado. — As palavras saem em um sussurro. — Acho que, no fundo, sempre soube que não era digno do seu amor. Um futuro incrível e grandioso estava à sua espera, então por qual motivo voltaria para mim? Nada mais do que o filho de um barão?

— Porque o amava. Por quem era, e não por seu título. — Seus soluços me deixam apavorado. Não queria que ela chorasse por minha causa nunca mais. — E porque prometi que sempre voltaria.

Suas mãos tremem quando as levo ao meu coração. Uma parte de mim, egoísta e cruel, já sonhou vê-la assim. Sofrendo por mim, por nós, da mesma forma que sofri durante todos esses anos. Mas agora suas lágrimas fazem meu coração bater de dor, porque a verdade é que eu a amo mais do que nunca. Assim como foi em nossa despedida anos atrás, o que desejo é vê-la feliz, mesmo que para isso ela decida seguir sem mim.

Dizer adeus ao que poderíamos ter vai destroçar meu coração. Mas, desde que isso signifique a felicidade dela, não me importo. Não mais.

— Por favor, não chore — digo ao abraçá-la. Ela suspira assim que a envolvo em meus braços. Seu corpo convulsiona e sinto as lágrimas molhando minha camisa. — Sempre quis vê-la feliz e realizada, Brianna. Quando partiu, prometi que a esperaria. Mas agora retiro minha promessa. Não quero que se sinta presa ao passado, quero que siga em frente.

Anos atrás, vi como o peso das expectativas de sua família destroçaram o coração de Brianna. Vi o medo, a raiva e a insegurança transbordarem de seus olhos. Na época, não queria ser mais um a encher sua mente com sonhos que não eram seus. Então, lutei para que ela tivesse a oportunidade de descobrir seus próprios e verdadeiros caminhos. Mas acabei me tornando exatamente o que nunca quis, alguém incapaz de aceitar suas verdadeiras escolhas.

Ela se solta de nosso abraço para me dizer algo, mas antes que possa fazê-lo a silencio com um toque delicado em seu rosto. Ela me olha como se eu fosse tudo o que deseja. Pela última vez deixo meu coração tolo transbordar de amor e tomo seus lábios nos meus.

Como se fosse possível, apaixono-me ainda mais, bem no meio de nosso último beijo.

— Perdoe-me — sussurro em seus lábios. — Perdoe-me por demorar tanto tempo para voltar.

Antes que ele me afaste, abro os lábios e aprofundo nosso beijo. Seu corpo luta, como se desejasse fugir da sensação inebriante que nos envolve, mas rodeio seu pescoço com os braços e o mantenho o mais próximo possível. Toco seu cabelo, seus ombros e corro minhas mãos por suas costas. Desmond interrompe o beijo para olhar nos meus olhos. Imagino que estejam tão vermelhos quanto os dele. Sinto vontade de apagar as marcas deixadas por suas lágrimas e é isso que faço. Beijo seu rosto como se pudesse afastar cada palavra dita que um dia nos manteve afastados.

Mantenho as mãos em seu rosto e olho fixamente para ele.

— Não vou deixá-lo me afastar mais uma vez, Desmond Hunter. Eu o perdoo por cada tolice que disse nos últimos meses e por todos esses anos que seu medo e as mentiras que deixou sua mente criar nos mantiveram separados. Por isso, lhe dou duas opções. — Planto beijos leves por todo o seu rosto, passando pelos olhos, bochechas e me demorando em seus lábios. — Pode decidir me perdoar agora e conceder mais uma chance ao nosso amor, ou permanecer enterrado em seu orgulho. Mas já vou avisando, vou importuná-lo até fazê-lo mudar de ideia.

— É isso mesmo que deseja?

— Desde a noite em que valsamos pela primeira vez. Eu o amo, Desmond. Sempre o amei. — Ele me abraça com força, e o seu corpo treme junto ao meu, enquanto suas lágrimas molham meu vestido. Quando nos afastamos, ele sorri para mim, um sorriso que aquece meu peito e me enche de esperança. Minhas pernas fraquejam e ele me toma nos braços.

— Confia em mim? — Desmond diz ao beijar um ponto delicado entre minha orelha e meu pescoço. Meu corpo todo arrepia quando sua respiração me toca.

— Sempre.

Desmond começa a caminhar para o lado oposto da casa principal e sinto meu coração bater mais acelerado, em uma mistura de alegria e antecipação.

— Então feche os olhos. — Ele me toma nos braços e me carrega pelo que parece ser uma eternidade. Sinto-me confortada. Sua respiração, que toca a pele exposta do meu pescoço, me leva a loucura. E desejo que esse momento, de alegria e esperança, não acabe nunca.
— Pode abri-los.

Preciso fechá-los mais uma vez até me acostumar com a luz. Olho abismada para o aposento, dando-me conta de que a Lua me encara do teto, onde há uma abertura circular. Giro os olhos pelo cômodo: janelas decoradas com tule prateado, tapete branco por todo o assoalho, uma lareira lateral decorada com estrelas de madeira e uma cama tão gigante quanto o aposento. Tudo belo e rústico como a noite, mas mágico graças à abertura superior.

— Como isto é possível? — digo sem conter a surpresa, voltando a encarar o céu.

Desmond me coloca no chão. O movimento faz que meu corpo sinta cada parte do dele. De costas para Des, perco o fôlego mais uma vez quando ele rodeia os braços na minha cintura. Ficamos por longos momentos apenas encarando a beleza daquela Lua que parece brilhar apenas para nós dois.

— Criei uma alavanca que permite que o teto retraia. É como se tivéssemos uma janela superior. Assim, quando o tempo está bom, posso abri-la e passar minhas noites apreciando a beleza do céu.

— Estamos no seu quarto, então? — Está cada vez mais difícil respirar com ele tão próximo. Desmond afasta meu cabelo e deposita pequenos beijos em meu ombro. Em vez de fugir, me aproximo mais.

Então ele abre dois botões do meu vestido e beija a pele exposta de minhas costas.

Sinto-me queimar. A cada toque meu corpo parece entrar em combustão.

— Não, Brianna. Este é o nosso quarto. Aquele que planejei para nós quando construí esta casa.

Volto os olhos mais uma vez para a Lua, para o prateado das cortinas e dos lençóis, e para as estrelas que decoram a lareira e os móveis. Sorrindo giro em seus braços.

— Eu amei, é lindo.

— Espero que um dia aceite compartilhá-lo comigo, assim como todos os outros cômodos dessa casa. — Sei exatamente o que ele está dizendo e quero gritar que já não tenho medo de casar, mas Desmond me cala com um beijo suave. — Importunei os céus com minhas preces, mesmo nos momentos de mágoa, para que a trouxessem até mim, Brianna. Porque eu a amei desde o primeiro dia em que a vi e vou amá-la até meu último suspiro.

Percebo que palavras não são necessárias, não mais. Minhas mãos tremem quando retiro sua camisa de linho. Esperei anos por este momento, desde a noite em que me dei conta de que não o queria mais apenas como um amigo. Mal consigo acreditar que finalmente ficaremos juntos. Que vamos deixar o passado para trás e recomeçar, juntos, sem imposições ou acordos familiares.

Corro os dedos trêmulos por seus ombros, costas e pelos músculos de sua barriga. Os pelos do seu corpo arrepiam sob meu toque, o que faz que eu queira conhecer cada parte sua.

— Tão lindo... — digo ao beijar o local exato onde seu coração bate — *mo ghrian*.

— Sempre será minha estrela, o astro que guia meus passos em meio à solidão, a luz que faz minha vida brilhar, Brianna... — Ele beija meus lábios com entrega e mergulha as mãos em meus cabelos, aproximando nossos corpos mais e mais.

Sua boca desce pelo meu pescoço e faz um trilho de beijos em meu colo. Suspiro quando Desmond provoca a pele sensível com a barba e morde, delicadamente, o lóbulo da minha orelha.

Percorro as mãos por seu tronco, correndo as unhas em suas costas, e puxo seus cabelos para trazer sua boca mais para perto.

Sem deixar de me beijar, Desmond abre todos os botões do meu vestido. Quando minhas roupas caem esquecidas aos meus pés, ele dá um passo para trás e devora cada detalhe da minha pele exposta. Não evito seu olhar e aproveito o momento para fazer o mesmo com ele.

Ele retira o restante das roupas sob o peso dos meus olhos curiosos. E absorvo o máximo que posso, gravando este momento em minha memória para sempre.

Nós nos encaramos até não aguentarmos mais. E logo acabamos presos em um beijo descontrolado, profundo e sem fôlego que nos leva até a cama.

Desmond segura a parte de trás das minhas pernas e as engancha ao redor do seu corpo. Suspiro ao sentir nossas peles completamente unidas e praguejo quando ele me deposita em seus lençóis e, suavemente, corre as mãos por todo o meu corpo.

Ele reverencia cada pedaço da minha pele exposta até me fazer tremer e, pouco satisfeito com meus arquejos, beija os mesmos caminhos feitos por suas mãos, torturando-me com a sensação de sua barba em meu pescoço, seios e barriga.

— Quer me enlouquecer? Por favor, Des — sussurro quando ele levanta minha perna e mordisca a pele atrás do meu joelho.

— Acha que isso é enlouquecer? Nem ao menos comecei, Brianna.

Cansada de tantas provocações agarro seus cabelos e colo nossas bocas em um beijo de pura saudade, alegria e amor. Murmuro quando sinto o peso do corpo de Des sobre o meu corpo e rodeio-o com as pernas.

Ele interrompe nosso beijo e crava os olhos azuis-esverdeados em mim.

— Preparada para ver estrelas, meu amor?

Antes que possa mandá-lo calar a boca e me beijar, Desmond une nossos corpos. Fecho os olhos e lágrimas de alegria escorrem pelo meu rosto. Ele beija cada uma delas e, a cada movimento, repete que me ama.

Nossos movimentos ritmados me levam ao céu e, antes de sentir meu corpo explodir em um milhão de sensações novas e inebriantes, agradeço por ter recuperado o amor da minha vida.

Alguns minutos, ou talvez horas depois, Desmond me encara com um sorriso bobo no rosto e beija meu nariz, meus olhos e cada uma das sardas do meu colo.

— Eu a amo, Brianna. Quero acordar ao seu lado por todos os dias da minha vida.

— E eu o amo, *mo ghrian* — digo com lágrimas nos olhos. – E não pretendo nunca mais deixá-lo.

Finalmente percebo onde é minha casa.

Desmond é o meu sol, meu destino e meu lar.

Adormecemos enroscados um no outro. E só acordo quando a luz do dia interrompe pelo teto do quarto e reflete nos cabelos dourados de Desmond.

Com a cabeça apoiada em seu peito permito-me sonhar acordada. Nossa casa, nosso futuro, nossa vida juntos.

— Tenha um pouco mais de fé, meu amor. Ainda temos tempo e chegou a hora de lhe mostrar que meu coração sempre foi seu — digo enquanto encaro a manhã à nossa espreita.

Raios preguiçosos de sol entram pela abertura do teto e afastam meu sono. Tateio pela cama em busca do corpo de Brianna, mas abro os olhos e encontro apenas uma bandeja de madeira apoiada na lateral da cama. Vejo um bule de chá – ainda quente, o que significa que não faz tempo que ela se foi –, ovos, torradas e alguns morangos.

Sento-me na cama e como o mais devagar que consigo.

Minhas mãos tremem de medo. O que tivemos ontem foi mágico. Entreguei meu coração a Brianna mais uma vez e agora, ao acordar e não encontrá-la, sinto-me fraquejar. E se nos precipitamos? E se fui o único a ver as estrelas brilharem e abençoarem nossa união?

E se ela partiu novamente?

Termino de comer no momento em que Pie corre pelo quarto, pulando na cama para me cumprimentar.

Afago seu pelo e me surpreendo ao encontrar um rolo de papel preso à sua coleira.

— O que é isso, amigão? — Ele late animado e a esperança toma conta do meu ser.

Pego o papel e o perfume de Brianna preenche o ar. Leio as palavras com lágrimas nos olhos. Lágrimas que misturam alívio, medo, expectativa e amor.

O cão lambe meu rosto e, mesmo em meio ao choro, liberto uma torrente de gargalhadas.

Vou recomeçar, mas com Brianna ao meu lado.

Ontem me perguntou o que significa mo ghrian e decidi que estava mais do que na hora de lhe dizer a verdade. Mo ghrian é o que sempre foi para mim, Desmond. Meu raio de sol, a luz que ilumina meus caminhos e aquece meu coração mesmo nos dias de frio.

Ficar longe foi doloroso, mas tinha razão, o tempo só me fez ver que, independentemente do que passou, e do que virá, quando imaginava o final da minha história, sempre o imaginava contigo.

Mo ghrian, como eu seguiria sem tê-lo ao meu lado?

Já brigamos e relutamos demais. Mas peço que me espere mais alguns dias. Quero mostrar que, no fundo, voltei diretamente para os seus braços. Esta é minha nova promessa: apenas nós dois e um novo futuro.

Sua, Brianna.

Não será fácil, mas terei que admitir que sempre teve razão, Neil. Estava certo com relação a Desmond. Pronto. Está satisfeito com minha confissão? Saiba que pode tripudiar, caso queira, porque eu não me importo em admitir que fui uma tola. Escrevo esta carta com um sorriso bobo no rosto. Finalmente eu e Des avançamos um passo na direção da cura. Agora, posso dizer que o amo livremente. Sem medo da imensidão desse sentimento. Está sorrindo, não é mesmo? Eu devia ter lhe dado ouvidos, tido mais fé no amor, mas o que importa neste momento é que eu e Desmond estamos seguindo em frente. Espero que logo venha nos visitar, não vejo a hora de apresentá-los.

(Trecho da carta de Brianna para o primo Neil, em agosto de 1827.)

22

1827, Durham

Não consigo tirar o sorriso do rosto. Deixei a casa de Desmond há algumas horas e desde então sinto-me inundada pela certeza de que estou pronta para dar o próximo passo.
Voltei decidida a descansar por algumas horas e, ao acordar, conversar com meus pais sobre a decisão que tomei. Mas depois de rolar na cama pelo que parecem horas e não ser dominada pelo sono, decido me levantar.

Jogo as cobertas para o lado, pulo da cama e começo a me arrumar. Estou agitada demais para dormir.

Ontem à noite percebi que deixei de me importar com os acordos um dia assinados por meus pais e que o significado por trás deles também já não era mais capaz de me sufocar. A única coisa com o poder de roubar meu fôlego agora é a certeza de que desejo construir uma vida com o homem que amo.

Descansei menos de duas horas, mas o reflexo que me encara no espelho parece vivo como nunca antes.

Lavo o rosto, prendo o cabelo com uma fita e visto um dos vestidos que trouxe da Escócia. O tecido xadrez abraça meu corpo e me lembra de quem eu realmente sou.

Acontece que levei tempo demais para aceitar que minha história nunca seria ofuscada por um título. E se casar-me com Desmond significa assumir publicamente a posição de duquesa, eu o farei ainda assim. Porque tornei-me forte o suficiente para lutar por todas as facetas da minha alma. Por todos os caminhos, erros e acertos que me trouxeram até aqui, que fizeram de mim muito mais do que qualquer sobrenome ou título será capaz de expressar.

Minha cabeça fervilha em expectativa e decido procurar uma ocupação. Preciso descobrir a melhor forma de mostrar a Desmond os anseios do meu coração e convencê-lo de que ele sempre foi a minha escolha – até quando eu não queria, minha alma voltava para ele. E estar em movimento sempre me ajuda a pensar.

Desço as escadas pulando os degraus de dois em dois e decido que, por hoje, me contentarei em começar a limpeza do estábulo. O trabalho pesado me ajudará a clarear os pensamentos, fora que será bom ter outra coisa na qual pensar além dos lábios de Desmond percorrendo cada centímetro do meu corpo.

Quando chego à cozinha, Malvina e Elisa estão conversando e tomando café. Não avisto meus pais, então imagino que estejam no novo jardim da duquesa.

Alguns dias atrás mamãe disse que gostaria de fazer suas refeições ao ar livre, ao menos até se acostumar com a alegria de sentir o ar puro tocar sua face, e papai prometeu acompanhá-la. Eu e Malvina chegamos a pensar em participar desses momentos com eles, mas resolvemos que nossos pais precisavam passar algumas horas sozinhos.

— Onde vai tão apressada, Bri? — Malvina pergunta assim que me avista.

— Decidi começar a limpeza do estábulo. — Pego um cacho de uva da bancada, alguns pães e um pedaço de queijo.

— Céus, a senhorita não para? Jardins, quartos, estábulos... Por favor, diga-me, qual será o próximo projeto? — Elisa diz rindo, parando apenas para me servir uma xícara de chá.

Aceito a bebida de bom grado e devoro um pedaço de bolo. Meu apetite voltou com tudo hoje de manhã e minhas bochechas esquentam ao lembrar por quê.

— Ainda não decidi, Elisa. Mas deu-me uma ótima ideia. Vou andar pela propriedade e criar uma lista do que precisa ser melhorado, me aguardem! — Eu rio e em resposta elas murmuram maldições. —

Sabem onde Alfie está? Vou precisar da ajuda dele para montar uma equipe de trabalho.

— A última vez que o vi, ele estava indo deixar algumas correspondências no escritório do duque — Elisa diz. — Vou chamá-lo para a senhorita, só um minuto.

Enquanto ela segue para o escritório, olho a mesa de desjejum e tento imaginar se Desmond já acordou, se gostou da bandeja que deixei ao lado de sua cama e se encontrou meu recado.

Deixá-lo não foi fácil. Acordar com a luz da manhã tocando seus cabelos me deu vontade de aconchegar meu corpo ao dele e nunca mais sair daquela cama. Mas nossa conversa de ontem me mostrou que Desmond precisa sentir meu amor de outras maneiras.

— Desembuche. O que aconteceu? — Percebo que estava perdida em pensamentos quando a voz de Malvina me alcança. — Tenho certeza de que está escondendo alguma coisa.

— O que a faz pensar que tenho algo para contar? Pare de ser intrometida, Mal! — Meu tom me denuncia e logo ela está segurando minhas mãos e implorando por detalhes da noite anterior.

Ontem, quando saí, todos sabiam aonde fui. E imagino, um pouco envergonhada, que a esta altura meus pais – e a casa toda – tenham notado que regressei com o amanhecer.

— Por favor, Brianna — ela diz com um sorriso gigante. — Diga-me, essa expressão significa que finalmente resolveu suas pendências com Desmond? E que finalmente vão parar de brigar?

— Negativo para as duas respostas, mocinha! — Ela bufa e eu faço graça do seu bico. — Nós conversamos, Mal. E pela primeira vez desde que cheguei sinto que estamos verdadeiramente próximos. Mas o passado sempre espreitará a nossa relação; só espero que consigamos enfrentá-lo todas as vezes. E brigar... bem, às vezes é bom balançar as estruturas de qualquer relacionamento.

Estamos rindo quando Alfie entra na cozinha acompanhado de Elisa. A expressão no rosto dele é de preocupação, mas antes que eu possa perguntar ele avança na minha direção e me abraça.

— Espero que esteja preparada para o futuro, milady. Vejo coisas maravilhosas chegando... — Ele se afasta e sorri, fazendo-me esquecer a impressão de que algo estava errado. — Elisa me disse que vamos restaurar o estábulo?

— Exatamente, Alfie. Quero que reúna uma equipe para a limpeza e outra para os consertos externos. Muito além da aparência, precisamos restaurar o telhado e reforçar os pilares da estrutura.

— De acordo, senhorita. Farei isso agora mesmo! — Ele sai pela porta e volto a atenção para a minha irmã.

— Quer ir comigo? — Noto o vestido verde-musgo de decote quadrado e o quanto ele a deixa bonita. Fazia algum tempo que não a via tão arrumada. — Mas parece que está prestes a sair. Tem algum plano para hoje, irmãzinha?

— Prometi que iria ajudar Ian e Garret. — Seu rosto assume um tom rosado e não consigo deixar de rir.

— Ajudar com o quê, podemos saber? — Termino de comer e sigo para a prateleira lateral, próxima à despensa, e pego luvas de couro, vassouras e baldes de limpeza.

— Nada demais, só vamos importunar Desmond na tentativa de convencê-lo a criar um trenó para nós! — Eu e Elisa a olhamos em choque.

— O quê? Agora que ele fez a cadeira, tenho certeza de que consegue colocar roda em outros objetos.

— Estou com medo de saber por que precisam de um trenó.

Malvina sorri, pega o último biscoito de nata da mesa e me dá um beijo na bochecha.

— Sinto que hoje o humor de Desmond estará maravilhoso. Sem dúvida será fácil convencê-lo. — Ela segue na direção da porta, mas para antes de sair. — Caso escutem gritos vindo do bosque, não fiquem preocupadas. Talvez, e eu disse talvez, eu e os meninos prepararemos uma corrida de trenó.

Rio da expressão de assombro de Elisa. Penso, não pela primeira vez, que ela é jovem demais e também deveria estar se divertindo com os garotos, e não trabalhando. Sua expressão denuncia o peso das experiências, mas toda vez que a vejo com minha irmã sinto uma faísca de juventude abrandar a dureza de seus olhos.

— Elisa, quando foi a última vez que tirou alguns dias de folga? — pergunto de repente.

Guardamos os mantimentos que estão na mesa e seguimos para fora da casa. Eu rumo em direção ao estábulo e ela ao jardim, provavelmente a fim de verificar se mamãe precisa de algo. Levo comigo uma sacola de apetrechos e alguns dos pães de leite feitos por Ava.

— Sinceramente? Não faço a menor ideia!

Assim que abandonamos o refúgio da cozinha, um vento frio atinge minha pele. O verão está chegando ao fim e, apesar de a manhã ser clara, os raios de sol deram lugar a uma brisa gelada. Eu deveria voltar e pegar um casaco, mas sei que o trabalho irá aquecer meu sangue, então logo desisto da ideia.

— Precisamos estipular alguns dias de folga, Elisa. É jovem demais para passar tanto tempo trancada nessa casa. Não tem ninguém que gostaria de visitar? Sua mãe ou irmãos?

— Eles estão viajando, milady. Foram para a capital passar alguns dias com um tio que adoeceu.

— E não quis ir com eles? — Rodeamos o fundo da casa a passos tranquilos, mas rapidamente nos aproximamos do jardim recém-restaurado.

De longe consigo avistar Ava servindo o desjejum para os meus pais. Consigo notar que o clima entre eles parece leve e o riso, assim como entre todos os moradores da casa Hamilton, corre fácil.

— Na realidade, não cheguei a pensar no assunto, milady. — Paramos antes de alcançar o jardim, dando-lhes mais alguns instantes de privacidade. — A verdade é que ainda preciso me acostumar com a ideia de sair do lado da duquesa. Não por ela, mas por mim. Apeguei-me ao conforto de viver entre as paredes desta casa.

— Medo do desconhecido? — pergunto da maneira mais sutil que posso. Não quero ofender Elisa, apenas encontrar uma maneira de entendê-la.

— Provavelmente — ela diz, olhando na direção onde meus pais estão sentados no jardim. — Antes de meu pai falecer, minha maior alegria era passar meus dias ao seu lado, ajudando-o com seus pacientes. Todos os meus momentos livres eram preenchidos por eles.

E assim é até hoje. Não sei ao certo o que gostaria de fazer além de cuidar da duquesa.

Damos mais alguns passos na direção dos meus pais. Papai está lendo o jornal e comentando algo com minha mãe. Uma pesada manta cobre as pernas dela, e cada vez que o vento desprende uma mecha de seus cabelos, meu pai descansa o jornal no colo e a ajeita no coque.

O amor entre eles me contagia e leva meus pensamentos até Desmond. Já sinto falta dele, do seu sorriso e da mania irritante de beijar meu pescoço nos momentos mais inoportunos.

Preciso conversar com meus pais sobre nós, mas antes disso tenho que descobrir uma maneira de fazer Desmond enxergar todo o meu amor.

— Então vamos fazê-la sair mais e descobrir quem é quando não está trabalhando, Elisa — falo ao tocar suas mãos. — Escolha um dia de folga e prometo que vamos sair para nos divertir.

— Combinado, milady! — Ela aperta minhas mãos antes de soltá-las e caminhar até onde Ava está. Mamãe sorri ao me ver e papai acena com a mão.

Só porque quero, envio um beijo no ar para meu pai, que sorri de volta. Engraçado como ele sempre me faz sentir uma menininha.

Sigo para o estábulo a tempo de vê-lo beijar minha mãe. Elisa ri e Ava, que tentava fazer mamãe sorrir, o incentiva com uma salva de palmas.

Ah, como senti falta de estar em casa.

— Carter, está mais atrapalhando do que ajudando. O esterco tem que ser levado direto para fora e não amontoado no canto das baias — digo sem conter um sorriso.

Assim que a reforma começou, ele implorou pela oportunidade de ajudar. Conversando com o garoto, descobri que seu pai é um dos jardineiros da casa e que ele nunca conheceu a mãe, que morreu logo depois do parto.

Aprendi a gostar da companhia, do riso sincero e das perguntas curiosas de Carter. E depois de muita insistência da sua parte, pedi que o novo responsável pelos cavalos – um senhor respeitoso e de riso fácil contratado por Alfie – o acolhesse como aprendiz. Desde então, o garoto não para de dizer que é o grande responsável por Noturno e Aquarela.

— Mas e se eu juntar todo o esterco no canto e depois levá-lo para fora? O resultado será o mesmo, lady Brianna. — Ele apoia o corpo na pá e aguarda minha resposta.

— É uma opção, Carter. Mas está sentindo este cheiro? — Não me importo com o odor dos cavalos, mas, quando o esterco acumula em um quarto fechado por semanas, é impossível controlar a náusea. Carter assente e eu aponto para a pilha esquecida na lateral. — Para acabar com o cheiro, precisamos eliminar as fezes e abrir as janelas de todas as baias. Só assim terminaremos a limpeza. E lembre-se: com o local limpo finalmente poderemos tratar dos cavalos.

Confesso que exagerei. A limpeza é apenas uma pequena etapa entre inúmeras tarefas que precisamos concluir antes de darmos início às atividades do estábulo. No mínimo, levaríamos mais algumas semanas para reforçar a construção. Mas Carter não precisava saber disso.

— Ora, milady, por que não disse antes? — Com os olhos brilhando, ele corre para levar o máximo de esterco que consegue para fora. Os homens ao nosso redor riem do seu entusiasmo e eu continuo a varrer o feno esquecido.

Eu, Carter e mais um grupo de garotos limpamos metade das baias, mas as últimas estão levando mais tempo do que deveriam. Elas ficaram fechadas por algum tempo e acumularam mais sujeira do que eu poderia imaginar ser possível.

Tínhamos apenas dois cavalos; então, como é que havia esterco por toda parte?

Além de varrermos, esfregamos as baias, jogamos água no corredor e limpamos as teias no teto. Já a outra parte do grupo está reunida do lado de fora, consertando o telhado e restaurando as estruturas de madeira.

Eles avançaram rápido e, em uma única manhã, já haviam preenchido os buracos da cobertura. Agradeci pelo esforço quando o vento frio já não entrava mais por suas frestas, fazendo que eu me arrependesse de estar sem casaco.

Sigo para a última baia e, em silêncio, começo a limpar o chão.

— Precisa de ajuda? — Dou um pulo quando escuto sua voz. Quase não acredito que ele está aqui, então me esqueço de responder. — Ora, Brianna. Achou mesmo que eu não iria procurá-la?

Ele se aproxima e rodeia minha cintura com os braços. Não sei quem inicia o beijo primeiro, só aproveito a sensação de tê-lo.

— Senti sua falta esta manhã — Desmond sussurra com os lábios colados nos meus. Não resisto e aprofundo o beijo, sentindo meu corpo aquecer. — Mas não se preocupe, só vim dizer que esperarei o tempo que for preciso, Brianna. Sempre a esperarei.

Sua voz atinge meu coração em cheio e sinto um peso, que nunca percebi estar carregando, sair dos meus ombros.

Abro a boca para responder, mas ele me cala com um novo beijo. Passo as mãos por seus cabelos e só solto quando ouço o grito de surpresa de Carter.

— O que está acontecendo? — Carter parece confuso com a demonstração de carinho e dou um soco no ombro de Des quando ele começa a rir.

— Carter, este é o meu *amigo* Desmond. Ele mora do outro lado do rio e veio nos ajudar.

— Muito prazer, jovem Carter. — Desmond faz uma mesura e pisca para mim. — Em que posso ser útil?

— Ajuda seria muito bem-vinda, senhor. Segundo lady Brianna, assim que terminarmos poderei cuidar dos cavalos — o garoto diz, entregando uma pá a Desmond, que a pega de bom grado e começa a retirar o esterco da baia.

Trabalhamos em silêncio e logo concluímos a limpeza do chão. Busco uma escada e sigo para as janelas. Desmond segura as laterais de madeira enquanto eu subo com a vassoura de teto. Quero retirar todas as teias de aranha penduradas pelos cantos.

— Sua mãe me enviou uma carta. — A notícia me pega desprevenida e quase caio da escada. Apoio as mãos na parede antes de me reequilibrar. — Pelo amor do meu pobre coração, preste atenção, Brianna.

Reviro os olhos para a sua reprimenda.

— Quando? — pergunto apenas. Mamãe não comentou comigo que entraria em contato com Desmond, mas não me surpreende que o tenha feito. Ela passou os últimos dias repetindo o quanto estava grata por termos Des em nossa vida.

Eu não a culpava. A cadeira com rodas provou-se perfeita para minha mãe. Pois mesmo nos dias em que os músculos pulsavam de dor, ela conseguia ser empurrada até o jardim e sentir o Sol tocando-lhe o rosto.

— E sabe quem a entregou? Seu pai. Se tivesse saído da minha casa um pouco mais tarde, tenho certeza de que encontraria o duque no caminho.

— Ele foi visitá-lo ou interrogá-lo? — Nos últimos dias meus pais deixaram mais que claro que apoiavam meu relacionamento com Desmond. Mas eu ainda era, ao menos para papai, a menininha deles. Então não duvidava de que ele fora intimidar Des na intenção de defender a minha honra.

— Um pouco dos dois. — Desmond segura a escada com uma das mãos e com a outra levanta os barrados do meu vestido, tocando a pele do meu tornozelo até fazer cócegas. Olho para ele com cara feia do alto da escada, mas Des continua a me provocar. — Sinto lhe informar, mas tenho certeza de que logo seus pais começarão a questioná-la a respeito da nossa *conversa civilizada* de ontem à noite.

Empurro um pouco de poeira em sua direção e ele gargalha. Já pretendia ter uma conversa sincera com meus pais, então não fico preocupada com o inquérito que me espera.

— Malvina também foi visitá-lo, pois não?

Termino a limpeza do teto e sigo até a janela. Passo a vassoura, espirrando ao longo de todo o processo, até ela estar brilhando. Inclino o corpo e empurro a madeira. Assim que abro a janela o ar fresco invade o ambiente, afugentando o cheiro forte.

— Havia acabado de acordar quando ela e meus irmão me obrigaram a improvisar um trenó. Confesso que morro de medo cada vez que vejo os três juntos, pois sei que irão aprontar.

— Mas que manhã agitada, Des. Em poucas horas foi agraciado com a presença de todos os Hamilton de Durham! Ao menos assim vai se acostumando. Se vamos morar na sua casa, precisaremos lidar com visitas repentinas. — Falo completamente ciente do peso de cada palavra. Desço a escada com os olhos cravados em Desmond, que exibe sua covinha ao sorrir para mim. — Mas o que meu pai e minha mãe queriam, afinal?

— Em suma, agradecer pela cadeira com rodas. E como meus pais estão vindo para uma visita, combinamos também de jantarmos todos juntos. — Quando estou alcançando os últimos degraus da escada, Des rodeia minha cintura e me gira no ar. Eu rio e ele me gira mais e mais rápido.

Desmond faz com que eu deslize por seu corpo antes de tocar os pés no chão. Noto que os primeiros botões de sua camisa estão abertos, expondo uma parte do peito bronzeado, e só porque posso deposito um beijo leve em sua pele.

— Pare de me provocar, Brianna. Do contrário serei obrigado a carregá-la até minha casa, jogá-la em minha cama e fazer o que desejo desde que acordei e não a encontrei ao meu lado.

Minha respiração sai descompassada e fico na ponta dos pés para beijá-lo. Suas mãos estão no meu quadril, aproximando-me do seu corpo, quando um grito de pura dor atinge meu coração.

Afasto-me e olho para Desmond, que espelha minha confusão, quando minha irmã entra correndo no estábulo.

Sinto o medo gelar minha alma muito antes de as palavras abandonarem sua boca.

— É mamãe — ela grita em meio a lágrimas. — Estamos perdendo-a.

Naquele momento, meu mundo gira.

Uma das coisas que aprendi com o retorno de Brianna é que a vida é feita de recomeços e perdões. De que adianta remoer o passado e deixar que ele dite nossas escolhas? Então, direi isto uma única vez: peço perdão por mantê-lo afastado de suas netas. Eu estava apavorado com a perspectiva de perdê-las. Mas aprendi com meus erros e espero que possa fazer o mesmo. Rowena sofreu outra crise e, desta vez, não sei se venceremos. Então venha vê-la, James. Pode ser sua última chance.

(Trecho da carta de Brandon para o sogro, James Duff, em agosto de 1827.)

23

1827, Durham

Entro no cômodo e juro que meu coração para de bater. O novo quarto de mamãe está lotado. Passo pelo corredor e vejo todos os empregados da casa chorando baixinho ou rezando. Do lado de dentro, Mary e Alfie correm apressados por todos os lados e Elisa, inabalável mesmo com lágrimas acumuladas nos olhos, comanda ordens simples.

Ouço o choro de Malvina e vejo Ian e Garret ao seu lado. Meu pai está próximo de Elisa, ajudando-a a massagear minha mãe.

Eles pressionam-lhe o peito em movimentos e intervalos ritmados, provavelmente para facilitar sua respiração. Mas não consigo deixar de notar que seu peito para no exato instante em que os movimentos de Elisa cessam.

— Por favor, mamãe — Mal sussurra angustiada e pego sua mão na minha. Nós nos abraçamos e choramos enquanto vemos a pele de nossa mãe ficar cada vez mais pálida e as lágrimas de Elisa caírem com mais força.

— Ela se foi — Elisa diz. A jovem dá um passo para trás, com as mãos pendendo ao lado do corpo, e encara minha irmã com um misto de dor e raiva que faz Malvina gritar.

Meu pai olha para nós com lágrimas nos olhos. Sinto frio quando Desmond se afasta e caminha até o outro lado da cama de minha mãe. Ele e meu pai trocam meia dúzia de palavras e recomeçam a contagem da massagem. O quarto está em silêncio absoluto, todos acompanhando os movimentos de suas mãos.

Um, e meu coração tenta se agarrar a um resquício de esperança.

Dois, e Malvina me abraça mais forte, ambas tentando não desmoronar.

Três, e as lágrimas de meu pai rolam pelo rosto de minha mãe.

Quatro, e eu imploro aos céus por mais uma chance de a termos em nossas vidas.

Cinco, e nós esperamos... por segundos, por dias, talvez por uma vida inteira.

Desmond me olha e ali, naquele momento, eu sei que o coração de minha mãe parou de bater.

O grito que irrompe pelo quarto me assusta, ainda mais quando percebo que ele sai da minha boca.

Malvina desmaia em meus braços e Ian corre para socorrê-la. Sinto-me completamente sozinha sem seus braços para me segurarem.

Vejo o corpo de meu pai convulsionar ao depositar um beijo nos lábios de minha mãe.

Então eu choro, despedaço e corro.

※

Escuto Desmond me chamar, mas não olho para trás. Irrompo porta afora, correndo na direção da saída. Passo pelo corredor principal – onde a tristeza e o choro são sufocantes –, pelo salão de jantar, pela cozinha e finalmente chego à porta de entrada.

Do lado de fora, o vento frio toca a minha pele. Olho para o céu escuro e percebo que uma tempestade se aproxima, mas não me importo. Eu quero que o céu sangre chuva, que ele chore tanto quanto nós. Porque, só de pensar em perdê-la, meu coração urra como os raios que cortam o céu.

A dor é tanta que nada parece fazer sentido, apenas o fato de que preciso correr o mais rápido possível.

Seguro as barras do vestido e sigo na direção do bosque. Não vejo nada à minha volta, apenas sinto o frio arrepiar a minha pele e o leve balançar das árvores que me acolhem. A força do vento impulsiona meu corpo para trás, mas isso só aumenta a minha ânsia de enfrentá-lo. Desesperada, quero sentir algo além da dor que domina meu peito.

Os pingos gelados fustigam a minha pele. Mas ainda sinto a dor do luto, ainda sinto meu mundo rachar ao perceber que acabei de perder minha inspiração. A mulher que me ensinou tanto, que me fez ver o mundo com outros olhos, que abriu os caminhos que me tornaram a pessoa que sou hoje.

A chuva engrossa e deixo que o peso da tempestade me empurre. Caio no chão molhado com as mãos espalmadas na relva. Sinto a grama tocar minha pele, inspiro o aroma de terra úmida e me permito chorar por tudo que estou perdendo. Meu corpo convulsiona, pelo frio e pela dor rasgante, até que um pesado casaco é colocado sobre meus ombros.

— Vamos, meu amor. — Sua voz é um alento, mas, ao mesmo tempo, um lembrete do que acabei de vivenciar naquele quarto.

— Não posso, Des, simplesmente não posso viver em um mundo sem ela.

— Mas ainda existe uma chance... — Ele envolve meu corpo com os braços e me pega no colo. — A duquesa voltou a respirar, Brianna. Ela está instável e sem abrir os olhos, mas ao menos continua respirando.

Meu corpo treme ao ser invadido por uma centelha de esperança. Os efeitos do frio cobram seu preço e sinto meus dentes baterem. Desmond me abraça com mais força enquanto eu tento acreditar que suas palavras não são um devaneio.

— Sua mãe voltou a respirar poucos minutos atrás. — Ele beija meus cabelos molhados e eu me agarro em sua camisa. — Mas a duquesa ainda precisa que sejamos fortes, meu amor. Então vamos entrar, nos aquecer ao fogo da lareira e nos mantermos firmes. Porque, enquanto houver um fio de esperança, iremos acreditar.

Choro, mais e mais, sem saber se por medo ou fé. Quero confiar que mamãe ficará bem, mas ainda não sei como.

Contudo, Desmond tem razão, nós precisamos acreditar que ela sobreviverá. Mamãe já o fez uma vez; tenho certeza de que será capaz de aguentar mais essa crise.

Por enquanto, isso basta.

A igreja está lotada. Os bancos e corredores estão cheios e, do lado de fora, uma quantidade surpreendente de pessoas me acompanha enquanto entro na catedral.

Estou com uma vela acesa na mão e assim que alcanço o primeiro banco, passo a chama para Malvina, que a passa para meu pai, que, por sua vez, a transfere para Mary. Seguimos distribuindo o fogo e logo a catedral está iluminada pela chama de nossas velas. Centenas de pessoas reunidas para pedir e implorar por uma cura, por um pequeno milagre.

Quando vi minha mãe respirando percebi que Desmond estava certo. Nós precisávamos ter fé de que algo bom estava à nossa espera; então resolvi fazer uma novena. E o que era para ser uma noite de oração em família virou uma reunião entre todos os moradores da cidade.

Todos rezando, pedindo e agradecendo. Porque, apesar da dor, do medo e do coração partido, não podíamos deixar de olhar para os céus e agradecer pelo valioso – mesmo que muitas vezes escasso – tempo que compartilhamos ao lado de quem amamos.

Desmond segura a minha mão e unimos nossas velas. Ele me olha como se quisesse me dar um mundo. E, em outro momento, prometo que lhe direi que já o tenho.

A multidão ora em silêncio até papai começar a cantar. De início sua voz é baixa, mas logo a igreja todo está repetindo suas frases. A música ressoa como uma prece e, de olhos fechados, professo cada palavra com nada mais do que esperança.

Uma semana se passou e mamãe ainda está inconsciente. No dia em que ela teve a crise, ficou alguns minutos sem respirar. Segundo dr. Scott, o médico que papai trouxe das Américas e que chegou de Londres alguns dias atrás, a falta de oxigênio fez com que ela caísse em uma espécie de sono. Por isso, minha mãe permanece desacordada.

— E então? Ela vai melhorar? — A voz de meu pai está tão quebrada que minha vontade é de chorar ainda mais. Todo dia ele pergunta a mesma coisa, e ainda que a resposta seja a mesma, o médico segura sua mão e sempre responde gentilmente:

— Ela pode acordar, mas isso também pode não acontecer. Vamos dar o tempo de que ela precisa para se recuperar, Vossa Graça — dr. Scott diz.

Desmond envolve meu corpo com seus braços e me seguro neles. Estou cansada de ver minha mãe presa à cama. Os cabelos caem ao redor de sua pele clara. Seu semblante é calmo e marcado pelo começo de um sorriso, e a verdade cruel é que ela parece um anjo dormindo.

Depois de perder a respiração, mamãe entrou em um sono profundo. Elisa já havia visto quadros assim e nos disse que o sono era um bom sinal, que significava que seu corpo estava em repouso e se curando. Mas ainda doía demais vê-la ali, aparentemente perfeita, e saber que algo em seu interior não estava bem.

Malvina passa a mão pelos cabelos de minha mãe e beija sua testa. Ficamos todos ali, em silêncio, aguardando e torcendo por sua recuperação.

Faz dias que não saímos daquele quarto. Às vezes nos revezamos em turnos, mas na maior parte do tempo permanecemos juntos. Tudo o que fazemos é comer, rezar e acompanhar a respiração de minha mãe.

— A duquesa tem visita — Alfie diz ao aparecer na porta do aposento. Todos viramos a cabeça de uma vez só, assustados com a interrupção.

Assim que o vejo meu peito salta em um misto de dor e alegria. Fico surpresa ao perceber que ainda sou capaz de sentir algo bom, e não penso demais antes de abandonar os braços de Desmond e correr na direção do meu avô.

Ele me envolve com seus braços e respiro fundo, sentindo o cheiro de uísque e de carvalho em suas roupas.

— Senti tantas saudades... — Minha voz é um fiapo e quando ele beija minha testa não consigo mais segurar o choro. Vovô chora comigo e só interrompemos o abraço quando Malvina caminha até nós.

Os olhos de minha irmã brilham em meio às lágrimas e logo ela também corre para os braços do nosso avô. Juntos, consigo notar o quanto são parecidos. O mesmo cabelo ruivo, a pela cheia de sardas e os olhos azuis cristalinos.

Dou um passo para trás, permitindo que eles aproveitem o momento, e vejo os olhos de Neil do outro lado do corredor.

Reparo nas olheiras que envolvem seus olhos e no corpo que parece mais magro desde a última vez que o vi. Sinto-me tentada a repreendê-lo por correr o risco de vir nos visitar. Em alguns dias, a saúde de Neil pode ser tão frágil quanto a de minha mãe.

— Eu estou bem, Brianna. — Ouço a preocupação em sua voz e guardo a bronca para depois. Em dois passos o alcanço e envolvo seu corpo com os braços. Neil suspira e afaga meus cabelos. Ficamos assim por longos minutos, interrompendo o abraço ao ouvir a voz do meu pai.

— Obrigado por vir, James. — O olhar entre eles é carregado de palavras não ditas. Vovô passou anos sentindo que meu pai o afastou de propósito da filha e das netas, mas quando fugi ele percebeu que tudo o que o genro queria era manter a família por perto.

Meu avô dá um passo na direção de papai e, para nossa surpresa, o abraça. Lágrimas nublam minha visão e sinto que, neste momento cheio de dor e raiva, todos os laços rompidos de nossa família estão sendo restaurados.

Seguro a mão de Neil e caminho até a direção de Desmond. Vejo um misto de dor e ciúmes em seus olhos, algo que quero espantar com todas as forças.

— Desmond, este é o meu primo Neil. — Neil estende a mão e Desmond me encara. Cravo os olhos nos dele na tentativa de dizer tudo o que este momento significa para mim. Então, ele aperta a mão do meu primo e eu me vejo suspirar de alívio.

Ainda segurando a mão esquerda de Neil me aproximo de Desmond e o abraço. Os olhos de toda a sala estão em nós e sinto meu coração bater acelerado.

— E Neil, este é Desmond. — Sorrio para Des e fico na ponta dos pés, beijando sua bochecha. — Meu melhor amigo e meu *mo ghrian*.

Vovô sorri para mim do outro lado do quarto, meu pai me dá um leve piscar de olhos e Neil bate palmas. Todos no quarto replicam seu gesto e sinto o braço de Desmond me apertar com força. Mesmo sem olhar para ele, sei que está exibindo aquele sorriso largo, com covinhas e tudo, que tanto amo.

Em meio à dor, um pouco de alegria e esperança.

Estou olhando para Desmond quando o quarto irrompe em gritos e choro.

Do outro lado do aposento mamãe nos encara, com os olhos enevoados pelas lágrimas, e sorri para a minha mão unida à de Desmond.

O pranto que escorre por minha face é de pura alegria.

Fomos abençoados e recebemos mais uma chance para recomeçar e apreciar cada dia e as pequenas alegrias que eles carregam.

Fui visitá-la, mas Malvina disse que estava dormindo. Sei que passou as últimas noites velando o sono da duquesa, então não quis incomodá-la. Mas lembre-se, eu estou aqui, sempre. Resolvi escrever uma carta – viu, ainda sou capaz de fazê-lo – para dizer que sinto sua falta, meu amor. Falta do seu cabelo, do seu cheiro e do seu sorriso. Agora que sua mãe está melhor, permita-se viver um dia de cada vez. Agradeça por mais essa dádiva e siga em frente. A dor do passado ficou para trás e o que contará de agora em diante são os sorrisos que sei que ainda vamos compartilhar.

(Trecho da carta de Desmond para Brianna, em setembro de 1827.)

24

1827, Durham

— Isso significa que os dois se resolveram? — meu pai diz, entrando no quarto e me encarando com olhos curiosos.

Mamãe ainda está fraca e evitando falar. Os músculos do peito permanecem enfaixados e a cada respiração ela fecha os olhos, como se temesse não conseguir repetir o movimento. Teimosa, ela faz um esforço desnecessário e envolve minha mão com o dedo indicador.

— Sim, papai — digo com um suspiro. Ele puxa uma cadeira e se senta ao meu lado, mas antes deposita um beijo no rosto de mamãe. Enquanto aguarda minha resposta, vejo-o olhar para o peito dela subindo e descendo. Antes de sua última crise não sabíamos o quanto éramos abençoados pelo simples ato de respirar. — Descobri que fui uma tola em acreditar que Desmond não esperaria por mim. Eu deveria saber que um amor como o nosso perduraria... Só que é muito mais fácil aceitar isso agora, que estamos próximos, do que quando estava sozinha, do outro lado do reino.

— Ele lhe contou por que não entrou em contato? — Papai desvia os olhos da respiração tranquila de minha mãe e volta a me encarar.

— Sim e, como imaginávamos, um mal-entendido foi o grande responsável pelos anos que passamos separados. — Respiro fundo para segurar as lágrimas de saudade, lembrando a noite incrível que passamos juntos. Parecia que aquilo havia acontecido anos atrás.

Uma coisa valiosa que aprendi nos últimos meses é que a vida que queremos levar sempre será a que escolhemos enxergar. A semana que passou foi a mais triste que vivi em toda a minha vida, mas não iria me prender à dor, e sim às pequenas alegrias que recebi.

    Minha mãe estava bem, Desmond e eu havíamos conversado e finalmente resolvido nossas pendências do passado, vovô e Neil vieram nos visitar – reunindo uma parte da família que quase fora perdida por acordos bobos –, e eu havia sido perdoada e acolhida por meus familiares. Erámos novamente um só corpo, unidos pelo amor que sempre nos guiaria. E eu me sentia mais do que grata pelas bênçãos recebidas.

    — Foi corajoso da parte de Desmond ajudá-la a fugir. — Papai pega minha mão e a beija com um estalo. Sorrindo para nós, mamãe envia pelo ar um beijo silencioso com os lábios. — Devíamos tê-la apoiado quando disse que gostaria de ir para a Escócia, mas o meu medo era de que se apaixonasse e nunca mais voltasse. Então, um garoto fez mais pela minha filha do que eu seria capaz e mostrou que amar é dar liberdade de escolha.

    Desmond não me deixou simplesmente ir ou permitiu que eu escolhesse qual caminho traçar. Quando duvidei de mim mesma, ele me mostrou o poder que sempre estaria em minhas mãos: o de construir, viver e amar livremente. Ele acreditou em mim, principalmente nos momentos em que não fui capaz de fazer o mesmo.

    Em meio aos meus sonhos e anseios, Des esperou que eu descobrisse meu lugar no mundo e que quisesse voltar para ele.

    — Agora eu entendo o presente que Desmond me deu anos atrás, papai. E preciso descobrir como mostrar para ele que também o amei desde o começo, que o amei mesmo quando o odiava, e que vou amá-lo mais a cada dia.

    Porque nosso amor não é perfeito e livre de erros. Mas é um sentimento que consome a minha mente, meu ser e ganha força a cada nova manhã. Uma emoção viva que, assim como nós, muda e cresce com o passar dos dias.

    Eu quero acordar com os olhos de Desmond nos meus, poder passar a mão por sua barba e senti-lo em todos as partes do meu corpo, andar de mãos dadas pelo bosque de Durham e dançar mesmo sem música.

— Diga que o ama, isso deve bastar. — A voz de vovô me surpreende. Ainda é difícil acreditar que ele está aqui.

Ele entra no aposento, dá um beijo na testa de mamãe e caminha até mim. Vovô senta ao meu lado e passa os braços ao redor do meu corpo. Encosto a cabeça em seu ombro, mas não deixo de acompanhar a respiração de minha mãe.

— Dessa vez quero expressar meu amor com mais do que palavras, vovô. — Ele interrompe nosso abraço e me olha com um misto de curiosidade e indignação. Desconfio que meu avô se recinta com Desmond, pois foi um dos poucos que viu a profundidade do meu coração ferido. — Preciso que o senhor confie em mim. Eu o amo e sei que Desmond sabe o quanto. Ainda assim, quero encontrar uma maneira de afastar para sempre qualquer resquício de dúvida que tente macular a força do nosso amor.

— Está pronta para casar com ele? — mamãe pergunta, mesmo sabendo que não deve.

— Por favor, Rowena, deixe de ser teimosa! Dr. Scott lhe proibiu de falar por mais uma semana. — Mamãe revira os olhos diante da reprimenda de meu pai. — Responda à pergunta, meu anjo. Pretende casar com Desmond?

— Sim. — Sinto meu corpo vibrar de alegria ao dizê-lo em voz alta. — Não quero magoá-lo, vovô. Sei que esperava que eu me tornasse a senhora das terras Duff, mas não posso negar que meu coração está aqui, em Durham e ao lado de Des.

— Simplesmente faça o que seu coração mandar, minha menina. Não pense que irá me decepcionar ao escolhê-lo. — Vovô me abraça mais apertado e beija o topo da minha cabeça. — Quero vê-la feliz e, se é para ele que seu coração a leva neste momento, simplesmente vá, Brianna. O amor é grande demais para ser medido entre acordos e tratados. Só prometa que irão me visitar. Quem sabe um dos meus bisnetos ame a Escócia e decida passar um tempo com o bisavô rabugento?

Meu pai ri, mas vejo-o afastando as lágrimas. Mamãe me encara com olhos embargados e um sorriso que aquece meu coração. Então mergulho no abraço apertado de meu avô.

— Quando eu e o antigo duque aceitamos e incentivamos o casamento entre Rowena e Brandon, tudo o que queríamos era reatar o laço entre nossas nações — vovô diz depois de um tempo. — Mas o que não percebemos é que estávamos dividindo nossa família novamente ao forçar que nossos netos escolhessem apenas um entre os dois sobrenomes. Agora sei que pouco me importa se usará Hamilton ou Duff, Brianna. Porque a verdade é que minhas netas são a mistura perfeita das duas famílias e de todas as gerações que nos antecedem.

Choro em seu ombro. Eu queria ser a Duff que ele precisava para tocar seus negócios, assim como gostaria de ser a duquesa que vovô Hamilton esperava.

Mas, mais que isso, gostaria de ser a lady Hunter.

Decidida a não perder mais tempo, beijo a todos no rosto e saio do quarto em disparada. Já sei o que tenho que fazer.

— Preciso de ajuda! — Entro correndo no moinho e encontro Malvina e Neil conversando no sofá da sala. Eles me olham com um misto de surpresa e vergonha, como se não esperassem minha visita.

Neil desvia o olhar do meu e volta a encarar algumas das pinturas que estão espalhadas pela mesa. Por mais incrível que pareça, meu amigo não destoa do ambiente. Suas vestes decoradas com o xadrez dos Duff neutralizam a confusão de tons vibrantes espalhados pelo cômodo, seu porte esguio combina com a sensação de liberdade criada pelo pé-direito alto que compõe o moinho, e suas mechas acobreadas rivalizam em beleza com os fios avermelhados de Malvina.

Minha irmã está com as faces coradas e não para de encarar Neil, que permanece sentado a poucos centímetros de distância dela. Olho para os dois ao mesmo tempo – os traços semelhantes, as personalidades completamente distintas – e sorrio. Eles seriam bons juntos.

— O que aconteceu, Brianna. Mamãe está bem? — Mal abandona sua xícara de chá e caminha na minha direção.

— Ela está bem, mas preciso de ajuda. Tanto sua quanto de Neil.

— Meu amigo se levanta e vem na nossa direção.

— Como podemos ajudá-la? — ele diz simplesmente.

— Preciso de tintas e de suas habilidades para agora. — Digo, apontando para Malvina. — Quero criar algo no gazebo. E quanto ao senhor meu primo — viro-me para Neil, que sorri para mim —, consegue levar um recado para Desmond? Preciso que ele me encontre no fim da tarde na clareira.

— Não me diga que finalmente vai se declarar? Já estava na hora, prima.

Malvina sorri quando compreende o que as palavras de Neil significam. Ela me abraça com força e começa a dançar comigo pelo cômodo.

— Oh, céus. Leve toda a tinta de que precisar! — Ela me solta e se vira para Neil. — Vá logo, e no caminho peça para Ian e Garret nos encontrarem na clareira. Acho que precisaremos da ajuda deles. Enquanto isso, entretenha Desmond. Tenho certeza de que, assim que der o recado, ele vai querer vir atrás de Brianna. Não o deixe sair daquela casa, Neil!

— Está dizendo que precisarei manter em casa o homem que quase me matou na noite passada? Fácil, muito fácil... — Ele ri e se aproxima de mim para me dar um abraço apertado. — Seja feliz, minha amiga. Os dois, mais do que ninguém, merecem um final feliz.

Neil segue para fora, mas logo retorna. Apressado, ele toma as mãos de Malvina e as beija em uma saudação tardia.

Minha irmã resmunga e, com um sorriso, enxota Neil, obrigando-o a seguir até a casa de Desmond.

— Nem uma palavra, Brianna. — Ela diz antes que possa perguntar algo. — Venha, enquanto separamos as tintas quero que diga o que tem em mente.

Enquanto explico minha ideia, eu e Malvina corremos pela casa e reunimos todo o material de que preciso.

Meu coração bate descompassado e ansioso.

Não vejo a hora de ver a reação de Desmond. Espero que ele compreenda tudo o que desejo lhe dizer.

— Estamos de saída. — Ian e Garret aparecem na oficina. Conheço meus irmãos, eles estão aprontando algo. Seus olhos evitam os meus e os dois parecem ansiosos demais.

— Aonde estão indo? Se aprontarem alguma prometo que os enviarei para Londres antes do esperado.

— Não vamos fazer nada de errado, Desmond. Nós prometemos. — Eles falam ao mesmo tempo e com um tom sério que me deixa ainda mais preocupado. — Voltamos no fim do dia; enquanto isso, trate seu convidado com educação, por favor.

— Convidado? — Abandono a peça de madeira na qual estou trabalhando e fixo minha atenção em meus irmãos.

Eles acenam para alguém do lado de fora e, com um último olhar em minha direção, deixam a soleira da porta da minha oficina. Assim que partem, consigo ver Neil caminhando até mim com Pie correndo ao seu redor.

— Cão traidor — murmuro.

— Bom dia, Desmond. — O grandalhão me cumprimenta assim que entra no cômodo. Minha vontade é esmurrá-lo. Sei que ele e Brianna são só amigos, mas não consigo abafar a sensação de que ele era o prometido da minha mulher e de que esteve ao seu lado quando eu não pude.

Talvez eu devesse *me* esmurrar porque parte da culpa dessa distância foi minha, não de Neil.

Resmungo um bom dia e volto ao trabalho. Neil caminha pela oficina, parando de vez em quando para olhar alguns dos bancos de madeira nos quais venho trabalhando.

— São de sua autoria? — ele pergunta, apontando para um conjunto de mesa entalhado com o desenho de folhas secas.

— Sim. — Não quero conversar. O que ele está fazendo aqui, afinal? Será que Brianna e a mãe estão bem? — Aconteceu algo?

— Elas estão bem, se é o que quer saber. E receio que algo está para acontecer, mas terá que esperar para descobrir.

Ele tem a audácia de sorrir para mim.

— Brianna pediu que eu lhe desse um recado — continua Neil. — Ela quer encontrá-lo no gazebo no fim da tarde.

Suas palavras parecem significar o mundo. Mais ansioso do que gostaria de assumir estar, deixo a tora de madeira cair de minhas mãos e ela acerta meu pé.

— Maldição! — praguejo.

Neil ri e me ajuda a afastar a peça. Preferiria que ele fosse menor e que não fosse tão amistoso. Assim eu teria um bom motivo para não gostar dele.

— Não me olhe assim, Desmond. Sou só o garoto de recados. Vai ter que me aguentar por mais algumas horas, já que fui incumbido de mantê-lo distante da clareira até o horário do encontro. Então, trate de conversar comigo.

— E se eu não quiser? — Sei que pareço uma criança respondona, mas não me importo.

— Posso preencher o silêncio, se assim preferir. Brianna costuma dizer que adoro ouvir o som da minha voz. — Ele afaga o pelo de Pie e parece estar se divertindo às custas da minha agonia. — E temo que ela tem razão.

✦⟡✦

Mergulho na banheira e lavo os resquícios de tinta. Só abandono a água quando sinto minha pele enrugar.

Perfumo-me levemente e escolho um vestido vermelho vivo, que destaca o tom claro do meu cabelo.

Deixo os cachos soltos ao redor do rosto e prendo a franja com uma tiara de ouro que vovô me deu no meu primeiro ano nas terras de Duff.

Olho-me no espelho e fico satisfeita com o resultado natural. Esta é a mulher em que me tornei e a que escolheu amar Desmond.

Muitos dizem que o amor é leve, fácil e simples. E ele pode ser isso, mas também pode nascer cercado por erros, mágoas e feridas que precisam de tempo e dedicação para cicatrizar. Não se trata de um sentimento que surge pronto e perfeitamente imutável, mas, sim, de uma centelha que, quando alimentada diariamente, torna-se capaz de aquecer dois corações unidos para todo o sempre.

Eu decidi lutar pelo amor, deixar-me curar e perdoar o passado e seguir em frente com o homem que quero ao meu lado. Sei que todas as conquistas que vejo para o meu futuro serão compartilhadas com ele. E espero que Desmond sinta o mesmo, que esteja pronto para me deixar fazer parte de sua vida.

Saio do quarto e todos me esperam no final do corredor: vovô, Neil, Malvina, meu pai, Ava, Mary, Alfie e Elisa, que empurra a cadeira de mamãe na minha direção.

Abaixo para beijá-la e, mesmo sem dever, mamãe sussurra no meu ouvido:

— Seu coração sempre escolheu o amor, minha menina. Amor por si mesma, por sua família e agora por Desmond... — Suas palavras me emocionam tanto quanto seu olhar. — Sinto orgulho da mulher corajosa em que se transformou.

Abraço-a e os deixo para trás ao caminhar rumo o gazebo. A cada passo o vento toca a pele exposta dos meus ombros e braços, mas não sinto frio.

Com o passar dos minutos sinto-me mais feliz. Mas nada se compara à alegria que sinto quando chego ao gazebo e encontro Desmond à minha espera.

Ele sorri, aquele sorriso amplo só nosso, e corro para os seus braços. Giramos em meio às mudas recém-plantadas no gazebo, com a parca luz do sol banhando nossos corpos.

Resolvi decorar a construção com novas e variadas espécies de flores, simbolizando a infinidade de cores e perfumes que queria em nossa vida juntos. Com a ajuda de Malvina, pintei sóis por toda a parte: nas próprias cercas, nos pilares de madeira e no piso. Eles eram para Desmond, o homem que seria para sempre o meu sol.

— Fez isso tudo para mim? — ele pergunta assim que paramos de girar. Toda a extensão do gazebo brilha por conta das pequenas figuras douradas e, mesmo com o Sol dando lugar ao crepúsculo, sinto-me aquecida.

— Deita comigo?

Desmond segura a minha mão e nos deitamos no chão, imediatamente encarando o teto e buscando pelas palavras esculpidas na madeira. Espero o momento certo, quando a luz do fim do dia volta a nos alcançar, e olho para o seu rosto no instante em que nota as palavras que eu pintei e o que elas formam juntas.

Escrevi com tinta prata, em volta das palavras douradas que um dia Des entalhou para mim, o que senti nesses anos que passamos separados: saudade, medo e solidão. Escrevi também o que reaprendi vivendo com ele nos últimos meses: amizade, fé, esperança e perdão. E acrescentei, ainda, alguns dos sonhos que visualizei para nós dois e que só fariam sentido quando compartilhados com ele.

Juntas, as centenas de palavras criam o que eu sempre quis que ele soubesse:

Nunca o deixei.

Por anos Desmond clamou para que eu voltasse. Mas a verdade é que nunca o deixei, nem por um segundo, nem quando decidi que esqueceria nosso amor consegui calar o amor que sentia por ele.

— Malvina, Ian e Garret me ajudaram. Mas, sim, fiz isso para que compreendesse a extensão do meu amor — digo ao me aproximar de seu corpo. Des não tira os olhos do teto e eu sigo a contemplá-lo. Vejo a felicidade transbordar de seus olhos. E quando ele vira o rosto para mim, beijo cada uma de suas lágrimas. — Sempre será meu sol, Desmond Hunter. Mesmo longe, fui capaz de sentir seu sorriso e suas palavras me iluminando. Então, a verdade que descobri ao voltar para casa é que eu sempre fui sua e que nunca o abandonei. Meu coração é seu. E sempre será.

Desmond me beija com paixão e sofreguidão, e suas lágrimas molham meu rosto e se misturam com as minhas. O corpo de Des treme com o choro libertador e eu o abraço com toda a minha força. Ficamos assim pelo que parecem horas, com as estrelas esculpidas, os sóis pintados e o conjunto de palavras que representa o que fomos e o que seremos.

— Quem é Fiona? — ele interrompe nosso abraço e me pergunta sorrindo. Olho para o nome, junto com outras tantas palavras, pintado à nossa direita.

— O nome da nossa filha. — Seu sorriso cessa e ele volta a encarar o teto. — Simon é como se chamava o antigo duque e gostaria de batizar nosso segundo filho com ele — digo, ao apontar a outra palavra.

Ao lado temos nossos sobrenomes e a confusão que eles representam. Desmond chora mais uma vez e eu o acompanho.

As lágrimas são libertadoras, assim como as novas promessas que estamos fazendo.

— Tem certeza de que é isso que quer, Brianna? — Desmond pega a minha mão e aponta para a última palavra que compõe nossa nova frase. — Eu sei o que significa, e se não estiver pronta, não me importo. Não desde que possamos ficar juntos.

Olho para as nossas mãos e para a palavra à nossa frente. Já não tenho medo de me casar, porque sei que independentemente do sobrenome e da herança que receberei, eu ainda serei parte inglesa, parte escocesa. Acordo nenhum vai fazer que eu abandone as duas terras e meus familiares separados por elas.

Não preciso de um nome para lutar pelo legado das próximas gerações de Hamilton ou Duff. O mais importante são as histórias, de amor e conquista, que contaremos aos nossos filhos.

Pego o anel que guardei por todo esse tempo; a joia da família Hunter que ele me deu anos atrás. É uma peça simples, um aro fino de ouro branco rodeado por pequenos diamantes.

— Não achei que ainda o tivesse... — Desmond pega minha mão e segura o anel com delicadeza.

— Eu lhe disse, nunca o deixei, nem por um segundo.

Seu olhar diz exatamente o que preciso saber. Estamos prontos para seguir em frente e descobrir tudo o que podemos ser juntos.

Não vejo a hora de encontrar essa nova parte de mim e ver aonde ela nos levará.

Desmond coloca o anel em meu dedo anelar e o beija. Quando ele levanta os olhos, sinto minha respiração descompassar.

— Eu devia estar de joelhos, mas não vou deixar de te abraçar nunca mais, Brianna. — Ele pontua as palavras levando meu corpo para mais perto do seu. Sem tirar os olhos dos meus, diz as palavras que um dia me afastaram e hoje me levam novamente aos seus braços. — Quer casar comigo?

— Ora, Desmond, achei que nunca iria pedir.

Nosso beijo é como fogo. Um fogo que promete um futuro sorridente e repleto de novas alegrias.

Chantagear o próprio filho faz de mim uma mãe ruim? Desde que voltamos, Simon não para de falar do castelo Duff e de como precisa passar as férias com o bisavô. Em outras circunstâncias, ficaria feliz em ver que meu filho ama essa parte da nossa história familiar. Mas o problema é que ele só pensa nisso. Todas as tutoras que contratamos reclamam de sua falta de atenção. Sou nova demais para ter cabelos brancos, então fiz um trato com o garoto: se for bem nos estudos, permitirei que o visite. Só preciso descobrir o que fazer com Fiona. Ela ficará arrasada por não poder acompanhar o irmão mais velho. Ah, e gostaria de avisar que logo o senhor terá outro bisneto correndo por essas terras. Na verdade, se o tamanho da minha barriga significa algo, talvez nõ seja exagero dizer que serão dois bisnetos.

(Trecho da carta de Brianna para o avô, James Duff, em novembro de 1839.)

EPÍLOGO

1840, Durham

— Concede-me esta dança? — Eu e Brianna estamos sentados no banco do gazebo, olhando as crianças correndo ao redor, quando me levanto e estendo a mão em sua direção.

— Que dança, *mo ghrian*? Está louco? Não estou ouvindo música alguma!

Brianna sorri e agarra a minha mão. Levo suas mãos até meu pescoço, que rapidamente o rodeiam, e ajudo minha esposa a levantar.

— Se minha barriga crescer mais, juro que explodirei.

Abaixo por um instante e toco sua barriga com os lábios. Sinto um chute e sorrio. Pelo jeito, temos mais uma criança a caminho com o espírito da mãe.

— Já se decidiu a respeito do nome? — Há meses que fazemos listas com nomes femininos e masculinos, mas nenhum deles parece agradar Brianna que, sempre encontra inúmeros pontos negativos em cada um deles.

— Vou seguir o conselho que minha mãe me deu um dia e simplesmente esperar o bebê sair para decidir. Deve ter um motivo para eu não ser capaz de gostar de nenhum nome.

Eu conseguiria facilmente enumerar alguns dos motivos para sua constante indecisão, mas preferi não irritar minha esposa. A gravidez avançada só fazia liberar seu espírito *irritadiço*.

— De fato, Rowena era uma mulher sábia. Iremos esperar, então.

— Mantenho as mãos em sua barriga e a cada palavra sinto um chute leve. Penso, não pela primeira vez, que gostaria que minha sogra estivesse aqui para conhecer seu novo neto (ou netos, caso o instinto de Brianna se prove correto).

Rowena partiu no mesmo dia em que Fiona nasceu. Era para ser um momento triste, mas o choro de minha pequena alegrou os cômodos da casa e estampou um sorriso no rosto de nossos familiares. Assim, ao invés de sermos consumidos pela tristeza a cada aniversário de morte da duquesa, erámos contagiados pela alegria da celebração dos anos de vida de uma de suas netas. Gosto de pensar que era exatamente isso que minha sogra gostaria que fizéssemos.

— O tempo passa tão rápido que logo essa criança estará correndo por estas terras, tenho certeza — digo ao levantar e passar a mão pelos cachos de Brianna. Envolvo seu corpo com meus braços e inspiro o aroma de sua pele. — Que tal escolhermos o destino da nossa próxima viagem? Para onde desejaria ir desta vez?

Depois que nos casamos, decidimos viajar pelo mundo. Brianna sempre quis conhecer novos países e culturas, então foi exatamente isso que fizemos. Quando voltamos da Grécia, Simon já estava a caminho.

O nascimento do nosso filho, desde o noivado improvisado neste mesmo gazebo, foi o melhor presente que recebi.

Quando peguei o pequeno nos braços, senti meu coração se dividir; e assim também foi com Fiona dois anos atrás. Os dois, com seus cabelos loiros como o sol, me apresentaram um novo nível de felicidade. Mesmo nas noites em que eu e Brianna parecíamos dominados pelo cansaço, os olhos brilhantes dos nossos filhos afastavam todas as sombras de insegurança ou exaustão.

— Talvez possamos esperar um pouco mais? Não sei se quero viajar tão cedo.

Olho para Brianna com um misto de curiosidade e espanto. Ela sorri e apoia o rosto em meu peito, transformando nossa valsa improvisada em um simples girar de corpos.

— Já está entediada das nossas viagens, querida? — Beijo sua testa e do lado de fora do gazebo meu filho faz cara de nojo. Fiona pede para ele parar de ser bobo e os dois engatam uma corrida atrás de Pie.

— Se toda vez que conhecermos um país novo a família Hunter aumentar, meu amor, melhor ficarmos em Durham por mais alguns anos.

Uma gargalhada de pura felicidade me escapa. Abraço Brianna, sinto seu cheiro e agradeço aos céus por tê-la em minha vida. Juntos construímos um novo futuro, um novo lar e, por consequência, um novo nome.

— Fale mais uma vez — sussuro em seu ouvido, aproveitando para beijar a junção entre a orelha e o pescoço. Ela se derrete nos meus braços e sinto meu corpo aquecer. A gravidez está avançada, mas não o suficiente para que não possamos nos amar.

— O quê? Que nossa família está grande o suficiente para o meu gosto?

— Não, o nosso nome. — Ela me dá um sorriso tão grande que a beijo, de modo entregue e profundo, mesmo com os meninos correndo à nossa volta. Eles já estão acostumados com nosso amor.

— Família Hunter — ela diz quando interrompo o beijo.

Ainda é difícil acreditar que, quando nos casamos, Brianna não escolheu só a mim, mas também o meu nome.

Ela poderia ser a duquesa de Hamilton, ou então a senhora de Duff. Mas escolheu ser apenas a dona do meu coração.

Claro que novos acordos foram assinados. O ducado permanece na família, seguindo a linha de sucessão entre os netos. Brandon está tão saudável que imagino que demoraremos a ter um novo duque. Se Simon o aceitar, o título é dele; se não, seguimos para o filho mais velho de Malvina. E assim todos os acordos continuarão a ser feitos, mas sempre com uma nova cláusula: para receber o título o sucessor precisa aceitá-lo. Nada de obrigações, apenas desejos.

Além do ducado, passamos a ajudar James na administação das propriedades na Escócia. Sempre que podemos, vamos visitá-lo. E meu pai, que adora bons acordos comerciais, assumiu parte da tarefa e vive mais nas Terras Altas do que na Inglaterra.

Não imaginava que o barão e a baronesa amariam tanto a região; faz três anos que eles foram passar férias no castelo Duff e ainda não voltaram.

— Já disse que o amo, hoje, Desmond? Amo-o com tudo o que sou e ainda serei. — Brianna levanta sua cabeça do meu peito e beija meus lábios com delicadeza.

A luz do sol ilumina o interior do gazebo e faz as palavras entalhadas e pintadas, todas elas, brilharem no teto.

Recordo a dor, a solidão e o sentimento de perda que criaram este lugar. Sorrio ao pensar no amor que transformou um gazebo comum e feito de madeira no símbolo do nosso recomeço. E agradeço por cada uma das velhas e novas promessas que fizemos e escrevemos nesse teto.

— E a amo com tudo o que sou, Brianna Hamilton-Duff Hunter! — Beijo seus cabelos e continuamos balançando nossos corpos no ritmo da música ao nosso redor.

A natureza, o vento e a alegria na voz dos nossos filhos compõem uma sinfonia alegre e contagiante.

Beijo Brianna mais uma vez e apoio as mãos em sua barriga, sentindo os chutes animados do bebê.

Nosso amor sofreu, mas perdurou. Se fosse preciso, eu faria tudo novamente, só para estar aqui, vivendo esse mesmo momento ao lado dos amores da minha vida.

FIM

NOTA DA AUTORA

Sou completamente apaixonada por romances de época. Adoro essas histórias que aquecem nossos corações e nos deixam com um sorriso bobo no rosto. Por isso, cada palavra deste livro pode ser resumida no meu desejo de espalhar amor. Um amor previsível, divertido, sincero, repleto de erros e que sempre vence no final.

Acredito que contos de fadas não precisam falar sobre a vida real. Contudo, gosto da ideia de aprendermos e sermos modificados por nossas leituras – sejam elas de qualquer gênero ou estilo literário. O fato é que o maior presente que Brianna e Desmond me deram foram as pequenas lições geradas por sua história de amor.

Ao longo dessas páginas aprendi mais sobre a esclerose lateral amiotrófica (ELA), motivo por trás da enfermidade da duquesa. Os primeiros relatos sobre a ELA datam 1824, mas a doença só foi relacionada com problemas neurológicos em 1874. Naquela época, foram relatados surtos pela Europa, mais frequentemente entre homens, mas o tratamento era tão incerto quanto a inconstância dos sintomas.

A cadeira de rodas foi outra grande surpresa. Apesar de o objeto ter sido desenvolvido no século XX, existem inúmeras ilustrações egípcias, gregas e medievais apresentando cadeiras com rodas. Ao que parece, a unanimidade é que os objetos foram criados para a locomoção de reis, líderes políticos e grandes proprietários de terra que, seja por saúde, seja por nascimento, foram privados da liberdade de andar. Gosto de pensar que uma família amorosa e filhas decididas a verem a mãe feliz fariam o mesmo.

Mesclando imaginação e realidade, também descobri mais sobre a região norte da Inglaterra, sobre as terras escocesas e suas crenças e, principalmente, sobre a força dos sonhos que regem corações.

Brianna lutou pela oportunidade de descobrir quem gostaria de ser e, por meio de cada uma de suas escolhas (até mesmo as impensadas), compreendi ainda mais os meus próprios anseios.

Escrever virou parte da minha vida. E, graças a esse romance, finalmente aprendi a escutar os chamados do meu coração e lutar por cada um dos meus sonhos.

AGRADECIMENTOS

Possuo a péssima mania de não acreditar em mim. Então, o meu maior agradecimento é para todos aqueles que o fizeram quando eu mesma não fui capaz. Sou grata por ter pessoas ao meu redor que me sustentaram e me apoiaram com seu amor e fé incondicional.

Meu marido é um parceiro incrível! Durante a escrita dessa história, nos meus momentos de medo e desespero, ele foi mais que um porto seguro. Este livro é para você, Manoel. Obrigada pelos risos, pelas palavras de apoio e por sonhar esse sonho – e tantos outros – comigo. Sempre digo isso, mas quero repetir: você é um presente de Deus na minha vida.

Minha família e meus amigos foram sensacionais. Não é fácil entender quando alguém que amamos sempre cancela compromissos, nunca está presente nos almoços de família e mal tem tempo para conversar sobre as novidades. Mas cada um de vocês não só entendeu a minha ausência como apoiou as minhas escolhas. Amo todos vocês! Pai, mãe, irmã, cunhados, sogro e sogra: essa história também é para vocês. E Gabi, obrigada por servir de inspiração para a Malvina.

Também faz parte da minha trajetória a minha agente literária – que segurou as pontas quando eu achei que não conseguiria; leu, riu e chorou comigo durante a construção dessa história; e apostou em mim de olhos fechados. Obrigada por ter me acolhido nesse seu coração gigante!

Não posso deixar de falar da minha irmã de alma. Um dos maiores presentes que a internet me deu foi a sua amizade. Obrigada por fazer parte da minha vida (não só a literária) e por ler e vibrar com este livro tanto quanto eu.

Também agradeço a todos os leitores do Livros & Fuxicos. Os sete anos que passamos juntos me trouxeram até aqui. Cada leitura, resenha, comentário e indicação de livro transformaram minha maneira de ver o mundo. Também é por causa de vocês, e do caminho que construímos juntos, que hoje meu sonho de escrever e publicar um livro virou realidade.

Sou grata pelo apoio da Editora Planeta e por esse trabalho incrível feito em *Volte para mim*. E, claro, a você que separou algumas horas do seu dia para ler ou indicar este livro a um amigo. Obrigada por terem acolhido a história de Brianna e Desmond. Sintam-se livres para conversar comigo nas redes sociais. Quero muito saber o que acharam da leitura!

Por fim, obrigada, Deus, por ter me guiado até aqui e por ter me rodeado de pessoas tão maravilhosas e carinhosas. O Senhor foi o primeiro a acreditar que eu conseguiria e só posso dizer que Seu amor sempre será meu guia.

O ponto final dessa história é aqui. Mas, por toda a minha vida, continuarei agradecendo e acreditando no amor.

**Acreditamos
nos livros**

Este livro foi composto em Fairfield LH e impresso pela Gráfica Santa Marta para a Editora Planeta do Brasil em agosto de 2022.